ROSE SNOW

Acht Sinne
BAND 5 DER GEFÜHLE

für Max

Bibliografische Information der Deutschen Nationalbibliothek
Die Deutsche Nationalbibliothek verzeichnet diese Publikation in der Deutschen
Nationalbibliografie; detaillierte bibliografische Daten sind im Internet über
http://dnb.dnb.de abrufbar.

© Rose Snow 2018
Herstellung und Verlag:
BoD - Books on Demand, Norderstedt
Umschlaggestaltung und Satz: Rose Snow
Umschlagsmotiv: Alexander Kopainski

ISBN: 9783746062235

Besucht uns im Internet:
www.rosesnow.de

Kapitel 1

„Ich hasse dieses Land", knurrte Ben und stieß das schmiedeeiserne Tor mit den scharfkantigen Zaunspitzen auf.

Seine zerrissene Gesichtszeichnung begann schwarz zu glimmen und ich sah, wie sich seine Muskeln, die sich unter der schwarzen Kutte der Bruderschaft abzeichneten, anspannten.

Mit einer fließenden Bewegung legte er seine Kapuze ab, während sich seine dunklen Augen auf das konzentrierten, was beinahe *zu friedlich* hinter dem Eingang lag.

Mir war bewusst, dass Bens Ekel die unterschwellige Furcht, die uns seit der Ankunft am violetten Portal nicht von der Seite gewichen war, übermannt hatte.

Ich atmete auf, als auch mein gelbes Wachsamkeitslicht durch die Dunkelheit schnitt und ich nicht mehr damit beschäftigt war, mir auszumalen, was jetzt alles passieren *könnte*. Thaya hingegen schien den Sinn der Angst noch immer zu fühlen, denn ihr dünner Körper zitterte lautlos neben mir.

Ich blickte nach vorne. Das zweiflügelige Eisentor wurde von zwei grauen, mannshohen Mauersäulen flankiert, auf denen kopfgroße Lichtkugeln lagen. Ihr kalter violetter Schein erhellte die wolkenverhangene Nacht und gab den Blick auf den weitläufigen Park frei, der hinter dem Eingang und der dichten Hecke ruhte.

„Wir sind gerade erst im Park der Besorgnis angekommen", sagte Thaya seufzend und ich bewunderte, wie sie sich trotz des fremden Sinnes unter Kontrolle hielt. „Wie kannst du das Land jetzt schon hassen?"

„Er kann es, glaub mir", sagte ich und hoffte, dass uns unsere heutige Mission endlich zu dem Grünen Buch der Macht führen würde. Auch wenn es unwahrscheinlich war.

„Ist das Blut auf den Blättern der Hecke?", fragte Thaya mit geweiteten Augen und zuckte zurück. Ich betrachtete die verdorrten violetten Blätter, die träge an den Zweigen hingen. Tatsächlich funkelten sie an manchen Stellen leicht rötlich.

„Wir sollten uns davon nicht irritieren lassen", sagte ich ruhig. „Das violette Land ist sicher für einige furchtbare Überraschungen gut."

„Das ist es garantiert", stimmte Ben trocken zu.

„Bevor wir diesen Park betreten habe ich noch eine Frage", sagte Thaya leise und strich sich über ihre schwarze Kutte. „Sind wir sicher, dass es der richtige Weg ist? Wir hätten doch auch direkt ins Erstaunensland reisen können."

„Laut Simeon ist es der *einzige* Weg", antwortete ich. „Zumindest der einzige, bei dem wir nicht getötet oder gefangen genommen werden. Die Minen der Edelgrünsteine werden gut bewacht."

„Aber warum müssen wir dafür ausgerechnet durchs Angstland?", murrte Ben und betrat lustlos die Anlage, deren Grünflächen von verschiedenen Laubbäumen gesäumt wurden, sodass man stellenweise den Eindruck hatte, sich durch einen Wald zu bewegen. Violette, herzförmige Blätter segelten langsam vor uns auf den Boden, so als würden sich ihre Bäume gemächlich entkleiden.

„Laut Kompass müssen wir in die Minen der

Edelgrünsteine, die jedoch über hohe Sicherheits-
vorkehrungen verfügen und deren Aufenthaltsort sich
regelmäßig ändert. Von Simeons Quellen wissen wir,
dass sich die Minen aktuell an der Grenze zum Angstland
befinden. Von hier aus sollten wir leichteren Zutritt
erhalten", erklärte ich.

„Von Simeons Quellen?", fragte Ben und zog eine
Augenbraue hoch. „Findest du es nicht seltsam, dass er
Quellen hat, uns aber nie auf eine Mission begleitet?"
Der missbilligende Unterton in seiner Stimme verriet,
dass er dem Magiebegabten noch immer nicht vertraute.

Aber Simeon hatte sich verändert. Er hatte sich
weiterentwickelt. Als Mitglied des Kreises der
Auserwählten hatte er nicht nur an neuen Erfindungen
getüftelt, er hatte auch die Schriftrollen, die uns
Casimir und Quirin überlassen hatten, studiert. Ich
hatte sogar den Eindruck gewonnen, dass zwischen
ihm und Edomir ein stiller Konkurrenzkampf darüber
ausgebrochen war, wer mehr Wissen über die Bücher
und ihren letzten Aufenthaltsort ansammeln konnte und
wer das Team besser unterstützte.

Denn während sich alle anderen auf die Suche nach
den Büchern der Macht in die acht Länder begaben
und jedem noch so kleinen Hinweis folgten, zogen es
Simeon und Edomir vor, in den Räumlichkeiten der
Bruderschaft zu verweilen. Und eigentlich war ich mir
nicht sicher, ob es so nicht auch besser für alle Betei-
ligten war.

„Simeon konzentriert sich auf seine Erfindungen –
und du musst zugeben, dass er sehr engagiert ist", beantwortete ich Bens Frage und dachte an die Gegenstände,
die Simeon uns übergeben hatte. Thaya hatte eine
goldene Münze, Ben ein daumengroßes schwarzes Messer

und ich eine weiße Lichtmurmel erhalten. Gut, es war nicht viel und ich wusste auch nicht, ob wir die Dinge benutzen würden - aber tief in seinem Herzen versuchte Simeon, uns zu helfen und von Nutzen zu sein.

Ben sah mich ungläubig an. „Glaubst du wirklich, dass ich mein kleines Messer zu unserem Schutz einsetzen kann?" Er strich mir sanft über die Schulter. „Es ist für meine Verhältnisse doch wirklich sehr, sehr klein", sagte er mit rauer Stimme und lächelte. „Aber es ist süß, wie du Simeon in Schutz nimmst."

„Mache ich gar nicht", sagte ich, weil ich mich von Ben ertappt fühlte und nicht als süß bezeichnet werden wollte. „Ich bin nur objektiv."

„Ah, objektiv ... So nennt man das heute", bemerkte Ben amüsiert und drehte sich zu Thaya um. „Verrät uns der Kompass, wo wir hinmüssen?"

Thaya wog das Instrument in ihrer Hand. „Er ändert schon wieder seine Inschrift", sagte sie, während ich das zweiflügelige Tor hinter uns schloss.

„*Ihr nähert euch eurem Ziel*", las sie vor. Ich atmete tief ein. Das war ein Satz, den wir die letzten Wochen schon oft gehört hatten.

Als wir den Kompass gefunden hatten, sah er alt und abgenutzt aus. Sein Glas war in der Mitte gesprungen und das Metallgehäuse war dunkel angelaufen; aber seit wir seinen Anweisungen folgten, hatte er begonnen, sich zu regenerieren. Der Glassprung heilte wie von Zauberhand und das Gehäuse des Instruments begann wieder zu glänzen. Und damit nicht genug: Der Kompass veränderte seine schnörkelige Inschrift nach Belieben und gab uns zusätzliche Hinweise. Ich war beeindruckt von der Magie, die ihm innewohnte, aber auch genervt.

Denn der Kompass, der uns die letzten Wochen quer

durch die Länder geschickt hatte, hatte uns bislang nicht zu dem Grünen Buch der Macht geführt. Wir hatten uns durch tiefe Täler und Kluften, über Berge und durch Wasserfälle gekämpft, nur um insgesamt fünf silberne Schatullen sicherzustellen. Fünf Schatullen, von denen wir keine Ahnung hatten, was man mit ihnen anstellen konnte. Selbst Simeon und Edomir verzweifelten an dem Rätsel. Und der Kompass schickte uns immer weiter.

„Wir müssen da lang", sagte Thaya und steckte den Kompass in ihre Kutte. Aus irgendeinem Grund reagierte das Instrument am stärksten auf die Trauerträgerin; es war, als hätten sie eine Verbindung zueinander aufgebaut.

Ich betrachtete die zierliche Thaya mit ihren dunkelblauen Augen und den langen Haaren für einen Moment. Seit Gründung des Kreises der Auserwählten kam ich nicht umhin, mich zu fragen, was es mit ihrer Erinnerung aus dem gemeinschaftlichen Trauerritual auf sich hatte. Obwohl sie eine Naturverbundene war, hatten die schwarzen Lianen einer Pflanze nach ihr geschnappt. Ihre Reaktion darauf war mehr als seltsam gewesen, und wenn ich ehrlich war, traute ich Thaya seitdem nicht mehr ganz. Deshalb war ich auch froh, dass die Bruderschaft darauf bestand, immer zumindest drei Auserwählte auf eine Mission zu schicken, aus Gründen der Sicherheit. Die kühle Nachtluft strich über mein Gesicht, während wir durch den Park schritten. Das violette Laub raschelte unter unseren Füßen und ein seltsames Gefühl beschlich mich. Was erwartete uns hier? Der Park der Besorgnis wirkte auf den ersten Moment verlassen und düster, aber nicht besonders furchterregend.

Thaya deutete auf eine schmale Waldallee, die leicht vom Weg abzweigte. „Das hier sollte die richtige Richtung sein", flüsterte sie und knetete ihre Finger. „Es sieht gar nicht so schlimm aus."

„Das kommt noch", meinte Ben und ich schlug ihm auf die Schulter.

„Mach ihr keine Angst", sagte ich.

„Ich habe seltsamerweise keine Angst", meinte Thaya. „Ich friere zwar etwas und wäre gerne an einem schöneren Ort, aber wir sind nun mal ein Teil der Bruderschaft geworden. Wir haben keine andere Wahl. Ich will es nur so schnell wie möglich hinter mich bringen."

„Das wollen wir alle", erwiderte Ben und ließ seine dunklen Augen über den Waldweg schweifen. Er sah wie immer einfach umwerfend aus mit seinen verstrubbelten Haaren, die ihm wild in die Stirn hingen, und diesem Ausdruck von Widerwillen in seinem Gesicht. Er lächelte mich an. „Also – los geht's." Er machte eine kurze Pause. „Wieder stürmisch und schnell, Wächterin?", fragte er herausfordernd.

„Lieber langsam und vorsichtig", antwortete ich und legte meine Hand automatisch auf meinen Wächterstab. Still und wachsam schritten wir die Waldallee entlang, während die einzigen Geräusche vom Rascheln der Blätter unter unseren Füßen rührten. Es war ruhig. Es war eindeutig zu ruhig.

Eine Bewegung am Boden ließ mich zusammenzucken. War da etwas unter dem Laub?

„Da ist etwas!", schrie Thaya. „Da, am Boden! Es hat meinen Fuß berührt!"

Ich fixierte den Untergrund, der jetzt wieder ganz still vor uns lag.

„Das Land spielt dir wahrscheinlich einen Streich", meinte Ben beruhigend.

Ich nickte. „Seid trotzdem vorsichtig", erwiderte ich. „Wir wissen nicht, was –"

In dem Moment schrie Thaya durchdringend und ich erkannte aus den Augenwinkeln, wie ihr Körper nach unten gezogen wurde.

„Wo ist sie hin?", rief Ben und stockte, als er das Erdloch erblickte, das an der Stelle klaffte, an der Thaya eben noch gestanden hatte. Ich sah Thayas zarte Finger, die sich am Erdrand festkrallten, und stürzte zu ihr. Die Trauerträgerin baumelte mit schreckgeweiteten Augen über einem schwarzen Abgrund und war so bleich wie der Tod. Ben und ich griffen nach ihren Armen und zogen sie zu uns hinauf.

Thayas Atem ging schnell und heftig.

„Alles okay?", fragte ich.

„Ich glaube schon", flüsterte sie mit bebender Stimme.

„Was war das denn?", fragte ich und sah mich um. War die Bewegung im Laub dafür verantwortlich gewesen?

„Es ist das Land", erklärte Ben. „Es möchte uns Angst machen. Und es ist dieser beschissene Park, der mit uns spielt."

Bevor er die Worte zu Ende gesprochen hatte, wurde es schlagartig so hell, dass ich nichts mehr sehen konnte. Ein tiefer, markerschütternder Schrei schallte durch den Park und ließ die Erde erzittern.

„Ben!", schrie ich, während mir das gleißende Licht in die Augen stach. Ich hob schützend die Arme.

„Ich bin hier, alles okay!", schrie Ben zurück.

„Thaya?"

„Ich sehe nichts", rief Thaya. „Ich kann nichts mehr sehen!"

Einen Herzschlag später war die Helligkeit auch schon wieder verschwunden und meine Augen brauchten etwas Zeit, um sich wieder an die Dunkelheit der Nacht zu gewöhnen. Wir standen noch immer an derselben Stelle, doch das Erdloch war verschwunden – dafür huschten violette Schemen durch mein Sichtfeld.

„Seht ihr das auch?", fragte Thaya und versuchte, mit ihrer Hand nach etwas zu greifen.

„Das sind die Auswirkungen des blendenden Lichts", sagte ich. „Es ist nicht real. Aber es soll uns wahrscheinlich verwirren."

„Habe ich schon erwähnt, dass ich dieses Land hasse?", ätzte Ben und rieb sich über die Augen.

„Kommt, lasst uns weitergehen", sagte ich und versuchte, meinen Puls zu beruhigen. „Je schneller wir im grünen Land sind, desto besser."

„Da bin ich mir nicht so sicher", erwiderte Ben. „Aber wir müssen definitiv raus aus diesem verdammten Park."

Mit forschem Schritt folgten wir einem Weg, der von hohen Laubbäumen gesäumt wurde. Die Blätter fielen sanft auf unsere Schultern und eine unnatürliche Stille schlug uns entgegen. Nicht einmal das Laub unter unseren Füßen raschelte mehr. Ich stockte. Die violetten Schemen verschwanden langsam, doch als ich die Augen zusammenkniff, konnte ich am Ende der Allee die dunklen Umrisse einer Person wahrnehmen.

„Seht ihr das auch?", fragte ich. Die schattenhafte Gestalt stand mindestens achtzehn Meter entfernt mitten auf unserem Weg.

Ben nickte.

„Den Schatten?", fragte Thaya zögerlich.

„Es ist kein Schatten", sagte ich. „Es hat einen Körper."

Mit einer Geschwindigkeit, der ich mit den Augen nicht folgen konnte, war die dunkle Gestalt auf einmal bei uns und der begleitende Luftzug wirbelte meine Haare in die Höhe.

„Er hat nicht irgendeinen Körper", sagte der Sinnträger, der vor uns aus dem Nichts aufgetaucht war, mit tiefer Stimme. „Er hat den *besten* Körper." Dabei machte er eine tiefe Verbeugung und ich fragte mich, wieso mir seine Stimme so bekannt vorkam.

Meine Hand lag ruhig auf meinem Wächterstab, während ich den Typen vor uns musterte. Es war ein junger Träger des violetten Sinnes mit blonden Haaren, die wie Gold glänzten. Seine Gesichtszüge waren ebenmäßig, seine Haut war blass und bildete einen starken Kontrast zu seinen blutroten Lippen. Der Sinnträger trug eine enganliegende violette Hose aus einem samtähnlichen Material und kein Oberteil. Sein Oberkörper war außerordentlich gut trainiert und bei jeder seiner Bewegungen spannten sich seine Bauchmuskeln an. Thaya seufzte leise.

„Ich bin Viktor, der Parkwächter", stellte er sich galant vor. „Willkommen in meinem Park, dem Park der Besorgnis. Er sorgt garantiert für eine schöne Erinnerung in euren adretten Köpfen." Ein Lächeln umspielte seinen Mund. „Was wollt ihr zu so später Stunde in meinem Park?"

„In deinem Park?", fragte ich.

„Nun ja, seit man ihn mir anvertraut hat, ist es mein Park, obwohl er auch lichten Schabernack mit mir treibt. Aber alles, was du hier siehst", er lächelte sanft, „und alles, was du hier nicht siehst, gehört mir."

Ich betrachtete Viktor skeptisch, als ich das Krächzen von Vögeln vernahm. Sie kreisten über unseren Köpfen im dunklen Nachthimmel, dessen Wolken sich zurückgezogen hatten und den Blick auf den blauen Mond freigaben. Das Gefieder der Tiere schimmerte im Licht des Mondes bläulich, und obwohl sie nicht besonders groß waren, jagten mir ihre Schreie und der Anblick ihrer hakenförmigen Schnäbel einen Schauer über den Rücken.

„Was sind das für Kreaturen?", fragte Thaya, die den Kopf in den Nacken gelegt hatte.

„Das sind Angstgeier", erklärte Viktor zuvorkommend und zog die Luft ein. „Anmutig, nicht wahr?"

„Was wollen sie?", stieß Thaya aus und schlang ihre zitternden Hände um ihren Körper.

„Sich an unserer Angst nähren", sagte Ben, der nicht nach oben sah, sondern Viktor abfällig betrachtete. Ich wusste nicht, ob es an dem fehlenden Oberteil oder seiner allgemeinen Skepsis lag, aber Bens dunkle, zerrissene Linien glommen schwarz auf. Und ich konnte es ihm nicht verübeln, denn auch ich wusste nicht, was ich von dem Parkwächter halten sollte.

„Sie nähren sich nicht von Angst", sagte Viktor und zog einen kleinen silbernen Klappspiegel heraus. „Es sind Aasfresser. Sie ernähren sich von den Leichen." Die Selbstverständlichkeit, mit der er dies sagte, war irritierend.

„Von den Leichen? Von welchen Leichen?"

Viktor zupfte seine Augenbraue zurecht und lehnte sich an den breiten Stamm eines Baumes. „Na, an den Leichen des Parks. Die Angstgeier gibt es doch überall im violetten Land. Es sind so erhabene, wunderschöne Tiere."

Ich konnte mir nicht vorstellen, dass irgendjemand die aasfressenden Vögel schön finden konnte, und warf einen skeptischen Blick nach oben. Dabei bemerkte ich, dass sich ihre Zahl mehr als verdoppelt hatte.

Auch Ben wurde etwas unruhig. „Leichen?", wiederholte er hart. „Was willst du uns damit sagen, Schönling?"

„Du hast es bemerkt!", antwortete Viktor mit verzücktem Gesichtsausdruck. „Ich bin schön, oder? Ich meine, sieh dir mal meinen Körper an. Er strotzt vor Jugendlichkeit und Elan. Nicht wahr?"

Er machte einen Schritt auf Thaya zu und fuhr ihr mit den Fingern zärtlich über die Wange. Thaya starrte den Parkwächter mit leicht verklärtem Ausdruck an.

„Du hast schöne Lippen, Trauerträgerin", murmelte Viktor.

„Du auch", erwiderte Thaya und ihre Stimme vibrierte.

„Die Leichen, was ist mit den Leichen?", fragte Ben kalt. Sein ganzer Körper war angespannt und spiegelte sein Misstrauen wider.

Viktor machte eine tänzelnde Bewegung und drehte sich einmal um sich selbst.

„Die Leichen, du willst mehr über die Leichen wissen?", fragte er und rollte mit den Augen. „Sie sind tot, was gibt es über sie schon zu erfahren? Ihr wisst anscheinend noch nicht viel über das violette Land. Das Land der Angst ist ein ganz besonderes. Ich weiß, das behauptet jedes Land von sich – doch hier ist es einmal die Wahrheit. Habt ihr es denn nicht bemerkt? Der Sinn des Landes überfällt einen nicht einfach, wie es die anderen Länder tun. Diese plumpe, widerwärtige Art, sich über einen zu stülpen." Er machte eine zitternde Bewegung und seine tiefe Stimme erklang erneut. „Nein, die Angst ist klug, sie schleicht sich an, sie heißt dich willkommen. Ihr Auftritt ist nicht derb, im Gegensatz zu den anderen Sinnen.

Das Land testet dich und macht dich stark. Denn nur wer sich seinen Ängsten stellt, kann über sich hinauswachsen. Welcher andere Sinn kann das schon von sich behaupten?", fragte Viktor und warf Thaya einen verführerischen Blick zu. „Nur die Starken überleben im Angstland. Es ist eine Art der natürlichen Auslese. Selbstverständlich gibt es ein paar jämmerliche Gestalten, die sich in den Höhlen des Schreckens verkriechen, um dort ihr klägliches Dasein zu fristen. Aber die wahren Angstträger stellen sich der Herausforderung. Und die, die versagen", er machte eine wegwerfende Handbewegung, „die sterben einfach."

„Sterben einfach?", wiederholte ich ungläubig.

„Der Ausdruck ‚vor Angst sterben' kommt doch nicht von ungefähr", entgegnete der Torwächter und strich sich über seine Fingerspitzen. Er schien sich langsam mit uns zu langweilen. „Aber nun habt ihr genug von mir erfahren und ich habe euch ein wahrhaft schönes Geschenk gemacht: eine Erinnerung an mich. Ich wünsche euch viel Glück, vor allem dir, meine zerbrechliche Hübsche. Denn ich mag das Dunkle an dir, ich mag deine langen dunklen Haare." Er machte eine kurze Pause. „Wenn du möchtest, kannst du auch mit mir mitkommen und ich zeige dir, was wahre Angst ist, und lege über schmerzhaft traurige Erinnerungen bessere, neue und wunderschöne", hauchte er und machte einen Schritt auf Thaya zu. Seine Augen funkelten gefährlich, als er eine von Thayas Haarsträhnen um seinen Finger zwirbelte und sie dabei wie eine Raubkatze umkreiste. Ein nagendes Gefühl machte sich in mir breit. Viktor erinnerte mich an jemanden, aber an wen? War er es auch gewesen, der vorhin geschrien hatte?

Thaya starrte Viktor an und Ben zog sie ein Stück zur Seite.

„Nein danke, sie verzichtet", sagte er schroff.

Viktor ließ die Schultern fallen. „Wie schade", entgegnete er und sah mich an. „Du wärst natürlich auch eingeladen, aber mit Trägerinnen der Wachsamkeit habe ich weniger gute Erfahrungen gemacht. Sie sind immer so wachsam und anstrengend ..." Er deutete eine kurze Verbeugung an.

„Ich wünsche euch noch einen furchtbaren Aufenthalt in meinem Park. Wenn ihr etwas wünscht, schreit einfach." Er blinzelte und entfernte sich dann so schnell, wie er gekommen war. Ich spürte nur noch den Lufthauch auf meiner Wange, den sein plötzliches Verschwinden hinterlassen hatte.

„Was war das denn?", meine Thaya, die sich langsam wieder sammelte. „Ich fühlte mich total angezogen von ihm, auch wenn ich Angst hatte. Er hat so etwas Gefährliches an sich."

„Ja, das hat er", sagte ich.

„Wir müssen hier schnell raus", meinte Ben. „Der Typ ist mir nicht geheuer."

Ich nickte und hatte plötzlich das Gefühl, soeben etwas Wichtiges vergessen zu haben. „Der Kompass, Thaya, hast du den Kompass noch?"

Sie griff in ihre Kutte und zog das Instrument heraus. „Er zeigt noch immer geradeaus."

Wir folgten den Anweisungen des Kompasses und passierten einige verlassene Wiesen, die von rostigen Standlaternen schlecht beleuchtet wurden.

„Die Inschrift", keuchte Thaya irgendwann und ihre Augen weiteten sich.

„Was ist damit?", drängte Ben zu wissen.

„Sie hat sich verändert." Thayas Gesicht nahm einen verängstigten Ausdruck an und sie starrte geschockt auf den Kompass, ohne etwas zu sagen.

Ben, der nicht länger auf eine Antwort warten wollte, riss ihr das Instrument aus der Hand.

„Wie reizend", sagte er und stieß genervt die Luft aus,

bevor er vorlas: *„Sogleich wird euer Blut fließen."*

„Es muss keine Drohung sein, es könnte auch als Warnung verstanden werden", versuchte ich Thaya zu beruhigen, die sich nervös umblickte. Der Park wirkte noch immer so unheimlich verlassen wie zuvor.

„Wir sollten auf alle Fälle nicht hier stehen bleiben", sagte Ben. „Dieser Viktor schien noch etwas vorzuhaben."

„Aber was sollen wir tun? Sollen wir dem Kompass weiter folgen?" Thaya strich sich unruhig ihre langen dunklen Haare zurück.

Ich nickte. „Bislang hat uns der Kompass immer zu einer Schatulle gebracht. Er hätte doch schon viele Gelegenheiten gehabt, uns in den Tod zu schicken. Das macht keinen Sinn. Ich glaube, dass er uns warnen will."

„Dann sollten wir noch vorsichtiger sein", knurrte Ben. „Und schnell."

Wir folgten dem Kompass, der uns durch die dunkle Anlage führte. Ich war angespannt, mein Atem ging schnell und meine Wachsamkeitslinien leuchteten. Doch so wachsam ich auch war, ich erkannte keine Bewegung, keinen Windhauch, nichts – der Park wirkte nur eigenartig tot auf mich.

Irgendwann standen wir vor einer riesigen Hecke, deren verdorrte Blätter schwarz-violett im Nachtlicht schimmerten. Die riesige Pflanzenmauer war so üppig, dass man nicht hindurchsehen konnte.

„Was sollen wir jetzt tun?", fragte Thaya. „Der Kompass zeigt geradeaus, aber wie sollen wir durch die Hecke kommen?"

„Bist du dir sicher, dass er uns durch die Hecke schickt?", fragte ich.

„Ja, sieh." Sie zeigte mir das Instrument in ihrer Hand.

Die grüne Nadel wies den Weg geradeaus.

„Thaya, kannst du die Hecke bitten, uns hindurchzulassen?", fragte ich.

Die Augen der Naturverbundenen weiteten sich. „Ich bin jetzt Sängerin", sagte sie hart.

„Aber wir müssen hier durch", entgegnete ich. „Es ist am einfachsten, wenn uns die Hecke von alleine den Weg freimacht."

Thaya sah mich an und ihre Augen nahmen einen eigenartigen Glanz an. „Gut", sagte sie. „Wenn du darauf bestehst."

Ich blickte Ben irritiert an, der nur mit den Schultern zuckte.

Thaya machte einen Schritt auf die dunkle Mauer vor uns zu und hob ihre Hand. Ich hatte den Eindruck, dass es ihr missfiel, die Blätter zu berühren. Das welke Blattwerk begann zu zittern, es wirkte, als würde es sich gegen Thayas Einfluss wehren, und in Thayas Gesicht erkannte ich die Kraftanstrengung, die es sie kostete. Ihre Hand begann zu krampfen und eine Schweißperle rann an ihrer Schläfe herab.

„Ich … Ich schaffe es nicht", stöhnte sie erschöpft und ließ nach einigen Herzschlägen ihren Arm fallen. „Der Zauber ist zu stark."

„Oder sie ist zu schwach", flüsterte mir Ben zu.

Ich schüttelte unmerklich den Kopf.

„Dann muss wohl eine von Simeons Erfindungen herhalten", sagte Ben und zog das schwarze daumengroße Messer aus seinem Umhang.

„Das magische Messer?", fragte ich.

Ben nickte. „Simeon meinte, es schneidet selbst Stein. Jetzt sehen wir mal, wie viel dein Vertrauen auf Simeon wert ist, Lee."

Ben schob Thaya zur Seite, und als er das Messer zur Hecke bewegte, schoss das dunkle Metall aus dem Griff heraus, bis es eine Länge von einem Meter erreicht hatte. Die Form der Klinge erinnerte mich an eine Machete und schimmerte bedrohlich im Licht des blauen Mondes.

„Praktisch", murmelte Ben anerkennend und begann, sich mit der Machete den Weg durch die Hecke zu schlagen. Wir folgten ihm.

„Die Hecke ist dicker, als ich dachte", schnaufte Ben, als wir einige Meter zurückgelegt hatten.

„*Und gefährlicher*", flüsterte eine Stimme. Ich fuhr herum. War das eben Viktors Stimme gewesen?

Ich blickte in alle Richtungen, konnte aber niemanden entdecken. Das abgefallene Astwerk lag unter unseren Füßen und Ben und Thaya hielten auch für einen Augenblick inne.

Plötzlich schälte sich ein dunkles Gesicht aus der verblühten Hecke vor uns. Es war eine Fratze, die teuflisch lachte.

„*Ihr wollt mich doch wohl noch nicht verlassen? Wie schade*", flüsterte die Stimme und ich war mir sicher, dass es sich bei dem schwarzen Gesicht um das von Viktor handelte. Es war schmerzverzerrt und hässlich, aber es wies dieselben charakteristischen Züge auf. Ein kalter Schauer rann mir den Rücken hinunter.

Plötzlich wuchs die Hecke mit einem lauten Rascheln hinter uns in die Höhe und schloss uns ein. Der Rückweg war versperrt und die trockenen Blätter begannen boshaft zu zucken, bevor sie ihre Dornen wie Pfeile auf uns abschossen. Die spitzen Nadeln bohrten sich tief in unser Fleisch und Thaya keuchte schmerzerfüllt auf, während Ben der Pflanzenkraft mit der Machete einige feste Hiebe versetzte. Doch für jeden abgeschlagenen Ast wuchs sofort ein neuer nach und im nächsten Moment lösten sich die Zweige wie Arme aus der verdorrten Mauer und grapschten nach unseren Beinen.

Thaya taumelte und stürzte zu Boden. Ben schob sich schützend vor mich und ich versuchte, mich mit Händen und Füßen gegen die Hecke zu wehren, doch sie wich meinen Schlägen geschickt aus. Mein Wächterstab war mir hier leider keine Hilfe und ich konnte die Schreie der Angstgeier hören, die gierig über unseren Köpfen kreisten.

„Willkommen in der Hecke der verlassenen Erinnerung", dröhnte Viktors tiefe Stimme über unseren Köpfen. *„Das hier ist euer Ende. Verabschiedet euch von dem, was ihr bis jetzt wart. Ich will eure Erinnerungen, denn ihr habt schöne Erinnerungen, das spüre ich, ihr habt aufregende Erinnerungen, ihr habt Erinnerungen an mich, wie entzückend. Ich möchte nicht euer Blut, aber die Hecke möchte es, es nährt sie und bringt ihre Blätter zum Wachsen.*

Dennoch kann ich euch trösten: Falls ihr überlebt, werdet ihr euch an das hier nicht mehr erinnern."

Thaya schrie panisch auf und hielt sich die Hände schützend vors Gesicht. Ihr Körper war von Dornen übersät und ihr Blut sickerte in dünnen Rinnsalen aus den zahllosen Wunden. „Jetzt weiß ich es wieder, er ist ein Vampir!", kreischte sie. „Meine Erinnerungen kannst du haben, Viktor, aber lass mich am Leben!"

Und dann erst erkannte ich es. Ich erkannte es, während sich die dünnen Nadeln auch in mein Fleisch bohrten und ein brennender Schmerz durch meinen Körper jagte. Viktor war ein Erinnerungsvampir, einer, der sich von den Erinnerungen anderer nährte.

Vor uns in den Zweigen blitzten die dunklen Köpfe jener auf, die ihr Leben in der Bluthecke verloren hatten. Ihre Körper waren von der Pflanze ausgesaugt worden und das Einzige, was von ihnen übrig geblieben war, waren ihre Gesichter. Graue Rauchgesichter ohne Geschichte und ohne Erinnerung, die hilflos hier zu Tode geblutet worden waren.

„Der Schrei!", rief ich und versuchte, mich gegen einen dornigen Heckenarm zu schützen, dessen Blätter verlangend nach meiner Haut gierten. Ein Ast peitschte mir direkt ins Gesicht und riss an meinen Haaren.

„Es war seine Stimme, er hat geschrien, als es so hell wurde – Viktor verträgt kein Licht!" Ich spürte die brennende Qual, ich spürte, wie das Blut über meine Stirn lief und etwas an meinem Innersten zerrte. Viktor wollte meine Erinnerungen, er zog daran und wollte sie aus mir herausreißen. Mein Blick hetzte zu Ben. Auch ihn hatte die Hecke schwer verletzt. Er hatte tiefe Fleischwunden an den Armen und Beinen und sein Gesicht war voller Hass.

Schnell steckte ich meine Hand in die Tasche. Simeon war meine letzte Hoffnung.

„Ihr müsst die Augen schließen!", schrie ich. „Nehmt meine Hand!" Ben quälte sich zu mir und Thaya streckte mir vom Boden aus den Arm entgegen. Dann zerquetschte ich die Leuchtmurmel von Simeon zwischen meinen Fingern, bis sie mit einem Knall zersprang und gleißendes Licht über uns sandte.

Viktors Schmerzensschreie waren fürchterlich und schienen auch die Hecke zu beeinträchtigen, denn ich hatte das Gefühl, dass ihre Bewegungen langsamer wurden.

„Schnell", rief ich und drückte Bens Arm. „Uns bleibt

nicht viel Zeit."

Ich konnte nichts sehen, aber ich hörte Bens Machete durch die Äste und Blätter schneiden, ich hörte, wie wir uns gemeinsam durch die Hecke quälten, ich fühlte die abgeschnittenen Zweige und Dornen, die mir die Fußsohlen zerkratzten, und erst, als mich weiches Gras unter den Zehen kitzelte, wusste ich, dass wir in Sicherheit waren.

„Willst du noch einen Schluck?", fragte ich Thaya, deren Schürfwunden im Gesicht gerade heilten.

„Nein danke. Ich glaube, ich bin wieder fit, mein Körper zumindest", erwiderte sie und lehnte sich gegen den moosbewachsenen Fels. „Er hat uns die Erinnerung an sich, die Erinnerung an die Vampire, genommen und wollte uns der Hecke zum Fraß vorwerfen", murmelte sie abwesend.

„Er muss mit der Hecke in einer symbiotischen Verbindung gelebt haben", sagte ich. „Er nahm sich die Erinnerungen der Sinnträger – und die Hecke nahm sich das Blut." Ich erschauerte. „Erinnerungsvampire sind so gefährlich, weil sie einem sofort die Erinnerung an sich selbst nehmen. Wodurch man ihre Gefahr zu spät erkennt. Ich denke, Viktor war selbst für einen Erinnerungsvampir ziemlich verrückt."

Thaya starrte ins Nichts. „Wer würde die Erinnerungen anderer wollen? Wie wurde er zu einem Erinnerungsvampir?"

Ben zuckte mit den Schultern und nahm noch einen Schluck vom Elixier, das seine Wunden heilte. Um unsere Fleischwunden zu kurieren, verbrauchten wir unseren gesamten Vorrat.

„Es ist angeblich eine Krankheit. Ein Defekt, der nicht

geheilt werden kann. Sie saugen alle Erinnerungen aus dir raus. Aber Viktor schien nur an der Erinnerung an sich selbst interessiert zu sein."

Ben wischte sich mit dem Handrücken über den Mund. Während Thaya den großen Berg, der vor uns lag, ehrfürchtig betrachtete, legte er den Arm um meine Schulter. „Mit dir wird es auch niemals langweilig, Wächterin", flüsterte er in mein Ohr.

„Das Kompliment kann ich nur zurückgeben", sagte ich und genoss seinen umwerfend holzigen Duft.

„Das war knapp", erwiderte Ben nach einer kurzen Pause bitter und drückte mir einen sanften Kuss ins Haar.

Ich nickte. „Ich weiß."

Er ließ seinen Blick über die schneebedeckte Bergkette gleiten. „Wer weiß, was uns da drinnen wieder erwartet", sagte er nachdenklich. Seine zerzausten Haare fielen ihm in die Stirn und ich mochte nicht daran denken, was passiert wäre, wenn wir der Hecke nicht entkommen wären.

Ich seufzte und drehte die Flasche mit dem Elixier um, aus der kein Tropfen mehr kam. „Ich weiß nur, dass wir nicht mehr verletzt werden dürfen."

Ben zog mich zu sich und hielt mich ganz fest. Seine Umarmung fühlte sich warm und gut an. Bald würden wir wieder in unserem Haus in der Schwarzweißen Stadt sein, bald würden wir etwas Zeit für uns haben, bald.

Ben sah mich ernst an. „Sei bitte vorsichtig."

„War ich doch gerade eben auch."

Er lächelte. „Du hast dich mit einem Vampir angelegt."

„Ich lege mich mit jedem an, wenn es sein muss."

„Ich weiß", erwiderte er, als uns Thaya unterbrach.

„Sollten wir lieber umkehren?", fragte sie und deutete auf die leere Flasche. „Und neu ausgestattet zurückkehren?"

Ben lachte hart auf. „Willst du etwa noch einmal zu dem Vampir?"

„Vielleicht hätte er uns nicht getötet", antwortete Thaya kleinlaut.

Ben sah sie ungläubig an. „Er hätte uns alle Erinnerungen genommen."

Thaya warf ihr dunkles Haar nach hinten. „Dann hätten wir eben für neue Erinnerungen gesorgt. Das wäre doch kein Weltuntergang."

Ich stockte und erinnerte mich an das Gefühl, das ich bei meiner Erweckung gehabt hatte. Die schmerzende Leere, nicht zu wissen, wer ich war. Ich wollte das nicht noch einmal fühlen.

„Lasst uns aufbrechen", sagte ich, straffte die Schultern und nahm die Provianttasche an mich.

„Ich halte das für keine gute Idee", bemerkte Thaya, richtete sich aber auf. Ihre hauchdünnen dunkelblauen Linien, die sich anmutig von ihrem Mund bis zu ihrer Schläfe verästelten, leuchteten auf.

Ben nickte und stimmte Thaya zu. „Da hast du recht, es ist keine gute Idee - aber es war schon von Anfang an keine gute Idee."

Der Kompass schickte uns über einen elend langen, schmalen Kiesweg in eine Klamm, an einem türkisfarbenen See vorbei.

„Vielleicht führt uns der Kompass direkt zu dem Eingang der Mine und macht unseren Besuch im Angstland vollkommen unnötig", murrte Ben.

Ich wollte nicht, dass seine Vermutung stimmte und wir uns womöglich umsonst in Gefahr begeben hatten. „Der Kompass wird uns den kürzesten Weg zeigen.

Die Bergkette ist unendlich lang und die Minenvorräte gut beschützt. Es muss einen anderen Zugang als den offiziellen geben, sonst hätte uns Simeon nicht hierhergeschickt."

Ben hob eine Augenbraue. „Denkst du das wirklich?"

„Ja, das denke ich", antwortete ich und hoffte, dass ich recht behalten würde.

„Vielleicht sollten wir direkt gegen die Totaa kämpfen, anstatt hier unsere Zeit zu vergeuden", sagte Ben kalt, als wir eine Weile unterwegs waren. „Schließlich nehmen ihre Anschläge zu."

Ich atmete tief ein. „Glaubst du nicht, dass sie einen perfideren Plan verfolgen, als bloß ein paar Explosionsbomben zu streuen? Ich denke, dass sie mit den Angriffen nur ablenken wollen und etwas Größeres vorhaben – wer auch immer jetzt ihr Anführer sein mag. Wir benötigen die Bücher – denn selbst wenn die Totaa nicht hinter ihnen her sind, so ist es jemand anderes. Und ich möchte die Bücher der Macht nicht in seinen Händen wissen, denn er hat Sinja grausam getötet und scheint kein besonders netter Kerl zu sein."

„Der Kompass", meinte Thaya und blieb stehen. „Er hat die Richtung geändert."

„Wohin zeigt er?"

Sie deutete auf die moosbedeckte Felswand, die neben uns aufragte. „Er führt uns genau dort hinein."

Wir traten an den Stein und begannen, vorsichtig die bewachsenen Stellen abzutasten.

„Hier", rief Ben, „hier ist ein Durchgang. Es ist nur ein schmaler Spalt", erklärte er, „aber wir sollten hindurchpassen."

Nacheinander pressten wir uns durch die Öffnung. Es

war unglaublich eng und wir mussten uns einige Meter seitlich durch den Gang schieben, bevor wir in den Berg gelangten.

Als sich der Felsspalt wenig später zu einer weitläufigen Höhle verbreiterte, legte ich unwillkürlich den Kopf in den Nacken. Grünfunkelnde, dicke Adern durchzogen den grauen Felsstein. Es war wunderschön anzusehen und ich fühlte das Bedürfnis, die glitzernden Linien zu berühren.

„Nicht", sagte Ben, als Thaya und ich eine Hand nach den Wänden ausstreckten. „Das ist der Fluch der Edelgrünsteine. Greift sie nicht an."

Ich presste die Lippen zusammen und versuchte, das Bedürfnis nach dem funkelnden Grün zur Seite zu schieben, während ich meine Umgebung betrachtete. Vor unseren Augen erstreckte sich ein verzweigtes Flusssystem aus grün schimmerndem Wasser, das tief in den Berg hineinreichte.

Ich atmete ein. Ohne Boot würden wir nicht weit kommen, das stand fest.

„Und was jetzt?", fragte Ben. „Wie sollen wir über das Wasser gelangen?"

„Es ist wohl wieder Zeit für eine von Simeons Erfindungen", sagte ich. „Hast du noch die Münze dabei, Thaya?"

Thaya nickte und zog die Münze unter ihrem Umhang hervor. „Die hatte ich ganz vergessen."

„Jedes Hilfsmittel, ob für Wasser oder Luft", wiederholte ich Simeons Worte. Thaya schmiss die Münze auf den glitzernden Boden und stieg darauf. Es machte „Plopp" und die Münze entfaltete sich binnen weniger Herzschläge zu einem kleinen Boot.

„Also", sagte ich und kniff Ben in den Arm, „so

schlecht sind seine Erfindungen doch nicht, oder?"

Ben grinste mich an. „Dir ist schon klar, dass er das alles erfindet, damit er sich nicht selbst in Gefahr begeben muss?"

„Simeon hat sich verändert", sagte ich mit klarer Stimme.

„Es ist wie bei den Menschen", meinte Ben und lehnte sich zu mir. „Sie verändern sich nicht so schnell."

Mit raschen Schritten ging er auf das zwei Meter lange Holzboot zu, dessen Rumpf einige Schrammen aufwies.

„Es ist einfach, aber es müsste reichen." Er packte das Schiffchen an und setzte es vorsichtig auf der Wasseroberfläche ab. Der Bootsrumpf versank nicht und der Kahn lag auf dem grünen Wasser, als ob dieses aus Eis bestünde.

Ben stieg als Erster ein. Wir setzten uns hinter ihn. Als sich das abgenutzte Holzboot wie von Zauberhand in Bewegung setzte und es plötzlich zu schneien anfing, hielt ich inne und beobachtete, wie der Kahn sich den Weg durch das Flusssystem bahnte. Sanfte Wellen peitschten gegen den Bug und die Gischt spritzte uns ins Gesicht.

„Woher weiß es, wohin wir wollen?", fragte Thaya, die sich ein paar Wasserperlen aus dem Gesicht strich und eine Schneeflocke mit ihrem Finger auffing. Ihr Blick haftete noch immer an den glitzernden Edelsteinadern, die sich neben uns in feinen und dicken Strängen durch das Höhlenlabyrinth zogen.

„Das Boot scheint zu wissen, dass wir dem Kompass folgen wollen", erklärte ich. „Stimmt die Richtung denn überein?"

Thaya schielte auf das bronzefarbene Instrument in ihrer Hand. „Ja, sie bewegen sich im Einklang."

Wir trieben den Fluss aufwärts und es begann zu

regnen. Thaya schloss die Augen, und ich wusste, warum. Die Felswände schimmerten und der Drang, die grünen Edelsteinadern anzufassen, wurde stärker.

Ich lehnte mich an Bens Rücken. „Ich habe das Gefühl, dass ich sie unbedingt berühren möchte."

Er drehte mir seinen Kopf zu und lächelte mich an. „Du solltest lieber mich berühren wollen", sagte er mit rauer Stimme und ich fühlte ein warmes Kribbeln durch meinen Körper rollen. „Die Edelsteine haben eine verführerische Wirkung, vor allem auf weibliche Sinnträger. Am gefährlichsten sind die unverarbeiteten Edelsteinadern. Es heißt, dass eine einzige Berührung zur lebenslangen Besessenheit führen kann. So eifersüchtig, wie der Minister des Erstaunens über seine Edelgrünsteinvorräte wacht, hat er sie wohl schon angefasst."

Ich hing meinen Gedanken nach. „Glaubst du, dass die anderen Urgestalter auch Mechanismen eingebaut haben, damit man ihr Buch auffinden kann?", fragte ich irgendwann, als es nicht mehr regnete, sondern feiner Nebel über dem Wasser lag.

Ben zuckte mit den Schultern. „Kann sein. Vielleicht war aber auch nur der grüne Urgestalter für eine Überraschung gut." Er hielt kurz inne. „Lee, versprich mir, dass du auf dich aufpasst. Selbst auf die Gefahr hin, das Buch nicht zu bekommen, musst du auf dich achtgeben. Die Kratzer sind gefährliche Kreaturen."

Ich nickte und mein Magen drehte sich bei dem Gedanken an die Minenwächter um.

„Wir dürfen uns von ihnen nicht am Kopf berühren lassen", sagte ich. „Denn wenn sie das tun, werden unsere Köpfe zu Glas, und sie zerbrechen sie."

Ben drehte sich um und sah mich an. „Darüber möchte

ich mir jetzt nicht auch noch den Kopf zerbrechen."

„Nicht lustig", entgegnete ich.

Sein Mundwinkel zuckte. „Doch."

Ben strich mir über die regenfeuchten Haare. „Es ist wahrscheinlich wie bei einem Gefängnis. Reinkommen ist nicht das Problem, sondern Rauskommen."

„Sollte mich das jetzt aufmuntern?", fragte ich spöttisch.

„Nein, es soll dich zur Vorsicht mahnen."

Während wir den Fluss entlangtrieben, veränderten sich die Wetterverhältnisse weiterhin und es wurde unerträglich heiß, sodass mir der Schweiß den Nacken hinunterlief. Als plötzlich eisiges Flusswasser über meine Füße schwappte, keuchte ich auf.

„Großartig. So viel zu Simeons Erfindungen", schnaufte Ben. „Wir haben ein Leck". Er bückte sich und tastete mit den Händen den Boden des Bootes ab. Das eiskalte Wasser stieg mit jeder Sekunde und reichte uns nun schon bis zu den Knöcheln.

„Der Riss ist zu lang, ich kann ihn nicht abdecken", knurrte Ben. Er stand auf und streckte die Arme nach einem Felsvorsprung aus, während Thaya und ich mit bloßen Händen das Wasser aus dem Boot schaufelten.

„Haltet euch fest", wies er uns an, als wir uns dem herabhängenden Felsen näherten. Dann beugte er sich über das Boot und umklammerte den Stein, um uns mitsamt Simeons sinkender Erfindung heranzuziehen.

„Wir werden hier aussteigen müssen", verkündete er. Dann half er Thaya und mir, ans Ufer zu klettern, und zog sich selbst hoch. Ich wrang mir die Haare aus und war erleichtert, dass von dem Felsvorsprung ein Stolleneingang in das Minensystem führte und wir nicht durch das Wasser schwimmen mussten.

„Glaubst du, dass wir hier richtig sind?", fragte Thaya zögerlich.

„Was sagt denn der Kompass?", fragte ich zurück.

„Er dreht und dreht sich. Moment." Sie starrte auf die Glasscheibe, unter der die Nadel wild rotierte, bevor sie zitternd zum Stillstand kam. „Ja, wir sollen in den Stollen."

Ben nickte. „Nur eines muss uns bewusst sein", erklärte er und blickte auf Simeons Boot, das gluckernd unterging. „Wir werden einen anderen Rückweg finden müssen."

Obwohl es Ben widerstrebte, setzte ich mich durch und ging als Erste in den Stollen, denn mein Wachsamkeitslicht wies uns den Weg. Außerdem musste Ben lernen, mir zu vertrauen. Ich wusste, dass er mich nur beschützen wollte – aber ich konnte selbst auf mich aufpassen.

„Warum ist dieser Zugang nicht gesichert?", fragte Thaya unsicher, während wir immer weiter in die Dunkelheit vordrangen. Die Wände bestanden aus rau behauenem Stein, der von tiefen Kratzspuren gezeichnet war. Die Edelgrünsteinadern mussten mit spitzen Werkzeugen herausgeschabt worden sein.

„Die Kratzer streiken aktuell", gab ihr Ben leise zur Antwort. „Es heißt, dass die Arbeitsbedingungen schlecht sind und die Vergütung unterdurchschnittlich ist. Die meisten Kratzer haben sich deswegen in die Tiefen der Mine zurückgezogen. Für uns ist der Zeitpunkt günstig, aber wir sollten uns nicht zu sicher fühlen. Ich denke, dass Gestalter Coel Überraschungen wie unsere nicht besonders gut leiden kann."

„Habt ihr so einen Kratzer schon mal gesehen?", fragte

Thaya weiter und ich schüttelte den Kopf. Ich hatte auch nicht vor, so ein Wesen kennenzulernen.

Wir folgten dem nasskalten Tunnel mit den eisernen Schienen in der Mitte immer tiefer ins Bergwerk hinein. Unsere Schritte wurden von dem feuchten Erdboden verschluckt, und je weiter wir vordrangen, desto unwohler fühlte ich mich. Welchen Rückweg sollten wir wählen? Im Wasser wären wir den Kratzern hilflos ausgeliefert, denn sie waren gute Schwimmer, das wusste ich.

Ein schrilles, hohes Kreischen ließ mich den Atem anhalten. Es hörte sich an, als würde jemand mit spitzen Krallen über eine Schieferplatte fahren, und das Geräusch fuhr durch mich hindurch wie eisiger Wind. Ein Schauer rann mir über den Rücken, während ich mir wie die anderen die Ohren zuhielt.

Nachdem die unerträglichen Laute endlich verklungen waren, beschleunigten wir unsere Schritte mit dem unbestimmten Gefühl, den Minenwächtern bald zu begegnen. Aber wir waren zu weit gekommen, um wieder umzudrehen. Selbst Thaya wusste das.

„Es streiken also nicht alle", schloss Ben aus dem ohrenbetäubenden Schrei. „Ein paar arbeiten noch und kratzen den Edelstein aus der Mine heraus. Wir müssen leise sein."

1214 Herzschläge später erreichten wir eine gigantische Höhle, die weit größer war als jene, in der die Totaa ihre Versammlung abgehalten hatten. Ich blinzelte. Unzählige Steintreppen spannten sich über eine tiefe Schlucht von einer Seite zur nächsten und führten zu etlichen Mineneingängen, die wie Bienenwaben aneinander lagen. Doch die Treppen, die die Bogenöffnungen miteinander verbanden, hielten nicht still, sondern bewegten sich in einem unhörbaren Takt und verstrickten sich zu einem mehrstöckigen Labyrinth.

„Das muss so etwas wie die Mittelstation sein", sagte Ben leise.

„Es ist wohl am besten, wenn ich vorangehe", meinte Thaya überraschend mutig und setzte einen Fuß auf eine Stufe. „Und ich glaube, dass wir sehr schnell sein müssen, da sich die Stufen bewegen. Der Kompass sollte uns zum richtigen Eingang führen."

Mit raschen Schritten folgen wir der Trauerträgerin in das Treppenlabyrinth, wir liefen Stufen hinauf und hinab, wir sprangen zu sich drehenden Treppen und passten auf, wo wir unsere Schritte hinsetzten – denn dort, wo eben noch die nächste Stufe gewesen war, konnte im nächsten Augenblick der bodenlose Abgrund klaffen.

Ich war froh, als wir endlich wieder festen Boden unter den Füßen spürten und vor einem der Eingänge standen. Daneben befand sich ein Schild, auf dem in funkelndem Edelgrünstein geschrieben war: *Träume sind Schäume, die beste Überraschung kommt zum Schluss.*

Ich runzelte die Stirn und mein Blick schweifte über die anderen Höhleneingänge. Jeder hatte sein eigenes Schild. Handelte es sich dabei um eine Warnung? Waren die Höhlen alle verflucht?

„Keine Ahnung, was das bedeutet", meinte Ben. „Aber wir haben keine Zeit, es herauszufinden." Selbstbewusst betrat er den Zugang. Dahinter erstreckte sich eine leere Höhle ungefähr sechseinhalb Meter weit in den Berg.

Ben schüttelte den Kopf. „Der Kompass, was sagt der Kompass?", fragte er herb.

Thaya runzelte die Stirn. *Ihr habt euer Ziel erreicht*, las sie irritiert vor. „Ich verstehe nicht ganz …"

Bens Muskeln spannten sich an. „Der Kompass verarscht uns."

Ich machte einen Schritt nach vorne. „Nein, das Buch oder eine weitere silberne Schatulle müssen sich hier befinden. Es kann nicht alles umsonst gewesen …", setzte ich an und verstummte, als ich mit den Zehen gegen einen glatten, harten Stein stieß. Ich griff nach unten und ertastete mit meinen Fingern etwas, das sich wie ein geschliffener Edelstein anfühlte, jedoch unsichtbar war.

„Das ist eine Form von Magie", sagte Thaya ehrfürchtig und hob auch etwas vom Boden auf, das sie in ihrer Hand wog. „Es ist eine Art Schutzzauber. Die Edelsteinvorräte sind mit bloßem Auge nicht zu sehen."

„Nicht das auch noch", murrte Ben.

„Es ist eine starke Magie", sagte ich. „Ich glaube nicht, dass wir den Zauber aufheben können."

Thaya kräuselte die Stirn. „Und was ist mit dem Kompass? Können wir nicht auch in diesem Raum der Nadel folgen? Müsste er uns nicht zur Schatulle führen?" Sie ließ den unsichtbaren Edelstein fallen und richtete ihre ganze Aufmerksamkeit wieder auf den Kompass. Dann machte sie ein paar Schritte in die Höhle hinein und stieß gegen eine unsichtbare Barriere. „Aua", sagte sie und rieb sich über den Oberschenkel.

In dem Moment erklang ein brummendes Geräusch und grüner Schaum schoss plötzlich von allen Seiten auf uns zu. Die fluffige Masse füllte den Raum und reichte uns bis zu den Knien, und sobald sie uns berührte, spürte ich einen starken Stoß magischer Energie und wir begannen alle drei zu leuchten.

„Was ist das?", schrie Thaya und riss die Augen auf. Das Leuchten war so schnell verschwunden, wie es erschienen war, aber das Gefühl, dass die Magie etwas mit uns gemacht hatte, blieb.

„Sie haben uns entdeckt", schrie Ben zurück. „Mach schneller, uns bleibt nicht mehr viel Zeit!"

Nicht weit entfernt hörte ich den schrillen, kratzenden Ton der Minenwächter, der immer lauter wurde.

„Sie kommen näher", rief ich und mein Puls beschleunigte sich. „Wir müssen hier raus!"

„Ich … Ich hab sie", kreischte Thaya und zog ihre Hand aus dem Schaum hervor. Dabei hielt sie etwas Silbernes fest umschlossen und ich hoffte inständig, dass es sich um die Schatulle handelte.

Wir liefen aus der Höhle und folgten Ben über die unzähligen Stufen des Treppenlabyrinths, das sich knirschend unter uns bewegte und ständig neue Verbindungen zu anderen Höhleneingängen schuf. „Weißt du, wo wir hinmüssen?", brüllte ich ihm zu.

„Nein, aber wir dürfen nicht stehen bleiben, sie wissen, dass wir da sind!" Das ohrenbetäubend schrille Geräusch wurde lauter.

„Funktioniert der Kompass?", rief ich Thaya zu, die hinter mir lief. „Er müsste uns doch den schnellsten Weg hinaus zeigen können."

„Die Nadel spielt verrückt", antwortete sie schnaufend. „Er muss vorhin wohl etwas Schaum abbekommen haben."

„Wir dürfen nicht stehen bleiben", wiederholte Ben noch einmal, während er nach meiner Hand griff. Und dann sah ich sie zum ersten Mal.

Die Kratzer.

Sie waren zu dritt und es waren die unheimlichsten Wesen, die ich je gesehen hatte. Sie hatten abscheulich missgestaltete Gesichter, so als hätten sie sich selbst ihr

Antlitz entstellt. Die Haut hing ihnen in Fetzen herunter, sodass ihre grün schillernden Augen halb verdeckt wurden. Von ihrem spinnenförmigen Körper erstreckten sich vier spitze, meterlange Krallen, mit denen sie sich ruckartig bewegten, und sie waren mindestens einen Kopf größer als wir.

Ich erschauderte bei ihrem Anblick, und als zwei von ihnen mit einem schrillen Schrei die Verfolgung über die Treppen aufnahmen, dachte ich, dass mein Herz stehen bleiben würde.

„Wir müssen den Stollen erreichen!", schrie Ben und hechtete zu einem Vorsprung, von dem aus eine Bogenöffnung in den dunklen Berg führte. Er wartete, bis wir zu ihm aufgeschlossen hatten, und dann folgten wir ihm, so schnell wir konnten, durch den nasskalten Tunnel, ohne zu wissen, wo er enden würde. Mein Wachsamkeitslicht flackerte auf und warf zitternde Schatten auf die grob behauenen Wände.

Im Laufen blickte Ben mehrfach über die Schulter, um sicherzugehen, dass wir hinter ihm waren.

Wir rannten um unser Leben und die kratzenden Geräusche der Minenwächter verklangen. Ein verräterisches Gefühl der Sicherheit glomm in mir auf, doch ich wusste, dass ich ihm nicht nachgeben durfte. Wir entfernten uns zwar von der Mittelstation, aber wer wusste, ob nicht der dritte Kratzer einen anderen Weg …

„Wir müssen umdrehen!", brüllte Ben in diesem Moment, als wir die meterlangen Krallen vor uns in der Dunkelheit aufblitzen sahen. Ich riss Thaya die Schatulle aus der Hand, damit sie schneller laufen konnte. Mit rasenden Herzen rannten wir den Weg wieder zurück, und als wir vor der gigantischen Höhle mit dem Treppenlabyrinth schlitternd zum Stehen kamen, klaffte vor uns eine tiefe Schlucht, die ins bodenlose Nichts führte.

Ich schluckte. Die Kratzer hatten die Treppen verschwinden lassen und trieben uns jetzt langsam auf den Abgrund zu. Wir saßen in der Falle.

Mein Atem ging schnell und ich blickte in die tiefe Dunkelheit, die vor uns lag. An zwei der Bogenöffnungen auf der gegenüberliegenden Seite, fast dreißig Meter entfernt, standen die anderen beiden Kratzer und ein boshaftes Lächeln huschte über ihre entstellten Gesichter.

Hinter uns hörten wir das klackernde Geräusch der spitzen Krallen auf dem Boden. Der Kratzer ließ sich Zeit, denn er wusste, dass wir nirgendwo hinkonnten. Wir saßen in der Falle.

„Was … Was sollen wir jetzt tun?", stammelte Thaya atemlos und ihre Gesichtszeichnung leuchte in tiefem Blau. „Entweder wir fallen in das schwarze Loch vor uns oder der Kratzer tötet uns mit seinen scharfen Krallen."

„Hat sich der Kompass erholt?", fragte ich drängend und rang nach Luft. Hinter uns schälten sich die grün funkelnden Augen aus der Dunkelheit und der Kratzer näherte sich uns gemächlich. Uns blieb nicht mehr viel Zeit.

„Ja, aber er zeigt auf die gegenüberliegende Seite", erwiderte Thaya und ein verzweifelter Ausdruck legte sich über ihr Gesicht. „Wir können doch nicht springen."

Ben stützte sich auf den Knien ab, während sich sein Brustkorb schnell hob und senkte. „Das nicht", stieß er hervor, „aber wir können fliegen."

Ben streckte die Hand aus und seine Gesichtszeichnung entfachte sich augenblicklich – dafür musste er wahrscheinlich nur an das Antlitz der Kratzer denken.

Die magische Kraft floss durch ihn hindurch und ein schwarzer Energiestrudel bildete sich schlagartig vor uns in der Luft. Nachdem Sinjas Wutzauber erloschen war, bereitete es Ben keine Schwierigkeiten mehr, den Mondlichttunnel entstehen zu lassen. In die Menschenwelt zu flüchten, war jedoch keine Option, denn das Fliegen zu dritt war schon gefährlich genug, auch ohne messerscharfe Mondlichtsplitter.

Die magische Energie seines Tunnels knisterte, während Ben seine Hand hineinsteckte, und ein reißender Laut erklang. Ein Paar prächtiger, riesengroßer Schwingen brach aus Bens Rücken und glänzte mattschwarz. Ich warf einen hektischen Blick zurück. Das Gesicht des Kratzers verzerrte sich zu einer wütenden Fratze und er klackerte wie wild mit seinen Spinnenbeinen, als er eilig auf uns zustakste.

„Ben!", schrie ich entsetzt.

Ohne ein Wort zu verlieren, packte Ben Thaya und mich an der Hüfte und stieß sich vom Boden ab. Das hohe Kreischen der Kratzer hallte durch die Luft und ich sah, wie er mit seinen scharfen Krallen nach mir schlug und mir damit die Wade aufriss. Ein brennender Schmerz durchfuhr mich und ich keuchte auf.

Ben schlug kräftig mit seinen Schwingen und hatte Schwierigkeiten, unser Gewicht auszutarieren. Die Schwerkraft zog uns unerbittlich nach unten. Mein Puls raste und ich hatte das Gefühl, ins dunkle Nichts zu fallen. Würden wir heute sterben?

Thaya schrie hysterisch, der Kratzer hinter uns heulte grausig und der Schmerz in meinem Bein zog beißend durch mich hindurch. Voller Angst klammerte ich mich an Ben, der wie ein Wahnsinniger mit den Flügeln schlug, weil wir zu dritt einfach zu schwer waren. Ich schloss die

Augen und bereitete mich auf das Schlimmste vor.

Wir würden fallen.

Doch dann fand Ben einen holprigen Rhythmus und wir flogen über den meterlangen Abgrund zu dem Eingang auf der anderen Seite, den der Kompass uns wies.

Auf halbem Weg fühlte ich einen eisigen Wind aus der Tiefe aufsteigen, der Ben ins Trudeln brachte. Seine Flügel kämpften mit kräftigen Schlägen gegen die Windböe und dann sah ich die vereinzelten dünnen Rauchfäden, die von seinen mattschwarzen Federn emporstiegen.

„Wie weit kannst du dich von deinem Tunnel entfernen, ohne dass deine Flügel verschwinden?", rief ich ihm zu, während ich voller Sorge auf die Rauchfäden starrte. Wenn die Distanz zu Bens magischem Mondlichttunnel zu groß wurde, würden sich seine Flügel einfach in schwarzen Rauch auflösen.

„Ich weiß es nicht", keuchte Ben und beschleunigte mit zusammengebissenen Zähnen sein Tempo. Als uns noch immer zehn Meter zur gegenüberliegenden Plattform trennten, sackte er einmal ab und Thaya schrie, dass sie noch nicht sterben wolle. Ich presste die Lippen aufeinander und versuchte, die Stimme zu ignorieren, die mir zuflüsterte, dass wir kurz vor dem Ziel abstürzen würden – und dann, wenige Herzschläge später, hatten wir es doch irgendwie hinüber geschafft.

Als unsere Füße wieder den Boden berührten, lösten sich Bens Flügel augenblicklich in Rauch auf und ich verstand, dass es nur seiner Willenskraft zuzuschreiben war, dass sie die weite Strecke über den Abgrund gehalten hatten. Schnaufend kniete er auf dem Felsboden und ich strich ihm zitternd über die Wange. Erst jetzt wagte ich, einen Blick nach hinten zu werfen, und sah, wie sich die

Krallen des Kratzers in sein eigenes Gesicht bohrten und er sein verbliebenes Fleisch von seinem Antlitz zerrte. Seine Selbstverstümmelung war widerlich und traurig zugleich und sein gepeinigter Schrei verfolgte uns, als wir in den Tunnel liefen, von dem aus der Kompass uns endlich den schnellsten Weg nach draußen zeigte.

Kapitel 2

„Noch einmal", drängte Ben, als er mir in dem am Boden aufgemalten Kreis gegenüberstand. Wir trugen dunkle, ärmellose Trainingsklamotten, die sich eng an unsere Körper schmiegten. Der Stoff bestand aus einem speziellen Material und jeder gut ausgeübte Schlag hinterließ einen Abdruck. Auf Bens Anzug befanden sich kaum Spuren eines Angriffes.

An der einen Seite des Raumes hingen acht abgenutzte Sandsäcke und gegenüber davon befand sich eine große, runde Scheibe, die Magie absorbierte.

„Greif mich an", verlangte Ben, der mir entspannt gegenüberstand. Er konnte nicht umhin, mir ein anzügliches Lächeln zu schenken. Unter seinem Anzug zeichneten sich seine definierten Muskeln ab und ich hielt unwillkürlich den Atem an.

Ben sah mich abwartend an und ich musste aufpassen, nicht in seinen dunklen Augen zu versinken. Ich räusperte mich.

„Ich soll dich angreifen?", wiederholte ich und versuchte, mich zu konzentrieren. Es war eine gute Übung, mit Ben zu trainieren, denn der Feind – wer auch immer es sein würde – würde auch alles daran setzen, um mich abzulenken.

Ich atmete ein, fixierte mein Ziel und versuchte, Ben mit einem eleganten Sidekick einen Tritt in die Brust zu verpassen. Schnell wich er zur Seite, schnappte sich in der Bewegung mein Bein und zog es so stark zu sich heran, dass ich unsanft auf dem Sandboden landete.

„Die Wutkämpfe hatten zumindest einen positiven

Nebeneffekt", gab ich maulend zu.

Ben hielt mir die Hand hin und ich hasste es, dass er meine Schläge derart geübt parierte. Und gleichzeitig liebte ich es, dass er so in Form war.

„Versuch es noch mal", forderte er mich auf. „Du bist gut, Lee, aber du musst besser als gut sein. Um ein Haar hätten uns die Kratzer erwischt."

Ich schnappte nach seiner Hand und zog mich hoch. Diesmal versuchte ich es mit einem angetäuschten Haken, aber es war, als würde Ben jeden meiner Schritte vorausahnen. Egal, ob ich von vorne oder seitlich angriff, Ben nutzte meinen Angriff, um sich nicht nur zu verteidigen, sondern mich auch auf den Boden zu bringen.

„Wieso weißt du eigentlich immer, was ich vorhabe?", seufzte ich, als ich mit dem Rücken auf dem sandigen Boden lag. Mein Atem ging schnell.

„Weil ich dich kenne", sagte er und hockte sich neben mich. „Und jetzt weiter."

„Warum bist du so erbarmungslos?", hauchte ich. „Können wir nicht eine Pause machen?"

„Werden deine Gegner auch eine Pause machen? Wir hatten Glück, dass die Kratzer uns nicht weiter verfolgen konnten, aber das Glück ist ein seltener Besucher", sagte er ernst. Ich wusste, dass er recht hatte. Wir waren noch glimpflich aus dem Bergwerk hinausgekommen. Hätten die Kratzer nicht gestreikt und wäre die Mine besser besetzt gewesen, hätten wir keine Chance gehabt.

„Wir müssen uns auf den nächsten Einsatz vorbereiten, er ist mit hoher Wahrscheinlichkeit noch riskanter als die, die wir bereits hinter uns gebracht haben."

„Was ist los mit dir?", fragte ich. „Wo ist der Ben, der zuerst einmal an sich dachte und den Schwierigkeiten am liebsten aus dem Weg ging?" Er half mir hoch und ich stand ihm direkt gegenüber.

Ein Lächeln umspielte seinen Mund. „Ich gehe den Schwierigkeiten noch immer aus dem Weg. Aber du tust es nicht. Oder würdest du den Kreis der Auserwählten verlassen, um irgendwo ein friedliches Leben zu führen?"

Ich presste die Lippen aufeinander. Natürlich hatte er recht. Ich würde meiner Verpflichtung nicht ausweichen wollen, so sehr ich die Gruppe auch als das Gegenteil einer Idealzusammenstellung empfand. Caprice verfolgte ihre eigenen Ziele, Jesper war nur daran interessiert, sein Ansehen zu verbessern, Jaron wäre am liebsten bei seiner Bildhauerei geblieben und Simeon und Edomir steigerten sich in einen Wettkampf darüber hinein, wer der Gruppe am hilfreichsten sein konnte. Und Thaya war mir einfach suspekt.

Wir verbrachten so viel Zeit mit den anderen und wussten doch so wenig über sie. Ben und ich hatten es abgelehnt, in die Unterkünfte der Bruderschaft zu ziehen, denn es reichte uns schon, dass Casimir uns verpflichtet hatte, unsere gesamte Freizeit hier zu verbringen, um uns sowohl körperlich als auch geistig auf die Suche nach den Büchern der Macht vorzubereiten.

Daher hatten wir unser Haus in der Schwarzweißen Stadt behalten und so hatten es auch die anderen gehandhabt – bis auf Edomir. Der Templer verkroch sich mit seinen Prophezeiungen, studierte sie und prüfte sie auf geheime Zauber – aber es waren so viele, dass ich mich fragte, ob er in diesem Leben noch damit fertig werden würde.

„Es entspricht nicht meinem Naturell", beantwortete ich Bens Frage, „vor Schwierigkeiten davonzulaufen. Es sieht also aus, als hätte ich einen guten Einfluss auf dich."

„Ach so?"

Ich nickte. „Immerhin bist du durch mich ein besserer Sinnträger geworden."

„Ich bin was?", fragte er mit samtiger Stimme und zog mich zu sich heran. Sein Herzschlag ging ruhig und gleichmäßig, während meiner in die Höhe sprang. Bens Geruch nach frisch geschnittenem Gras, Zedernholz und Zimt brachte mich um den Verstand.

„Du bist durch mich ein besserer Sinnträger geworden", wiederholte ich mit fester Stimme.

„Dann möchtest du diesen besseren Sinnträger sicher küssen."

„So gut bist du auch wieder nicht geworden", sagte ich verschmitzt.

„Warte noch einen Moment mit deinem Urteil", meinte er verführerisch und seine Lippen kamen näher. Und obwohl ich ihn gerne zappeln gelassen hätte, konnte ich nicht anders, als ihn zu küssen und alles um uns herum für einen Augenblick zu vergessen.

„Du hättest uns beinahe umgebracht!", brüllte Jesper, als wir die Bibliothek der Bruderschaft betraten. Die blitzartige Zeichnung des Wutträgers glühte rot auf und seine Adern sahen aus, als würden sie gleich platzen. Dicke rote Pusteln zierten sein Gesicht und seine Nase war angeschwollen. Der sonst so gepflegte Jesper sah schrecklich hässlich aus. Ben verzog bei seinem Anblick angewidert das Gesicht, doch sein Mundwinkel zuckte.

„Ohne mich hätten wir nichts, wir hätten absolut gar nichts - wir wären mit leeren Händen zurückgekommen!", schrie Caprice zurück und lehnte sich gegen eines der hohen Bücherregale. Ihre weißen Linien strahlten, sie strahlten voller Selbstvertrauen, während ihre Wangen mit Ascheflecken übersät waren. Auch Jaron, der unweit von den beiden stand und den Streit mitverfolgte, sah mitgenommen aus. Sein schwarzer Umhang war zerrissen und an manchen Stellen stark beschmutzt. In seinen braunen Haaren hatten sich kleine schwarze Steinchen verfangen, die durch eine Explosion hineingeraten sein mussten.

„Die Sprenggranate, du hast sie einfach geworfen! Du hast es einfach darauf ankommen lassen!", knurrte Jesper und ich sah, wie sich seine Hand zu einer Faust ballte.

„Wir hätten sonst niemals Zugang zu der Geheimkammer erhalten. Außerdem warst du es, der die Zeitfalle ausgelöst hat!", fauchte Caprice und strich sich ihren schwarzen Bob zurecht. Die Vertrauensträgerin war nicht nur von sich überzeugt, sie hatte auch einen Faible für neue Frisuren.

„Das war ich nicht, das war er", zischte Jesper und deutete mit ausgestrecktem Finger Schuld zuweisend auf Jaron.

„Es tut mir leid, ich habe die Zeitfalle übersehen, ich bin ein einfacher Bildhauer, ich kenne mich mit so etwas nicht aus. Wie hätte ich denn wissen sollen, dass der Stein auf dem Boden gefährlich ist?", murmelte der Freudeträger und zuckte mit den Schultern.

„Der Bildhauer hat es zumindest unabsichtlich gemacht", sagte Jesper wütend und wandte sich wieder Caprice zu. „Aber du, du hast mich mit voller Absicht der Explosion ausgesetzt!"

Caprice' Augen verengten sich. „Ich konnte nicht wissen, dass die Detonation auch dein Aussehen entstellt, aber das ist doch in Wirklichkeit auch egal! Der Zauber wirkt nur ein paar Stunden! Viel wichtiger ist folgende Frage: Wärst du lieber ohne das Buch zurückgekommen?", antwortete sie schroff. „Ist das die Art, wie du arbeitest? Ohne Erfolg?"

Ich starrte die beiden an. Das Buch? Hatten sie tatsächlich ein Buch der Macht gefunden?

Jesper machte einen bedrohlichen Schritt auf Caprice zu, die unerschrocken blieb und nicht zurückwich.

„Ich töte zumindest niemanden auf einer unserer Missionen."

Caprice stieß die Luft aus und ihre Nase blähte sich auf. „Habe ich doch auch nicht, du siehst noch sehr lebendig aus, oder? Auch der dicke Freudeträger lebt noch – jetzt reg dich nicht wegen dieser paar Kratzer und der kleinen Entstellung auf." Bei der Erwähnung des Wortes *Kratzer* fuhr mir ein kalter Schauer über den Rücken. So furchtbar Jesper auch aussah, war es doch kein Vergleich zu dem Antlitz der entstellten Kratzer.

„Es geht darum, was *hätte passieren können*. Wir hatten noch genügend Zeit, uns in Sicherheit zu bringen - wenn du uns gewarnt und nicht vollkommen im Alleingang gehandelt hättest!", brüllte er und schlug mit der Faust gegen das Bücherregal, das erzitterte. Thaya, die an dem riesigen gläsernen Tisch stand und über die sechs silbernen Schatullen strich, zuckte bei der Bewegung zusammen.

„Bitte, Jesper, in dem Regal befinden sich wertvolle Dokumente, das würde Quirin nicht gutheißen", mischte sich Edomir ein, der von einer langen Leiter hinunterkletterte und einen verärgerten Blick Richtung Eingang warf.

Simeon war gerade dabei, eine riesige Kugel in die Bibliothek zu rollen. Jesper drehte sich um und starrte den Magiebegabten an, der beim Anblick des Wutträgers zusammenzuckte.

„Du! Du hast die Sprenggranate verändert, die mich entstellt hat. Du hast Mitschuld an meinem Aussehen, das wirst du büßen", drohte er, bevor er mit der Faust so fest auf den gläsernen Tisch schlug, dass die Platte einen hässlichen Riss bekam. Einen Augenblick lang herrschte erschrockene Stille. Jesper war schon immer aufbrausend gewesen, aber nach dem ungeklärten Tod von Sinja schienen seine Wutanfälle immer heftiger zu werden. Jesper kümmerte sich nicht um die Blicke der anderen und stampfte zornigen Schrittes aus der Bibliothek.

„Der Kompass", jammerte Thaya und kniete sich auf den Boden. „Er hat auf dem Tisch gelegen und ist runtergefallen – und jetzt ist das Glas gesprungen!"

„Ich sehe ihn mir nachher gleich an, wir können ihn sicher reparieren, wahrscheinlich habe ich in meiner Miste-Kiste ein Ersatzglas", sagte Simeon, der dem Wutträger noch immer hinterherblickte. „Jesper sah ja furchtbar aus." Dann zuckte er mit den Schultern und rollte die übergroße Murmel in Richtung eines Regals. Die Wände der riesigen, kreisrunden Bibliothek waren bis unter die Decke mit haushohen Bücherregalen bedeckt und in der Mitte des Raumes befand sich ein gläserner Tisch mit acht goldenen Sitzhockern.

„Du sollst deine Erfindungen nicht hierherbringen", fuhr ihn Edomir an und strich sich seine roten Locken aus dem Gesicht. „Du hast doch das Labor."

„Aber im Labor ist kein Platz mehr", entgegnete Simeon und hievte die schwere Kugel in eines der Regale, zwischen zwei dicke Bücher.

„Du hast keinen Platz, weil deine Erfindungen", Edomir deutete mit den Fingern Anführungszeichen an, „dir den ganzen Platz verstellen."

Simeon vergrub die Hände in den Hosentaschen und

lehnte sich gegen den langen gläsernen Tisch. Er trug einen grünen Anzug, der Funken sprühte. „Was soll das heißen, ‚meine Erfindungen'?“, fragte er gekränkt und ahmte Edomirs Geste nach. „Lee, Ben, bitte sagt dem Templer hier, dass euch meine Erfindungen bei eurer Suche helfen!“

Ben atmete tief ein. „Also von deinem Boot kann man das nicht behaupten …“

„Sie haben uns einen guten Dienst erwiesen“, sagte ich schnell.

„Ja, sie waren ganz hilfreich. Zumindest ein paar“, fügte Thaya hinzu, die mit den Fingerspitzen über das gesprungene Glas des magischen Instruments strich. „Kannst du jetzt den Kompass reparieren?“

„Gleich. Na, hast du das gehört, Edomir?“, fragte Simeon selbstbewusst. „Meine Erfindungen helfen den Auserwählten.“ So wie er es sagte, klang es, als würde er selbst nicht zu den Auserwählten gehören.

Edomir verdrehte die Augen. „Du erfindest deine Sachen doch nur, um dich auf die Magischen Magiespiele vorzubereiten – nicht um uns zu helfen.“

„Was für eine boshafte Unterstellung“, erwiderte Simeon entrüstet und sein rechtes Auge begann zu zucken. Dann nahm er Thaya den Kompass ab. „Du kriegst ihn in einer Stunde wieder“, murmelte er zerstreut.

Ich runzelte die Stirn. Wollte Simeon tatsächlich an den Magischen Magiespielen teilnehmen?

Edomir schüttelte müde den Kopf. „Ich habe Wichtigeres zu tun, als mit dir herumzustreiten, Simeon. Ich muss hier schließlich die Prophezeiungen analysieren und das Rätsel der silbernen Schatullen lösen, wahrscheinlich müsst ihr noch zwei finden, bis sich ihre Magie erklärt“, sagte er. „Bis dahin muss ich auch noch jeden neu gefunden Hinweis analysieren. Sonst wird Casimir mit meiner Arbeit nicht zufrieden sein." Seine verschlungene violette Zeichnung begann zu glimmen und ich musste schmunzeln. So sehr Edomirs Selbstvertrauen in den letzten Wochen gewachsen war – seine Angst vor Casimir war keinen Deut geringer geworden. Ich verstand es nicht ganz. Auch wenn ich den Templer, der Ben und mich nach unserem Besuch am Dunklen Ort mit der Verbindungsmagie bestraft hatte, die uns eine gefühlte Ewigkeit aneinanderkettete, nicht mochte - so hatte ich doch keine Angst vor ihm. Er war einfach nur ein verbitterter, alter Templer.

Edomir kniete sich neben ein Regal, fuhr mit den Fingern vorsichtig über die Pergamentrollen und zählte sie leise. „Es scheinen hier Rollen zu fehlen. Ich suche eine bestimmte. Hast du sie weggenommen?", fragte er Simeon anklagend.

Simeon schüttelte den Kopf. „Was denkst du von mir?"

„Nicht das Beste", erwiderte Edomir schnell und ich fand den kleinen Kampf, der zwischen den beiden herrschte, auf seine eigene Art unterhaltsam.

„Eigenartig, ich habe den Eindruck, dass hier immer wieder Rollen verschwinden und dann wieder auftauchen", murmelte Edomir.

Simeon schwang sich mit einer fließenden Bewegung auf den gläsernen Tisch – ungeachtet des gezackten Risses in der Tischplatte. Seine Augen funkelten schelmisch. „Sicher bildest du dir das nur ein."

„Das bilde ich mir nicht ein", widersprach Edomir und zog missbilligend die Augenbrauen zusammen.

„Können wir uns jetzt endlich den wirklich wichtigen Themen zuwenden?", schnaubte Caprice und griff in einen weißen Rucksack, aus dem sie ein verstaubtes Buch hervorzog.

Ich verengte unwillkürlich die Augen. „Ist das das Buch, das ihr bei eurer letzten Mission gefunden habt?"

„Ja, das ist es", entgegnete Edomir ehrfürchtig. Er nahm es behutsam entgegen und schlug die erste Seite auf. Dicke Staubwolken verpufften in der Luft. „Es ist das Tagebuch des Hüters Perxes. Ein grandioser Fund."

Bens Muskeln spannten sich an. „Sie haben das Tagebuch des Hüters gefunden?"

Edomir nickte und setzte sich eine schwarze Brille auf, deren Gläser wie Lupen wirkten. Caprice schlenderte zu einem Regal und zog eines der Bücher daraus hervor. „Wir hatten Hinweise zu Perxes' letztem Aufenthaltsort. Das Team war lange unterwegs und hat versucht, seinen Unterschlupf zu finden, der sich – wie sich dann herausstellte – in dem panischen Gebirge befand", erklärte sie, ohne uns anzusehen.

„Die Legende besagt, dass der Hüter verrückt geworden ist", ergänzte Edomir. „Dies lässt sich auch aus den Aufzeichnungen verschiedener Sinnträger ableiten. Leider sind unsere Informationen oft lückenhaft und unzuverlässig – aber dieses eine Mal haben sie uns zu diesem Schatz hier geführt." Er strich voller Ehrfurcht über die vergilbten Blätter.

„Wenn der Hüter verrückt geworden ist, wie viel glaubst du, aus dem Buch herauslesen zu können?", wollte Jaron wissen, der sich auf einem weichen Hocker niedergelassen hatte.

Edomir sah ihn an und zuckte mit den Schultern. „Auch verrückte Leute haben helle Momente", meinte er und warf Simeon einen kurzen Seitenblick zu. „Und außerdem ist es so, wie Casimir uns aufgetragen hat: Wir müssen einfach jedem Hinweis nachgehen."

Ich hörte, wie Ben leise schnaufte. Natürlich verstand ich seinen Widerwillen, Casimir zu gehorchen und seine Befehle auszuführen. Vor allem, nachdem Casimir sich in seinem sicheren Tempel aufhielt, während wir uns Tag für Tag in die Gefahr stürzten.

„Lass mich mal sehen", sagte Simeon und stellte sich neben Edomir, dem es sichtlich missfiel, dass der Magiebegabte das Buch an sich zog.

„Simeon, wieso begleitest du uns eigentlich nie auf eine Mission?", fragte Ben mit provozierendem Unterton.

„Ach Ben", seufzte Simeon und lächelte ihn an. „Ich bin euch doch hier eine viel größere Hilfe."

„Das würde ich nicht sagen", meinte Edomir und schob das Buch wieder zu sich zurück.

„Du bist uns hier eine größere Hilfe?", wiederholte Ben sarkastisch. „Warum? Weil du die Mission von hier aus nicht gefährden kannst?"

Simeon machte eine paar Schritte und schlug Ben spielerisch auf die Schulter. „Lustig! Nein, natürlich nicht! Weil ich mich mit den magischen Hilfsmitteln beschäftige, die euch eure Missionen erleichtern. Hier bin ich für euch viel wertvoller."

„Es wäre weit hilfreicher, wenn deine Boote nicht untergehen würden", antwortete Ben spitz und sah Simeon eindringlich an. Der Magiebegabte fuhr sich gelassen über seinen grünen Anzug, der ein paar grüne Funken sprühte.

„Hast du denn die Gebrauchsanweisung gelesen? Die Boote halten natürlich keine Ewigkeit."

„Hör nicht auf Ben. Deine magischen Hilfsmittel haben uns sehr geholfen", sagte ich und warf Ben einen strengen Blick zu, den er mit einem Mundwinkelzucken quittierte. „Die Lichtkugel hat uns davor bewahrt, von einem Erinnerungsvampir gebissen zu werden."

„Ihr seid einem Erinnerungsvampir begegnet?", fragte Simeon aufgeregt und hielt den Atem an. „Ich dachte immer, dass es die gar nicht wirklich gibt … Wie sehen sie aus? Haben sie ein weißes Gesicht und spitze Zähne?"

„Uns ist nur einer über den Weg gelaufen. Und der war sehr gutaussehend", sagte ich.

„Ach, findest du das?", fragte Ben und seine dunklen Augen fixierten mich.

„Ja, er war ein attraktiver Sinnträger."

Ben hob eine Augenbraue. „Attraktiv?"

„Ja, ein wenig", bestätigte ich. „Eifersüchtig?"

Ben schüttelte den Kopf. „Niemals. Ich bin mit Abstand der Beste, den du bekommen kannst."

„Das ist aber gemein", feixte Simeon und erntete von Ben einen Blick, der ihn sofort still werden ließ.

„Natürlich bist du der Beste", sagte ich und zog Ben an mich heran.

„Erinnerungsvampire leiden unter einem Gendefekt", erklärte Caprice beiläufig, während sie weiter in dem Buch blätterte. „Das ist eine Krankheit. Es gibt nur sehr wenige von ihnen, daher ist es schwer, Versuche durchzuführen und ein Heilmittel zu finden."

„Ich glaube, ich habe hier etwas gefunden", murmelte Edomir. „Perxes hat viel wirres Zeug geschrieben, aber diesen Eintrag, den müsst ihr lesen."

Wir versammelten uns alle um den gläsernen Tisch und beugten uns über das Buch, das Edomir in der Mitte platzierte.

Simeon quetschte sich zwischen Ben und mich, woraufhin Ben ihm einen bezeichnenden Blick zuwarf und leicht den Kopf schüttelte.

„Okay, ich kann auch von dort drüben zusehen",

meinte Simeon gekränkt, während meine Augen bereits über den Eintrag flogen.

Tagebucheintrag 31

Ich höre die Stimmen, die Stimmen, die mir sagen, dass ich es tun muss. Ich muss die Bücher verstecken, bevor sie jemand an sich nimmt. Einem neuen Hüter kann ich nicht trauen, die Macht der Bücher ist zu stark, sie sind einfach zu stark und die Sinnträger zu schwach. Meine Willensstärke lässt nach, aber ich werde Mittel und Wege finden, um die Bücher zu trennen. Sie dürfen nicht zusammenbleiben, denn das Band, das sie verbindet, strahlt nur Unheil und Verderben aus.

Ich habe versucht, sie zu zerstören, doch bei jedem meiner Versuche wurde ihre Macht nur stärker. Ist es wahr? Geschaffen, um hell und dunkel zu vereinen, scheinen sie nur noch das Dunkle zu kennen, ein tiefes Dunkel, das sich in mich hineinfrisst. Ich weiß nicht, wie viel Zeit mir noch bleibt, aber ich habe mein Leben als Hüter dem Schutz der Bücher verschrieben. Doch in Wahrheit sind es nicht die Bücher, die es zu schützen gilt, es sind die Sinnträger, die vor der verheerenden Energie beschützt werden müssen!

Es ist meine Aufgabe, das zu vollbringen, ich muss mich und alles, was an meinem Charakter haftet, hinter mir lassen und nur noch das eine Ziel verfolgen: die Bücher auseinanderzureißen. Nur die weiteste Trennung kann sicherstellen, dass sie ihr Unheil nicht ausüben können.

Denn sie suchen nacheinander, sie ziehen sich an, sie wollen zueinander. Sie wollen sich vereinen und die Welt, wie sie existiert, verändern, aber das lasse ich nicht zu!

Der Frieden, den sie einst geschaffen haben, darf nicht zerstört werden. Er muss überdauern und an die folgenden Generationen weitergereicht werden, denn er ist ein Geschenk.

Ein Geschenk, das die Bücher nicht mehr zurücknehmen können.

Nicht, solange ich Herr über meinen Geist bin und Magie wirken kann.

Ich spüre, wie der Ekel mich übermannt, dass ich zu solchen Taten fähig bin, und ich versinke im Selbsthass. Doch es ist nur Trug und Täuschung des Schwarzen Buches, der ich mich nicht unterwerfen werde ...

„Und was soll daran so interessant sein?", schnaufte Simeon. „Dass der Typ verrückt war, das wissen wir doch bereits."

Edomir fuhr mit dem Finger über die letzte Zeile und die Buchstaben leuchteten hell auf. Ein starker Wind fuhr durch den Raum und die Seiten des Tagebuchs begannen zu rascheln. Ich sah, wie sich ein schwarzer Nebel aus dem Buch erhob und über unseren Köpfen zu einem großen dunklen Ziffernblatt verdichtete. Dann sprang das helle Leuchten der Buchstaben von den Seiten hinauf in die Luft und formte dort einen strahlenden Zeiger, der sich über das schwarze Ziffernblatt legte und auf die 12 zeigte.

„Erstaunlich", murmelte Simeon fasziniert und starrte auf die riesige Uhr, die bewegungslos oberhalb von uns in der Luft hing.

„Seht auf die Schrift", sagte ich, als die Buchstaben in dem Tagebuch zu tanzen begannen und sich verschoben, bis sich dort ein anderer Satz bildete. Thaya schrie kurz auf und Edomir las die Wörter laut vor:

„Nur jene, die an die Tage als Mensch sich binden,
werden würdig sein, das flunkernde Buch zu finden."

Ben verschränkte die Arme vor der Brust. „Was genau soll das heißen? Dass wir unsere Vergangenheit als Mensch kennen müssen, um ein Buch der Macht zu finden?"

Ein erwartungsvolles Kribbeln breitete sich in mir aus. Den Wunsch, meine Vergangenheit zu kennen, zu wissen, wer ich war, den Wunsch hatte ich schon vor einiger Zeit zur Seite geschoben, doch er existierte noch immer in mir. Wären wir wirklich fähig, herauszufinden, wer wir in der anderen Welt gewesen waren?

Wie alt mochte ich wohl gewesen sein, als ich starb? Hatte ich Kinder gehabt? Welchen Job hatte ich ausgeübt? Und was hatte es mit den blauen, aufgerissenen Augen auf sich, an die ich mich noch erinnern konnte?

Edomir nickte. „Ja, Ben. Ich glaube, dass es genau das heißt. Es ist eine alte Schlüsselmagie. Nur wenn wir ihre Anforderungen erfüllen, werden wir das Buch finden. Nur wenn wir den Schlüssel – sprich unsere Vergangenheit – kennen, gibt das Tagebuch den nächsten Hinweis preis."

„Und wofür ist die Uhr?", fragte ich. „Haben wir nur eine begrenzte Zeitspanne zur Verfügung, um das Rätsel zu lösen?"

Edomir wog nachdenklich den Kopf. „Manche Artefakte lösen sich nach einiger Zeit auf, wenn ihr Geheimnis nicht gelüftet wird. Doch so lange der Zeiger stillsteht, sollten wir uns nicht mit unnötigen Sorgen belasten."

Ich warf ihm einen kurzen Blick von der Seite zu. Dies aus dem Mund eines Angstträgers zu hören, fand ich überraschend und beeindruckend.

„Dennoch sollten wir unsere Chancen verbessern und uns alle so schnell wie möglich mit unserer Vergangenheit verbinden", sagte Edomir abschließend.

„Bist du dir sicher? Es könnte doch auch etwas anderes bedeuten?", fragte Thaya mit zitternder Stimme und nestelte am Saum ihres dunkelblauen Kleids herum. Ich verengte die Augen. War sie nervös? Und warum war sie es?

Edomir schüttelte den Kopf. „Ich bin mir sicher."

Ben schnaufte. „Dann bedeutet das, dass wir in die Menschenwelt müssen." Er machte eine kurze Pause. „Und von uns acht könnten euch nur zwei dorthin bringen."

„Ich werde nicht mit ihnen reisen!", donnerte Jespers Stimme durch den Raum. Er war gerade aus der Dusche gekommen und trug nur ein rotes Handtuch um die Hüften. Sein Körper war durchtrainiert, aber mit roten Pusteln übersät. Zumindest passte die Farbe, dachte ich und musste schmunzeln.

„Ich muss mich in der Sinnlichen Welt zeigen, ich habe andere Verpflichtungen. Ich werde nicht Taxi für drei von den jämmerlichen Gestalten spielen."

Ich ließ mich auf die Couch des Gemeinschaftsraumes nieder und überließ Ben die Argumentation.

„Du hast keine andere Wahl", sagte Ben mit süffisantem Unterton. „Wir sind die Einzigen, die reisen können. Oder willst du jemand anderen ins Vertrauen ziehen?"

Jesper knurrte. Seine Nase erinnerte wieder an seine alte, doch die dicken Pusteln prangten noch immer in seinem Gesicht. Es war kein schöner Anblick.

„Wir könnten Quirin von deinem Unwillen erzählen", machte Ben weiter, der Jespers Auflehnung sichtlich genoss. „Dein mangelnder Ehrgeiz, dazu noch deine Zerstörungswut die Einrichtung der Bruderschaft betreffend – das findet er sicher interessant." Die rote

Zeichnung des Wutträgers glomm auf und er ballte die Fäuste.

„Du unterstellst mir mangelnden Ehrgeiz?" Jespers stahlblaue Augen blitzten und er atmete geräuschvoll aus. Dann schien er eine Entscheidung zu treffen, denn seine Körperhaltung wurde wieder so korrekt wie eh und je. „Ich werde nicht nur in die andere Welt reisen, ich werde auch den Hinweis als Erster entschlüsseln." Nach einer kurzen Pause verzog sich sein Mund zu einem grimmigen Lächeln. „Aber *ich* werde weder den unkontrollierbaren Magiebegabten noch den Fetten mitnehmen."

Kapitel 3

Ich war im Tunnel. Die scharfkantigen Mondlichtsplitter leuchteten in einem satten Schwarz an den funkelnden Wänden, sie zischten an mir vorbei und ich fühlte den kräftigen Schlag meiner Flügel. Die Luft peitschte mir ins Gesicht und die Geschwindigkeit versetzte mich in eine Art Rausch, ich fühlte die Gefahr und die Leichtigkeit, mit der ich ...

Ich war wieder in der Hecke. Ich hörte Viktors tiefes Flüstern, hörte seine Worte und spürte seinen Drang, sich meiner Erinnerungen zu bemächtigen, vor allem jener, die sich dunkel und düster anfühlten. Ich spürte seinen kalten Atem, der meinen Hals streifte und mir einen eisigen Schauer über den Rücken jagte ... Ängstlich schloss ich die Augen. Als ich sie wieder öffnete, war ich wieder in der Mine. Ich hörte die klirrenden, hohen Töne, die die scharfen Krallen der Kratzer verursachten, und fühlte, wie sie mir durch Mark und Bein gingen.

Die Kratzer. Sie waren hinter uns. Und sie wollten nur eins, sie wollten unsere Köpfe berühren, um sie dann zu zertrümmern, um sie und unsere Erinnerungen in tausend Scherben zerbersten zu lassen ... Und sie kamen näher, sie wollten nach mir fassen, ich sah, wie ihre Klingen aufblitzten und nach mir ...

Ich schreckte hoch und schnappte nach Luft.

„Lee, beruhige dich, es war nur ein Traum", murmelte Ben und streichelte mein Gesicht. „Es war bloß ein

Traum."

Mein Nachtgewand klebte an mir und ich brauchte einen Moment, um mich wieder im Hier und Jetzt zurechtzufinden. Ich befand mich in unserem Haus in der Schwarzweißen Stadt, in unserem Schlafzimmer, in unserem Bett. Ben hatte sich aufgerichtet und dunkle Schatten lagen unter seinen Augen.

„Es war ein merkwürdiger Traum", sagte ich atemlos. „Er fühlte sich so real und doch so fremd an. Ich habe von der Mine geträumt, es war, als ob sie mich nicht loslassen wollte. Die Erinnerung an die Kratzer."

Ben fuhr sich durch seine verstrubbelten Haare. „Es liegt hinter uns, Lee", sagte er müde. „Die Kratzer werden uns nie wieder begegnen." Sein Blick, der so viel Zuversicht und Liebe ausstrahlte, beruhigte mich.

„Entschuldige, dass ich dich geweckt habe", sagte ich schwach.

„Halb so wild", entgegnete Ben. „Ich konnte auch nicht besonders gut schlafen. Ich habe echt irres Zeug geträumt." Er machte eine kurze Pause. „Muss an den Erlebnissen unserer Missionen liegen. Unser Leben ist tatsächlich alles andere als langweilig."

„Hättest du es denn lieber langweilig?", fragte ich mit einem Lächeln im Gesicht.

„Gut, ein bisschen Langeweile wäre vielleicht nicht schlecht", meinte er und richtete sich das Kopfkissen. Dann legte er sich wieder neben mich. Dabei zog er die Bettdecke zurecht, sodass sie seinen gut trainierten nackten Oberkörper verhüllte.

„Das ist vielleicht ein bisschen zu viel Langeweile", sagte ich seufzend und deutete auf die hochgezogene Bettdecke.

„Ach ja?", erwiderte er mit rauer Stimme.

„Ja", bestätigte ich und als er seinen Arm um mich legte und unsere Lippen zu einem langen Kuss verschmolzen, war es das genaue Gegenteil von Langeweile.

„Das wird sicher gut laufen", versuchte ich Ben aufzumuntern, der mir gegenübersaß und mich ansah, als würde ich den größten Schwachsinn von mir geben.

Statt etwas zu erwidern, zog er nur eine Augenbraue hoch, spießte ein Stück Omelette auf die Gabel und schob es sich in den Mund. Aus unserem Garten ertönten laute Sägegeräusche, die ich bewusst ignorierte.

„Vielleicht ist Jaron gar nicht so schwer, wie er aussieht", machte ich weiter, war mir aber bewusst, dass ich bei Ben mit meinen kläglichen Versuchen auf Granit biss. Außerdem hatte ich selbst ein ungutes Gefühl, was die Reise in die Menschenwelt anbelangte. Aber wir mussten alle dorthin, das hatte Quirin klargestellt – schließlich wussten wir nicht, wem es am besten gelingen würde, die Erinnerung an sein altes Leben zu wecken.

„Gar nicht so schwer, wie er aussieht? Ich denke nicht, dass er seit gestern stark an Gewicht verloren hat", meinte Ben trocken und nahm einen Schluck von seinem Schwarztee. „Lee, ich muss mich beim Fliegen stark konzentrieren. Schon in der Mine war es ein Kraftakt für mich, dich und Thaya sicher über den Abgrund zu bringen. Und das waren nur dreißig Meter und kein messerscharfer Tunnel."

Ich nippte an meinem Gelbtee und schob die grünrote Schlingpflanze, die sich meinem Toast näherte, sachte zurück. „Das ist doch genau der Grund, warum wir vorher trainieren – damit wir unbeschadet durch den Tunnel kommen."

„Selbst im Training kann etwas passieren."

Ich legte ihm die Hand auf den Arm. „Ich weiß, Ben. Aber wir vertrauen dir." Er sah zur Seite und mir wurde bewusst, wie stark Ben sich seit unserem ersten Treffen verändert hatte. Er war nicht mehr der egoistische, selbstverliebte Arsch, der mich zur Weißglut trieb - sondern er war jemand, der sein Gewissen entdeckt hatte.

Die hellroten Wände, die zu unserem Garten führten, öffneten sich lautlos und Simeon betrat unser Wohnzimmer. Seine hellblonden Haare standen wild zu allen Seiten ab und er trug den schwarzen enganliegenden Anzug der Bruderschaft. Mit einem verschmitzten Lächeln ging er auf die kleine Kochnische zu, in der Ben und ich saßen.

„Hey, Jaron und ich arbeiten draußen und mühen uns ab, während ihr hier euer Frühstück genießt?", fragte er und griff nach meinem Teller. Schnell schlug ich ihm auf die Finger.

„Ich wollte doch nur probieren", sagte er verteidigend und sah zu Bens letztem Rest des Omeletts.

„Komm nicht mal auf den Gedanken", knurrte Ben.

Simeon hob beschwichtigend die Hände. „Schon gut, schon gut, ich rühre nichts an. Aber seid ihr dann mal fertig?" Er rieb sich die Hände. „Wir müssen doch trainieren!"

Ich runzelte die Stirn. „Du bist ja ganz erpicht darauf, zu fliegen, Simeon."

„Aber selbstverständlich! Fliegen ist etwas, was noch kein Magiebegabter geschafft hat, also von alleine."

„Du kannst gleich gerne von alleine aus unserem Wohnzimmer fliegen", sagte Ben kühl und schob sich das letzte Stück seines Omeletts in den Mund.

Simeon schürzte die Lippen. „Sehr witzig, Ben. Aber das Fliegen ist so aufregend … Immerhin werde ich von oben neue Eindrücke gewinnen und sicher unglaublich inspiriert sein. Wer weiß, was ich dann noch alles erfinde und ob ich nicht so …" Er stockte und das Glitzern in seinen Augen ließ mich stutzig werden.

„Ob du nicht so?", wiederholte ich wachsam.

„Ach, nichts", entgegnete er und zog zwei grün funkelnde Broschen aus seinem Anzug, die wie Knöpfe aussahen. Er grinste stolz. „Hier", sagte er und reichte uns den Brustschmuck. „Zu diesen Notfallbroschen wurde ich auch inspiriert. Quirin hat mir sogar erlaubt, einen mächtigen Zauber der Macht der Acht einzuweben, weil er meine Idee so fulminant fand. Ihr seht also wiedermal, wie wichtig und hilfreich meine Inspiration und die daraus geschaffenen Erfindungen sind.

Denn nach eurer Begegnung mit den Kratzern schien es mir notwendig, in der Lage zu sein, die anderen Sinnträger schnell alarmieren zu können. Mit der Brosche könnt ihr ein Notsignal senden und die Empfänger haben die Möglichkeit, blitzschnell zu euch zu kommen. Na, jetzt seid ihr aber beeindruckt, oder?"

„Das ist wirklich hilfreich, Simeon. Aber wir waren gerade noch bei einem anderen Thema", setzte ich an. „Du wolltest uns erklären, was du vorhin meintest, als du …"

„Wollen wir jetzt endlich nach draußen gehen?", unterbrach mich Simeon ungeduldig. „Jaron wartet immerhin schon auf uns." Er fuhr sich nervös über seinen Anzug.

„Er lenkt schon wieder ab", meinte Ben und schnaufte. Dabei sah er Simeon eindringlich an. „Es ist also wahr."

„Was soll denn bitteschön wahr sein?", fragte Simeon und ich konnte sehen, wie sich ein leichter Schweißfilm auf seiner Stirn bildete.

„Dass du an den Magischen Magiespielen teilnimmst", erklärte Ben vorwurfsvoll. „Deswegen verkriechst du dich in deinem Labor. Und weil du natürlich Schiss vor den Missionen hast."

„Nein, also verkriechen würde ich das jetzt nicht nennen", entgegnete Simeon und knetete seine Hände. „Wir müssen die Aufgaben nach unseren Talenten verteilen."

Ich dachte an die Magischen Magiespiele und wie faszinierend es sein musste, sie zu besuchen. Sie fanden nur alle acht Jahre statt und waren ein gigantisches Ereignis, mit Wettkämpfern aus allen acht Ländern.

„Du willst also in der Disziplin ‚Erfindungsreichtum' antreten?", fragte ich. „Ist das dein Ziel?"

Simeon starrte auf seine Hände, was Antwort genug war.

„Ich kann es nicht glauben: Während wir uns in Gefahr begeben, trainierst du für so einen unsinnigen Wettkampf - Edomir hatte tatsächlich recht", murrte Ben.

„Das ist kein unsinniger Wettkampf!", widersprach Simeon aufgebracht. „Das sind die Magischen Magiespiele! Habt ihr eine Ahnung, was für eine Ehre es ist, sich für eine Golddisziplin zu qualifizieren? Nur die besten Magiebegabten der ganzen Sinnlichen Welt werden ausgewählt!" Er holte tief Luft. „Und wenn dein neuer Freund Edomir immer recht hat, hat er dann auch recht, wenn er behauptet, dass deine Beziehung zu Lee irgendwann die Mission gefährden könnte? Und dass die Templer solche Verbindungen nicht gutheißen?"

Ich schluckte und wollte an den Kommentar gar nicht denken. Noch einmal von Ben getrennt zu sein, würde ich nicht aushalten, Vorstellung der Templer hin oder her.

Ben zog hörbar die Luft ein. „Was hältst du davon, uns einmal auf einer Mission zu begleiten, Simeon?"

Simeon verschränkte die Arme vor der Brust. „Fragst du das, weil du mich gerne dabeihaben oder weil du mich der Gefahr aussetzen möchtest?"

„Natürlich weil er dich dabeihaben möchte", sagte ich schnell, bevor Ben den Mund öffnen konnte.

„Gut", sagte Simeon und klatschte abermals in die Hände, „dann können wir mit dem Training doch gleich beginnen – die Reise in die Menschwelt gilt doch als Mission, oder?"

„Simeon, was hast du mit unserem Garten gemacht?", fragte ich und starrte auf den Ort, der sich hinter unserer Terrassentür zeigte.

Denn wir blickten nicht auf die grüne Wiese, die normalerweise von üppigen Dschungelpflanzen umwuchert wurde, sondern in eine breite Fabrikhalle mit abgenutzten Wänden und meterhohen Gitterfenstern. Jaron kam auf uns zu, doch meine Aufmerksamkeit lag am Ende der Halle, wo sich eine durchsichtige Lichtröhre befand, deren grün funkelnde Innenwände aus Mondlichtsplittern sich wie bei einer riesigen Zentrifuge unaufhörlich drehten. Der künstlich erschaffene Tunnel erinnerte mich an jenen, den Sinja während Bens Reisendenprüfung hatte entstehen lassen.

„Gigantisch, oder?", meinte Simeon stolz und hob die Brust.

Ich drehte mich zu ihm um. „Was hast du getan?!", fuhr ich ihn an. „Wo ist unser Garten?!"

So sehr ich mich erst an das Haus mit seinen hellroten Wänden, den Schlingpflanzen und der wildwuchernden

Umgebung hatte gewöhnen müssen, so sehr war es mir auch ans Herz gewachsen. Ich verdankte dem Dschungelgarten mein Leben, denn der Saft des Rotbaumes hatte das Gift aus Bens Torte neutralisiert.

Umso stärker vermisste ich nun die üppig blühenden Pflanzen und den Geruch nach Honigorangen, Rosenthymian oder Rotpfirsich, den der Wind herantrug. Manchmal wusste ich gar nicht, was es war – aber es roch immer sanft und leicht.

„Hey, beruhige dich, Lee", sagte Simeon und legte mir die Hand auf den Arm. „Das ist doch nur eine Illusion. Alles okay." Er sah mich abwartend an. „Na, wie wäre es jetzt mit einem ‚WOW, was du alles kannst, Simeon'?"

„Ich hätte mehr ein ‚WOW … was du mich alles kannst, Simeon' auf Lager", sagte Ben abfällig.

„Wiedermal sehr witzig, Ben", lachte Simeon und schlug ihm auf die Schulter. „Aber ich sehe, dass es dir gefällt."

Simeon hatte recht, Ben hatte einen anerkennenden Ausdruck im Gesicht.

„Hallo Lee und Ben. Ich hoffe, ich bin richtig angezogen", begrüßte uns Jaron, der sich ebenfalls in einen enganliegenden Anzug der Bruderschaft gezwängt hatte – nur saß er bei ihm etwas enger. Die dicken Röllchen, die an seinem Bauch zu sehen waren, ließen mich unhörbar die Luft einziehen. Wie viel wog Jaron? Waren es hundertdrei Kilo? Ich versuchte, mir nichts anmerken zu lassen, aber es bereitete mir ein mulmiges Gefühl, mir Ben mit Jaron im Tunnel vorzustellen.

„Wie ist es denn so in der anderen Welt?", fragte Jaron voller Vorfreude und rieb sich die Hände. „Bist du schon mal mit deinen Erinnerungen in Berührung gekommen, Ben?"

Er schüttelte den Kopf. „Noch nie", erwiderte er kurz.

„Das überrascht mich jetzt NICHT", grinste Simeon. „Heutzutage ist es ja fast schon verpönt, sich mit seiner Vergangenheit als Mensch auseinanderzusetzen, aber ich habe gelesen, dass es Sinnträger geben soll, die allein durch die Berührung vertrauter Gegenstände wieder in ihr altes Ich zurückgefunden haben."

„Das heißt, wir müssen dort einfach alles anfassen, um uns zu erinnern?", meinte Jaron begeistert.

„Zuerst mal müssen wir in die andere Welt kommen", gab ich zu bedenken.

Simeon klatschte enthusiastisch in die Hände. „Ich melde mich gerne als erster Flugpartner", sagte er mit einem erwartungsvollen Blick in Richtung Ben.

„Kannst du vergessen", gab Ben kühl zurück. Er stand noch immer da und betrachtete den grünen Tunnel, den Simeon erschaffen hatte.

„Sind die Splitter echt?", fragte er.

„Es ist zwar hier alles nur eine Art Täuschung, die ich nach unserem Training wieder auflösen werde, damit Lee ihren chaotischen Garten zurückbekommt", erklärte Simeon und bedachte mich mit einem kurzen, vorwurfsvollen Seitenblick, „aber dennoch kann man sich an den Mondsplittern verletzen. Daher habe ich diese große Halle gewählt, damit wir vorher noch so ein bisschen herumfliegen können."

„So ein bisschen herumfliegen können?", Ben verengte seine dunklen Augen. „Simeon, das hier ist kein Spaß. Das hier ist nicht dazu gedacht, damit du ein bisschen herumfliegen kannst."

„Natürlich nicht", entgegnete Simeon. „Wo denkst du hin? Selbstverständlich weiß ich das." Er presste die Lippen aufeinander.

Jaron rieb sich über seine Wange. „Ich kann auch als Erster mit Ben fliegen, wenn ihr möchtet."

„Nein, ich glaube, ich werde es mit Lee probieren", sagte Ben schnell. Dann räusperte er sich. „Ich muss den Mondlichttunnel stabil halten, um meine Flügel nicht zu verlieren", erklärte er und warf Simeon einen bezeichnenden Blick zu. „Greift also nicht in den Tunnel, fasst ihn nicht an – außer ihr wollt hineingezogen und von den Mondlichtsplittern aufgespießt werden und sterben."

„Was siehst du mich so an?", fragte Simeon und verzog den Mund. „Als ob ich das tun würde."

„Du weißt, warum. Den Tunnel NICHT ANFASSEN. Verstanden?"

„Natürlich nicht. Ich bin doch nicht blöd."

Ben hob vielsagend eine Augenbraue und hob dann seinen Arm in die Höhe. Er betrachtete kurz Simeon, dann entfachte sich seine schwarze, zerrissene Zeichnung, die sich ornamentähnlich über den Hals erstreckte. Ich sah, wie die Energie durch ihn hindurchfloss und in der Luft einen tellergroßen Strudel formte, der mehr und mehr anschwoll, bis er groß genug war, um einen Sinnträger hindurchzulassen.

„Der wäre aber zu klein für zwei", flüsterte mir Simeon zu, wohlbedacht, Ben nicht zu stören.

„Er will ja auch nur seine Flügel entfalten", erwiderte ich, ohne meine Augen von Ben zu nehmen, denn dieser Anblick raubte mir jedes Mal den Atem. Ben streckte seine Hand langsam in den Mondlichttunnel, der in sich selbst rotierte und magisch knisterte.

Einen Herzschlag später erklang ein reißendes Geräusch und ein Paar eindrucksvoller schwarzer Schwingen brach aus Bens Rücken. Ich hielt die Luft an.

Es war jetzt das dritte Mal, dass ich seine Flügel sehen konnte, und ich konnte mich an ihrem Anblick noch immer nicht sattsehen. Sie wirkten so mächtig mit ihren dichten mattschwarzen Federn, die so lang und gewaltig waren, dass sie beim Gehen den Boden streiften.

„Wächterin", rief Ben und sein Mundwinkel zuckte. „Stürmisch und schnell oder langsam und vorsichtig?"

Ich ging auf Ben zu, bis uns noch etwa eine Armeslänge trennte.

„Du musst ganz nah an mich heran", sagte er verlangend. Seine dunklen Augen funkelten mich an und ich fragte mich, ob ein Sinnträger überhaupt noch anziehender sein konnte. Nein, nicht für mich. Ben war alles, was ich wollte.

Ich machte einen kleinen Schritt auf ihn zu.

„Nah genug?", fragte ich leise.

Ben legte seine Hand auf meinen Rücken und zog mich an sich heran, bis nicht der kleinste Lufthauch zwischen uns passte. Ich fühlte seine trainierten Bauchmuskeln und die Kraft seiner Arme durch den Anzug hindurch.

„Also stürmisch und schnell oder langsam und vorsichtig?", flüsterte er mir ins Ohr. Sein warmer Atem verursachte ein starkes Bauchkribbeln und ich schlang meine Arme um seinen Hals.

„Natürlich stürmisch und schnell", hauchte ich herausfordernd.

Mehr musste ich nicht sagen. Mit einer fließenden Bewegung sprang Ben vom Boden ab und riss mich mit sich in die Höhe. Er schlug kräftig mit seinen mattschwarzen Flügeln und fand schnell seinen Rhythmus. Automatisch klammerte ich meine Beine um ihn und fühlte mich sicher an seiner Brust.

Ben flog mit mir durch die Fabrikhalle und es war

großartig, mit ihm durch die Lüfte zu zischen. Es fühlte sich befreit und grenzenlos an, es war, als würde das gesamte Gewicht, das sonst auf unseren Schultern lastete, einfach an Bedeutung verlieren, als gäbe es nur noch Ben und mich, und ich wünschte, dass aus diesem Moment eine Ewigkeit werden würde.

Als unsere Füße sanft den Boden berührten, war ich enttäuscht, dass es schon wieder vorbei war.

„Das sah fantastisch aus!", rief Simeon aufgeregt und seine grünen Augen leuchteten. „Jetzt bin ich dran!"

„Nicht so schnell", entgegnete Ben und ließ mich noch nicht aus den Armen. „Lee, ist alles okay? Dein Herzschlag ging so schnell", flüsterte er mir zu.

„Es war ... unbeschreiblich schön", sagte ich und gab ihm einen Kuss auf die Wange. „Danke."

„Gern geschehen", sagte er.

„Seid ihr jetzt mal fertig?", meckerte Simeon ungeduldig.

Ben seufzte. „Na gut, komm her."

Simeon grinste über beide Ohren. „Wie war das nochmal? Ich muss ganz eng an dich heran?", fragte er feixend.

Ben reckte den Nacken. „Vorsicht, Magiebegabter."

„Okay, okay, aber wie nah darf ich denn?", fragte Simeon und trat auf Ben zu, sodass er ihm zwei Schritte gegenüberstand.

„Dreh dich um."

„Wie? Ich soll mich umdrehen?", fragte Simeon und runzelte die Stirn.

„Ich steh nicht drauf, wenn du deinen Kopf an meine Brust schmiegst. Zieh am besten deine Beine an und mach dich ganz klein."

„Aber Lee hat doch auch ...", begann Simeon.

„Das ist etwas anderes."

Simeon verdrehte kurz die Augen, folgte dann aber Bens Anweisung.

„Ich könnte eine Art Gurt konstruieren, damit wir ganz eng verbunden sind", meinte Simeon und ein Ausdruck des Entzückens legte sich über sein Gesicht.

Ben schüttelte nur den Kopf. „Vergiss es."

„Warum?"

„Mit Gurt kann ich dich schwer fallen lassen", antwortete Ben nüchtern.

„Haha, sehr witzig", sagte Simeon. Doch bevor er noch etwas erwidern konnte, griff Ben von hinten unter seine Arme und schoss mit ihm in die Höhe. Ich hörte nur ein lautes „WOW" und sah, wie sich Simeons grüne, spiralförmige Gesichtszeichnung entfachte, als er gemeinsam mit Ben über unsere Köpfe flog. Ben erhöhte mit Simeon nochmals das Tempo, dem es sichtlich zu gefallen schien. Er juchzte.

„Scheint toll zu sein", sagte Jaron und seine orangefarbene Gesichtszeichnung begann leicht zu glimmen.

„Vorfreude?", fragte ich.

Er nickte. „Ich bin noch nie geflogen. Naja … Das sind wir ja alle nicht. Von hier unten sieht es einfach grandios aus", schwärmte er und blickte auf den Mondlichttunnel, der ein paar Meter entfernt noch immer in der Luft schwebte und seine scharfen Splitter präsentierte. „Aber wie wird es erst sein, wenn wir durch den echten Tunnel fliegen? Ich weiß, dass schon einige Reisende und Beschützer dort ihr Leben gelassen haben."

„Es wird schon gut gehen", sagte ich und wünschte, ich könnte mir selbst glauben.

„Nicht mal in der Luft kannst du die Klappe halten",

ätzte Ben, als er mit Simeon wieder neben uns landete.

„Das war … Das war der absolute WAHNSINN. Jaron, das musst du unbedingt auch probieren, der HAMMER!"

Ben seufzte.

„Ist es sehr anstrengend?", fragte ich.

„Es geht", erwiderte Ben und ich sah, wie er Jarons Körper unruhig betrachtete. Der Freudeträger schob sich seine braunen Haare aus dem Gesicht und ging auf Ben zu. „Bin ich jetzt an der Reihe?", fragte er und das Leuchten seines Gesichtsmusters verstärkte sich.

Ben nickte. „Ich hätte nicht gedacht, das jemals zu sagen, aber: Mach es so, wie Simeon es gemacht hat. Das hat gut funktioniert."

Ich sah, wie sich ein fettes Grinsen in Simeons Gesicht schob, und musste automatisch schmunzeln.

Ben packte Jaron unter den Armen und sein Mund verzog sich vor Anstrengung, als er Jaron anhob. Ben tat mir leid und ich begann, mich über Jesper zu ärgern, der sich natürlich absichtlich die drei Fliegengewichte Edomir, Caprice und Thaya ausgesucht hatte.

Ben ging etwas in die Knie und benutzte einen kräftigen Sprung, um sich vom Boden abzustoßen. Er zog den pummeligen Freudeträger mit sich in die Höhe und ich erkannte an seinen zusammengekniffenen Gesichtszügen, dass es ihn viel Anstrengung kostet, Jarons Gewicht zu halten.

Ben musste öfters und schneller mit den Flügeln schlagen, um überhaupt voran zu kommen, und er gewann nur langsam an Höhe. Während sich Jarons Gesicht zu einem einzigen Freudestrahlen verzog, rannen Ben Schweißperlen über seine Stirn und ich dachte daran, dass er nicht nur Jarons Gewicht tragen, sondern dabei auch noch den Mondlichttunnel mit seinem Sinn stabil halten musste, um nicht die Flügel zu verlieren.

Sie waren nur wenige Meter über unseren Köpfen, als Ben die Zähne zusammenbiss, kräftig mit seinen Schwingen schlug und sich nach oben arbeite. Wahrscheinlich wollte er prüfen, wie weit er mit Jaron fliegen konnte.

Schließlich gewannen sie an Höhe und brausten über uns hinweg bis ans Ende der Halle. Doch die Bewegung war nicht so anmutig, wie ich sie bei mir selbst oder bei Simeon empfunden hatte. Ben kämpfte mit Jarons Gewicht, er begann zu wanken, so als hätte er Probleme, das Gleichgewicht zu halten. Ich schluckte. Als Jaron uns plötzlich fröhlich zuwinkte, kam Ben ins Trudeln, kippte zur Seite und verlor zu schnell an Höhe.

Ich hielt den Atem an, Ben hatte anscheinend keine Kontrolle mehr, denn das Gewicht des Freudeträgers zog ihn nach unten, sodass er flügelschlagend auf uns zuraste. Hoffentlich verletzte er sich nicht!

„Wir müssen in Deckung!", schrie Simeon und zog mich rasch zur Seite an die Wand.

Und dann passierte alles furchtbar schnell: Ben und Jaron stürzten ab und während Ben es irgendwie schaffte, sich über die Schulter abzurollen, kullerte Jaron mit einer solchen Geschwindigkeit auf den Mondlichttunnel zu, dass ich nur hilflos zusehen konnte, wie er von ihm eingesogen wurde.

Der Freudeträger schrie und ich sprintete nach vorne und warf mich mit dem Oberkörper in den knisternden Tunnel. Meine Finger streckten sich Jaron entgegen und ich fühlte die scharfen Mondlichtsplitter meine Haut aufreißen, während der Freudeträger immer weiter ins

Innere gezogen wurde. Verzweifelt streckte ich mich noch weiter, erwischte jedoch nur seine Finger und zog daran, so gut ich konnte. Dann waren auch Ben und Simeon an meiner Seite und gemeinsam schafften wir es endlich, Jaron aus dem Tunnel zu zerren.

Einige Atemzüge später saßen wir alle auf dem kalten Fabrikboden und ich hörte unsere pochenden Herzschläge. Mein Blick haftete noch immer an Jaron, dessen Körper mit etlichen Schnittwunden übersät war, aus denen das Blut rann. „Das war knapp", keuchte er schmerzverzerrt.

„Ja, das war es", sagte Ben und holte tief Luft, während sich seine zerrissenen Linien entfachten. „So etwas darf nicht noch einmal passieren." Er machte eine kurze Pause und sein Blick verdunkelte sich. „Wir werden noch verdammt viel trainieren müssen."

Job-Ausschreibung des Ministeriums der Wut

Das Ministerium der Wut gibt bekannt, dass der Posten
des Gestalters / der Gestalterin der Wut
zu besetzen ist.

Umstände, die hier nicht weiter erläutert
werden müssen und den Zorn des Landes heraufbeschworen
haben, führen zu dieser Notwendigkeit.
Das Land ist noch immer in ungebrochener Wut
über den Verlust der roten Gestalterin.
Das Ministerium der Wut befiehlt jedoch, dass
NICHT DARÜBER GESPROCHEN WIRD, da die
Erläuterung der Umstände unweigerlich zu
unkontrollierbarer Gewalt, handgreiflichen
Auseinandersetzungen und endgültiger Zerstörung
führen würde.

Bewerben kann sich jeder, der sich dem Wohl
des roten Landes verschrieben hat und Erfahrung
im Umgang mit Teams, herausfordernden Situationen
und in der Wahrung der roten Interessen und des
Gleichgewichts vorzuweisen hat.Das Ministerium der
Wut erzürnt sich an Bewerbern, die dieses dezidiert
vorgegebene Profil nicht erfüllen,
und behält sich vor, Gefängnisstrafen zu verhängen,
für all jene, die sich anmaßen, die Zeit des
Ministeriums der Wut zu verschwenden.

Bewerbungen werden bis zum Auftauchen des roten
Mondes entgegengenommen.

Kapitel 4

„Ich würde lieber Simeon zuerst mitnehmen. Er ist für den Test am besten geeignet." Ben fuhr sich mit der Hand durch die dunklen Haare und die Bewegung wirkte ungewöhnlich nervös für seine Verhältnisse.

„Simeon ist mit den Vorbereitungen für die Magischen Magiespiele beschäftigt", sagte ich so sanft wie möglich, obwohl wir zum vierzigsten Mal über das Thema sprachen. Natürlich verstand ich Bens Sorge um mich, aber sie war in diesem Moment nicht hilfreich. Außerdem ließ sie mich daran denken, was Edomir gesagt hatte: dass eine Liebesbeziehung unter den Auserwählten die ganze Mission gefährden konnte.

Entschlossen schob ich diesen Gedanken weg von mir, immerhin hatte die Liebe zwischen Ben und mir auch zum Sieg über Ruwen geführt.

„Ich verstehe nicht, warum ihm diese beschissenen Magiespiele so wichtig sind", knurrte Ben und ging zu unserem Fenster im Schlafzimmer, wo er mit gerunzelter Stirn in den Garten hinausstarrte. Die Sonne war vor ein paar Minuten untergegangen und der blaue Mond stand am Himmel. Er beleuchtete unseren Rasen mit dem runden Springbrunnen in der Mitte und dem angrenzenden Dschungelwald.

Ich stieg über eine grün-rote Schlingpflanze, die sich schon wieder aus dem Erdgeschoss zu uns verirrt hatte, egal, wie oft Ben sie aus dem Schlafzimmer verbannte, und stellte mich neben ihn.

„Die Spiele machen aus Simeon einen besseren

Magiebegabten. Er wächst an der Herausforderung und ich finde, dass ihm die Konkurrenz zu den anderen Teilnehmern guttut. Denk nur an die Notfallbrosche, die er erfunden hat."

„Simeon hat schon immer Dinge erfunden", schnaubte Ben.

„Ja, *Dinge*", wiederholte ich vielsagend. „Aber ein Wasserwärmer hilft uns nicht bei der Suche nach den Büchern."

„Ich könnte es noch mal mit Jaron versuchen", meinte Ben, der mit seinen Gedanken schon wieder bei der Reise in die andere Welt war.

„Jaron ist zu schwer. Das ist zu gefährlich", widersprach ich und dachte an meine erste Wasserreise mit einem Passagier. Zwischendurch hatte ich das Gefühl gehabt, zu ertrinken - und das, obwohl Edomir zu den schmächtigsten Sinnträgern in unserem Kreis gehörte. Man brauchte viel Übung, um mit einem zweiten Träger zu reisen. Und Ben war einfach noch nicht so weit, den stämmigen Freudeträger durch den messerscharfen Tunnel aus Mondlichtsplittern zu tragen, das spürte ich. Auch wenn wir lange trainiert hatten, so war der echte Mondlichttunnel doch noch gefährlicher als unsere Simulation.

„Mach dir keine Sorgen", sagte ich leise und strich ihm sanft über den Arm. „Mir passiert nichts."

„Aber wenn …"

„Nichts wird schiefgehen", unterbrach ich bestimmt. „Ich habe keine Angst, mit dir in die andere Welt zu reisen."

Ben drehte sich mit einer abrupten Bewegung zu mir und ich atmete unbewusst tiefer ein, als mich sein frischer und vertrauter Duft mit der holzigen Note traf.

„Du hast nie Angst, Wächterin", sagte er ernst und seine Finger strichen eine Haarsträhne hinter mein Ohr und fuhren elektrisierend über meinen Hals. „Genau das ist das Problem."

„Das stimmt nicht", erwiderte ich atemlos und genoss seine Berührung auf meiner Haut. „Ich habe oft Angst."

„Aber nicht um dich", murmelte Ben und zog mich näher zu sich. „Du sorgst dich immer nur um die anderen. Und das ist so verdammt gefährlich." Er sah mich eindringlich an und ich versank in der Betrachtung seiner braun gesprenkelten Augen. Vielleicht hatte er recht, aber das änderte nichts an unserer Situation. Wir mussten uns in Gefahr begeben, wir gehörten nun mal zum Kreis der Auserwählten.

„Ich vertraue dir", flüsterte ich.

„Ich weiß", erwiderte er resigniert und senkte seine Lippen auf meine. Sein Kuss war sanft, dennoch fühlte ich ein Prickeln über meine Haut rasen, als seine Lippen meine berührten. Schließlich hob er den Kopf und sah mich an.

„Aber Vertrauen wird uns hier nicht weiterbringen."

„Was denn dann?", fragte ich.

„Um unbeschadet durch den Tunnel zu kommen, brauchen wir etwas Glück", sagte er und sein Mundwinkel zuckte, „und eine Menge Ekel."

Ben stieg die Treppe aus Ästen, die sich rund um den lebenden Baum in der Mitte unseres Turmes wand, hinunter und trat hinaus in den Garten. Ich folgte ihm und band mir im Gehen die Haare zu einem Knoten zusammen. Kurz hatte ich überlegt, meinen Wächterstab in die andere Welt mitzunehmen, den Gedanken aber sofort wieder verworfen. Auf der Suche nach unserer menschlichen Vergangenheit würde er mir nichts nützen und ich wollte ihn nicht in den Turbulenzen des Tunnels verlieren.

Ben schritt genau in die Mitte unseres Rasens und lockerte die Schultern. Er atmete tief durch, bevor er mir einen knappen Blick zuwarf. „Bereit?"

Mein Mund war plötzlich ganz trocken. „Ja, das bin ich", sagte ich entschlossen und merkte, wie mein Puls in die Höhe schoss.

Ben streckte den Arm aus. Seine zerrissenen schwarzen Linien flackerten auf und ich sah, wie sich die magische Energie ihren Weg bis in seine Fingerspitzen suchte und von dort in die Nacht hinaussprang. Der Magiestrahl war kräftig und ballte sich binnen eines Herzschlags zu einem schwarzen Energiestrudel zusammen, der sich zu einem leuchtenden Tunnel eröffnete.

Ein leises, magisches Summen erfüllte die Luft. Während sich die Innenwände des Tunnels langsam drehten, ertönte ein reißendes Geräusch und Bens Flügel brachen aus seinem Rücken. Ehrfürchtig berührte ich die mattschwarzen Federn und fühlte, wie Ben erschauerte.

„Kitzelt das?", fragte ich.

„Bin mir nicht sicher. Mach's noch mal", raunte er mit einem dreckigen Grinsen und ich boxte ihm spielerisch gegen die Schulter.

Ben lachte leise und fing mich mit einer raschen Bewegung ein, sodass ich ganz nah vor ihm stand.

„Jetzt bist du froh, dass ich nicht Simeon bin, gib es zu", flüsterte ich und schlang meine Arme um seinen Nacken.

Statt einer Antwort zog er lächelnd eine Augenbraue hoch.

„Bereit, in die andere Welt zu fliegen, Wächterin?"

„Langsam und vorsichtig oder stürmisch und schnell?",
wisperte ich aufgeregt. Eine kribbelnde Erregung erfasste
mich vom Kopf bis zu den Zehenspitzen. Den Eingang
in den Tunnel hatte ich ja oft genug gesehen, aber ich
hatte keine Vorstellung, wie das Ende aussah. Und wie
würde es sich anfühlen, wieder in der Menschenwelt zu
sein? Würden meine Erinnerungen sofort wiederkehren -
oder würde ich einfach nur ich bleiben? Würde ich dem
Geheimnis der blauen Augen auf die Spur kommen?

„Langsam und vorsichtig funktioniert da drin nicht",
sagte Ben ernst. Dann schob er einen Arm unter meine
Kniekehlen und hob mich hoch. Wir hatten viele Arten,
gemeinsam zu fliegen, ausprobiert - und das war diejenige,
die ihn auf Dauer am wenigsten Kraft kostete, obwohl
sie bei Jaron und Simeon doch etwas eigenartig aussah.
Ich schlang meine Arme noch fester um seinen Nacken,
während er mich an seine Brust drückte. Wenn ich
meinen Körper anspannte und mich zusammenkauerte,
erleichterte ihm das den Start zusätzlich.

Ben atmete einmal tief ein, dann breitete er seine
schwarzen Schwingen aus, stieß sich vom Boden ab und
flog mit kräftigen Flügelschlägen direkt in den magisch
knisternden Tunnel hinein.

Die scharfkantigen Mondlichtsplitter zischten an
mir vorüber. Sie sahen genauso aus wie in meinem
Traum und leuchteten in einem satten Schwarz auf den
schimmernden Wänden, die sich beständig um uns
herum drehten. Ich versuchte, die Rotation um mich
herum auszublenden, aber meine Wachsamkeit zwang
mich, genau hinzusehen. Es dauerte nicht lange, bis mir
schwindelig wurde. Kurzerhand schloss ich die Augen
und konzentrierte mich auf Bens starken Herzschlag. Er

ging etwas schneller als sonst, dennoch fühlte ich mich sicher und geborgen an seiner Brust.

Wir flogen schnell. Die Luft zischte an uns vorbei und Ben jagte mit einer Geschwindigkeit um die Kurven, bei der ich mich unwillkürlich fester an ihn klammerte.

Ursprünglich hatte ich gedacht, dass der Tunnel schnurgerade in die andere Welt führen würde, doch dem war nicht so. Er schlängelte sich in unzähligen Windungen durch die Nacht, und bald bestand meine Welt nur noch aus dem summenden Knistern der magischen Energiehülle und Bens kraftvollen Flügelschlägen.

Je länger wir unterwegs waren, desto schwerer ging Bens Atem und ich hoffte inständig, dass wir uns dem Ende näherten. Inzwischen rollten immer mehr Erschütterungen durch den Verbindungstunnel, die Ben mit dem Gleichgewicht kämpfen ließen.

„Es ist nicht mehr weit", presste er zwischen zusammengebissenen Zähnen hervor und ich spürte, wie er seinen Griff um mich verstärkte. Die Innenwände drehten sich noch schneller und die Turbulenzen nahmen zu und wir rammten haarscharf an einem großen spitzen Mondlichtsplitter vorbei.

Hinter der nächsten Kurve tauchte ein blendend helles Licht auf und Ben flog direkt darauf zu. Es war so intensiv, dass mir die Augen tränten, und es schien uns von sich wegzudrücken.

Die Menschverbundenen reisen von der Dunkelheit ins Licht, schoss es mir durch den Kopf.

Bens Flügelschläge wurden schneller und er schnaufte vor Anstrengung, als er sich näher an den Ursprung des grellen Leuchtens herankämpfte.

„Wir sind gleich da", stieß er hervor und die Zentrifuge des Tunnels drehte sich noch schneller. Wir taumelten gegen die Wand und ein Mondlichtsplitter bohrte sich in Bens Oberarm. Ben drehte sich schnell zur Seite, presste die Lippen aneinander und schlug noch kräftiger mit den Flügeln. Mein Herz hämmerte gegen meine Brust.

Das Licht war inzwischen so nah, dass ich seine Wärme wie Sonnenstrahlen auf der Haut spüren konnte. Ein starkes elektrisches Kribbeln erfasste meinen Körper, so als hätte ich mit der Hand in die Hülle einer Wächterkugel gegriffen, und im nächsten Augenblick zog sich die Luft um mich herum unangenehm zusammen.

Bens Brust hob und senkte sich schwer. Von den Mondlichtsplittern war inzwischen nichts mehr zu sehen – außer dem weißen Licht war überhaupt nichts mehr zu sehen – und dann spürten wir einen letzten Widerstand, bevor das magische Brummen auf einen Schlag verstummte. Auf die Hitze folgte Kälte und im nächsten Moment landeten wir hart auf einem glatten, künstlichen Boden.

Das Licht hier war weit weniger grell, stach mir aber dennoch schmerzhaft in die Augen. Ich taumelte einen Schritt von Ben weg und schnappte nach Luft, während mich so ein starker Schwindel erfasste, dass meine Knie unter mir nachgaben. Ben fing mich auf, als ich stolperte, sonst wäre ich direkt auf die Nase geknallt.

„Ich … bekomme … keine Luft", keuchte ich, während ich auf dem kalten Boden kniete und das Gefühl hatte, hier zu ersticken.

„Es wird gleich besser", sagte Ben und seine Stimme schien von weiter zu kommen. „Atme tief durch. Du musst dich erst wieder an diese Welt gewöhnen." Er strich mir beruhigend über den Rücken und ich sah aus dem Augenwinkel, wie sich seine Flügel in schwarzem Rauch auflösten. Hektisch warf ich einen Blick über die Schulter. Der Mondlichttunnel war ebenfalls verschwunden, und plötzlich hatte ich Panik, hier für immer festzusitzen. Angestrengt sog ich die Luft ein und schloss die Augen. Ich musste meine Gefühle unter Kontrolle bringen. Wo war mein Sinn geblieben? Wieso hatte ich so viel Angst?

„Geht es wieder?", fragte Ben und ich nickte langsam, bevor ich mich zum ersten Mal so richtig umsah.

Ich war zurück.

Alles kam mir vertraut vor. Alles kam mir fremd vor. Es war, als wäre ich aus einem Traum erwacht, der mich zurück in die Welt katapultiert hatte, in die ich eigentlich gehörte. Und gleichzeitig war es, als würde ich jeden Moment aufwachen, weil dies unmöglich die Realität sein konnte. Alles wirkte überbelichtet und kalt. Die Konturen der Gegenstände traten übertrieben deutlich hervor, als hätte jemand ein Bild zu lange scharf gestellt, die Geräusche hallten unangenehm in meinen Ohren und ich fror. Alles hier war total verwirrend.

Eine Frau kam auf mich zu. Sie trug pinkfarbene Plastikschuhe mit Löchern und Ben zog mich zur Seite, damit sie nicht direkt in mich hineinrannte.

„Crocs", hauchte ich, als sie vorbeigegangen war. Wir knieten noch immer auf dem Boden und ich hatte nicht das Gefühl, in naher Zukunft aufstehen zu können. Mein Hirn spuckte jede Menge seltsamer Wörter aus: *Laminatboden, Desinfektionsmittel, Krankenhausgeruch.* Alles drehte sich um mich und ich war nicht sicher, wie lange das noch so weitergehen würde.

„Gib mir noch einen Moment", flüsterte ich und er nickte.

„So lange du brauchst."

„Wie kommt es, dass es dir besser geht? Liegt das daran, weil du ein Reisender bist?", brachte ich schließlich hervor. Langsam fühlte ich mich nicht mehr ganz so schwach und hilflos.

Ben schüttelte den Kopf. „Ich habe dasselbe durchgemacht, als ich das erste Mal in die andere Welt gekommen bin. Dein Körper muss sich erst daran gewöhnen. Hier herrschen andere Naturgesetze. Die Erdanziehungskraft ist stärker. Der Luftdruck ist niedriger. Das alles setzt dir zu."

Ich nickte. „Was ist mit deiner Verletzung?"

Ben strich sich über den Arm. „Halb so wild."

Langsam stemmte ich mich in die Höhe und richtete mich schwankend auf, wobei ich Bens Arm als Stütze benutzen musste. Vom Stehen wurde mir übel, aber ich wollte es ihm nicht zeigen. Es reichte schon, dass ich nicht allein auf die Beine gekommen war.

„Wo sind wir hier?", fragte ich, um mich von meinem Zustand abzulenken. Wir befanden uns in einem hellen Raum mit vergitterten Fenstern, gelb gestrichenen Wänden und einem Deckenventilator. Die Möblierung bestand aus einem durchgesessenen Sofa, sieben weißen Tischen und mehreren grauen Plastikstühlen.

„Doktor Schneider in Zimmer 5", ertönte eine schnarrende Stimme aus einem Lautsprecher und ich zuckte zusammen.

„Wir sind in einem Krankenhaus. Es gibt einige Knotenpunkte in der anderen Welt, an denen wir regelmäßig ausgespuckt werden. Ich war schon öfter in dieser Gegend", sagte Ben und sah sich um. „Ist aber das erste Mal, dass ich direkt in der Klapse gelandet bin", fügte er trocken hinzu.

Ein junges Mädchen mit dunklen Haaren, die ihr

strähnig ins Gesicht hingen, saß teilnahmslos auf einem Stuhl und starrte ins Nichts. Sie trug einen karierten Schlafanzug und hatte einen Pappbecher mit Kakao vor sich auf dem Tisch stehen. Neben ihr füllte ein dünner Mann mit langen schmutzig blonden Haaren ein Kreuzworträtsel aus. Dabei ruckte sein Kopf ständig in die Höhe und seine wasserblauen Augen irrten durch den Raum, als würde er dort nach den Antworten auf seine Fragen suchen.

„Können sie uns sehen?", fragte ich und machte unwillkürlich einen Schritt zurück, als mich der Blick des Mannes für einen Moment streifte.

Ben schüttelte den Kopf. „Die Menschen nehmen uns nicht wahr."

„Und wenn wir sie berühren?", hakte ich nach. „Was wäre passiert, wenn die Krankenschwester mit den rosa Crocs in mich hineingelaufen wäre?"

„Sie wäre über dich gestolpert und würde sich vermutlich für ziemlich ungeschickt halten", erwiderte Ben. „Am besten weichst du jedem aus, der auf dich zukommt."

„Das heißt, wir können hier alles bewegen? Ich könnte diesen Pappbecher hochheben und jeder würde es sehen - ohne mich zu sehen?", fragte ich fasziniert.

Bens Mundwinkel zuckte. „Genau daher rühren die Gespenstergeschichten in der anderen Welt."

Er machte einen Schritt zurück und lehnte sich gegen einen weißen Tisch, an dem eine füllige Frau mit einer roten Dauerwelle saß, der ein Speichelfaden aus dem Mundwinkel lief. Sie verfolgte eine auf stumm gedrehte Fernsehsendung und malte dabei kleine Kreise in die Sabberpfütze auf ihrem Tisch.

„Das ist so widerlich", murrte Ben und seine zerrissenen Linien entfachten sich. Er berührte sie kurz an der Schulter, ein schwarzer Lichtkreis breitete sich um sie aus, umwaberte sie für eine Sekunde und verschwand genauso schnell, wie er gekommen war.

Die Frau hielt augenblicklich in ihrer Tätigkeit inne und senkte angeekelt den Kopf auf die Speichelpfütze. Dann zog sie ihre Hand weg und wischte sich den Finger an ihrem Morgenmantel ab.

Fasziniert trat ich einen Schritt näher.

„Kann ich das auch, wenn ich sie berühre?", fragte ich und betrachtete die Frau aufmerksam. Meine Übelkeit war verschwunden und ich fühlte mich schon fast wieder normal.

„Keine Ahnung. Probier es aus", sagte Ben und ging zum Fenster, um hinauszusehen.

Vorsichtig berührte ich die Frau an der Schulter und ließ meinen Sinn durch mich hindurchfließen. Meine Linien erwärmten sich, aber sonst passierte nichts.

Weder erschien ein gelber Lichtkreis, noch zeigte die Frau eine wahrnehmbare Veränderung. Sie starrte einfach genauso stumpfsinnig auf den Fernsehapparat an der Wand wie zuvor.

„Schade", murmelte ich, während der dünne Mann mit den langen, strähnigen Haaren aufstand und mit der flachen Hand auf jeden Tisch schlug, an dem er vorbeikam. Dabei warf er immer wieder seltsame Blicke durch den Raum.

Ben kam zu mir zurück. „Wir sollten das Krankenhaus verlassen, denn hier werde ich definitiv nicht versuchen, meiner Vergangenheit auf die Spur zu kommen. Draußen gibt es einen Coffeeshop, daneben eine Bushaltestelle. Dort können wir eher", er machte eine kurze Pause, „ein paar Dinge *anfassen*." Ein verächtlicher Zug erschien um seine Lippen.

Ich schmunzelte, während ich den dünnen Mann beobachtete, der auf die Tische klopfte und dabei immer wieder auffällig zu uns herüberschielte. „So schlimm ist das doch nicht."

Ben zog eine Augenbraue nach oben. „Dinge anderer Leute anzutatschen? Darauf stehe ich nicht."

„Aha", sagte ich und sah Ben direkt in die Augen. „Worauf stehst du denn dann?"

Er zog mich zu sich heran. „Dich fasse ich sehr gerne an", sagte er mit rauer Stimme und meine Haut begann zu prickeln.

„Sag mal, kann es sein, dass er uns sehen kann?", fragte ich Ben flüsternd, als der Mann mit den strähnigen Haaren mir nun zum zweiten Mal direkt in die Augen blickte.

„Das kann er nicht", murmelte Ben und schnippte mit den Fingern in die Luft. „Siehst du?"

Der junge Typ riss die Augen auf und blieb wie angewurzelt stehen. Mir lief es eiskalt den Rücken hinunter.

„Doch, das kann er", hauchte ich.

Ben wirkte im ersten Moment ebenfalls überrumpelt und machte einen Schritt auf den Mann zu.

„Schwester!", brüllte der Typ plötzlich los. „Schwester, kommen Sie schnell! Sie sind wieder da, ich kann sie sehen! Helfen Sie mir!"

Die Krankenschwester mit den rosafarbenen Crocs kam durch eine Tür und wirkte nicht im Mindesten beunruhigt.

„Schon gut", seufzte sie. „Setzen Sie sich wieder, Herr Moser, ich kümmere mich darum."

Der junge Mann ließ sich von ihr zu seinem Stuhl

bugsieren und starrte uns aus furchtsam geweiteten Augen an.

„Ich kann sie sehen", stammelte er. „Ich kann sie sehen. Warum kann ich sie sehen?"

„Beruhigen Sie sich, Herr Moser", sagte die Krankenschwester und drückte den Patienten mit sanfter Gewalt auf seinen Stuhl. „Ich werde Ihnen jetzt Ihre Tabletten holen, damit Sie sie nicht mehr sehen, in Ordnung?" Noch während sie das sagte, nahm Ben meine Hand und ging mit mir zur Tür. Wir warteten ein paar Sekunden, bis die Krankenschwester kam, und dann schlüpften wir hinter ihr aus der psychiatrischen Abteilung.

„Das ist mir noch nie passiert", murmelte Ben, als wir auf dem Gang standen. Ich warf einen Blick über die Schulter und sah, wie der Typ mit den schmutzig blonden Haaren den Hals reckte, um uns durch die Glasfenster hindurch mit seinen wasserblauen Augen zu verfolgen.

„Wie kommt es, dass er uns sehen konnte?", fragte ich.

Ben zuckte mit den Schultern und ging neben mir den Gang entlang. „Keine Ahnung. Bisher dachte ich, dass nur einige Kinder uns manchmal sehen können." Wir bogen um eine Ecke und kamen zur Schwesternstation. „Tara hat mir mal erzählt …"

„Was habe ich dir mal erzählt?", fragte eine rauchige Stimme hinter uns und ich fühlte, wie sich jede Faser meines Körpers versteifte. Ben drehte sich um und ich blieb stocksteif stehen und hoffte, dass ich mir die Stimme nur eingebildet hatte.

Was natürlich nicht der Fall war.

„Ich hoffe, du hattest nicht vor, deiner Ex meine Geheimnisse auszuplaudern", hauchte Tara mit ihrer dunklen Stimme und zog eine perfekt geformte blonde

Augenbraue in die Höhe. Die Ekelträgerin trug wieder ihren hautengen schwarzen Anzug, unter dem sich jeder Muskel ihres schlanken Körpers abzeichnete. Bei meinem Anblick begann die feine schwarze Gesichtszeichnung, die sich verführerisch um ihr katzenhaft geschminktes Auge schlang, leicht zu glimmen.

„Sie ist nicht meine Ex. Wir sind wieder zusammen", sagte Ben ruhig.

„Verstehe", sagte Tara und sog die Luft ein. „Trotzdem solltest du sie nicht hierher bringen. Sie hat hier nichts zu suchen."

Ben straffte die Schultern. „Ich habe meine Gründe, Tara."

Tara sah ihn eindringlich an. „Deine *Gründe* sind nicht nachvollziehbar", entgegnete sie scharf und warf mir einen abfälligen Seitenblick zu. „Wo warst du die letzten Tage? Du warst wie vom Erdboden verschluckt."

Ben warf mir einen kurzen Blick zu. „Ich war unterwegs."

Tara presste die Lippen aufeinander. Dann blickte sie an uns vorbei und ich sah eine schlanke Ärztin mit Brille aus der Schwesternstation auf den Gang hinaus treten. Sie hatte leicht gerötete Augen und starrte unglücklich auf das Handy in ihrer Hand.

„Ich verstehe. Wahrscheinlich warst du *mit ihr* unterwegs", knurrte Tara und trat mit einem schnellen Schritt an mir vorbei zu der Ärztin, deren Finger jetzt über der grünen Anruftaste eines Handykontakts namens „Marc" schwebte. In Sekundenschnelle umschloss Tara das Handgelenk der Frau.

„Nein, das wirst du nicht tun", fauchte sie und eine schwarze Wolke des Ekels umwaberte die junge Ärztin für einen Moment. Mit zitternden Fingern steckte sie das

Handy in ihren Arztkittel und ein bitterer Zug erschien um ihren Mund.

„Selbsthass ist Taras Spezialgebiet", erklärte Ben trocken und ich fragte mich, ob der Hass auf mich nicht eher ihr Spezialgebiet war.

„Der Typ ist ein Arsch", schnappte Tara, „aber sie ist noch viel schlimmer, denn sie ist eine Idiotin. Ich schwöre, wenn sie ihn noch einmal anruft, weil sie sich einredet, dass er einen Autounfall hatte und sich nur deswegen nicht meldet, weil er im Koma liegt, dann überschwemme ich sie mit so einer großen Portion Selbstekel, dass sie tagelang nur kotzen möchte."

„Wie war das noch mal mit ‚man darf keine persönliche Bindung zu einem Menschen eingehen'?", fragte Ben mit leicht amüsiertem Unterton.

Tara funkelte ihn an. Die Ärztin fummelte das Handy wieder aus ihrem Kittel und bekam unverzüglich die nächste Ladung Selbsthass verpasst, sodass sie das Telefon mit zusammengepressten Lippen wieder zurücksteckte.

„Ich mache hier nur meinen Job", erklärte Tara mit schmalen Augen. „Irgendjemand muss ja dafür sorgen, dass das Ekelland nicht schrumpft, während es schwarze Träger gibt, die lieber in der Menschenwelt einen auf Sightseeingtour machen."

Ben sagte nichts darauf und die Hand der Ärztin wanderte wieder in ihren Kittel.

„Tu das ja nicht", fauchte Tara und schlug ihr hart auf die Finger. Die Frau zog ihre Hand zurück, als hätte sie sich verbrannt, und drehte sich um. Diesmal verschwand das schwarze Licht rund um ihren Körper nicht so schnell, als sie mit hölzernen Schritten davonstakste.

„Beeindruckende Leistung", kommentierte Ben in einem Ton, der so klang, als ob er das wirklich ernst meinte.

„Danke." Über Taras Gesicht huschte ein kurzes Lächeln. „Zumindest habe ich *sie* vor der Erniedrigung bewahrt", ergänzte sie, warf mir einen letzten ekelhaften Blick zu und erschuf sich einen Mondlichttunnel zurück in die Sinnliche Welt, in den sie elegant hineinsprang, sobald ihre Flügel erschienen waren.

„Ich kann deine Mentorin nicht leiden", sagte ich zu Ben, nachdem sie verschwunden war.

„Sie ist nicht mehr meine Mentorin", erwiderte er und nahm meine Hand. „Obwohl sie wirklich talentiert darin ist, den schwarzen Sinn zu verbreiten." Er warf mir einen amüsierten Seitenblick zu. „Klappt sogar bei dir."

Ich schnaubte leise. „Das hättest du wohl gerne."

Ben grinste und sah dabei wieder einmal so unverschämt gut aus mit seinem dunklen Anzug und den dunklen Haaren, die ihm in die Stirn fielen. Wie konnte ich es Tara da verübeln, so auf ihn abzufahren?

„Du sagtest vorhin, Kinder könnten uns manchmal sehen. Bis zu welchem Alter funktioniert das denn?", fragte ich, weil ich keine Lust hatte, noch länger über Tara nachzudenken.

„Das ist unterschiedlich. Tara wurde einmal von einem siebenjährigen Mädchen gesehen. Die Kleine hat sie allen als ihre unsichtbare Freundin vorgestellt."

„Das ist ja interessant", sagte ich und konnte es nicht leiden, dass wir schon wieder bei der Ekelträgerin gelandet waren.

Ben warf mir einen amüsierten Blick zu. „Du bist eifersüchtig."

„Bin ich nicht", protestierte ich.

„Doch", sein Mundwinkel zuckte, „das bist du."

Ich schüttelte vehement den Kopf. „Hättest du wohl

gerne."

„Du bist umwerfend", meinte Ben, „und eine verdammt schlechte Lügnerin."

Wir hatten das Ende des Korridors erreicht und Ben drückte den Aufzugsknopf.

Es war ein seltsames Gefühl, hier mit ihm zu stehen und so menschliche Dinge zu tun. Auf der einen Seite fühlte es sich beinahe normal an, was bedeutete, dass ich mich von meinem Leben als Mensch nicht allzu weit entfernt haben konnte - auf der anderen Seite gab es seit unserer Ankunft hier nichts, was das Tor zu meiner Erinnerung aufgestoßen hätte.

Zwar kam mir das Krankenhaus selbst vage bekannt vor, aber das war nur ein diffuses Gefühl ohne jeden Wert. Irgendwie war es enttäuschend, dass ich mich noch an nichts erinnern konnte. Ich begann, alles um mich herum anzufassen, die Wand, die Aufzugstür sowie einen kleinen Tablettwagen mit Pillen und Döschen, was Ben mit einem verächtlichen Blick quittierte.

„Was?", fragte ich. „Weißt du nicht mehr, was Simeon gesagt hat? Vielleicht kommt so die Erinnerung an unser früheres Leben zurück."

Er lehnte sich mit verschränkten Armen an die Wand. „Ich warte lieber, bis wir draußen sind. Virenverseuchte Krankenhäuser sind nicht so mein Ding."

„Jesper fasst sicher alles an, um zu gewinnen", meinte ich herausfordernd.

„Definitiv", erwiderte Ben abfällig, „aber wahrscheinlich fasst er sich selbst doch am liebsten an."

Ich schmunzelte.

„Wie viel Zeit haben wir eigentlich noch, bevor wir wieder zurückmüssen?", fragte ich, während wir noch immer auf den Lift warteten.

Ben zuckte mit den Schultern. „Ich habe schon von Reisenden gehört, die in der Menschenwelt geblieben sind. Es gibt diesbezüglich keine Regeln."

„Und wie leben diese Reisenden?", wollte ich stirnrunzelnd wissen.

„Es heißt, man kann sich an das Essen und Trinken hier gewöhnen. Soll aber nicht ganz ungefährlich sein", antwortete Ben und trat zur Seite, als der Aufzug kam und zwei Pfleger ausstiegen.

Dann betraten wir die leere Liftkabine und Ben drückte auf den Knopf für das Erdgeschoss.

„Ich habe Angst, dass ich mich nicht erinnere", gestand ich, als das Summen des Aufzugs einsetzte und immer noch nichts in mir hochkam, während ich mit den Fingern über die Kabinenwände strich.

„Gib dir etwas Zeit", sagte Ben gelassen. „Du hast wahrscheinlich noch nicht die richtigen Dinge angefasst."

Mein Blick huschte unwillkürlich zu seinem Waschbrettbauch unter dem schwarzen Anzug und er lachte laut auf, als er das verräterische Zucken meiner Augen bemerkte.

„Mir gefällt, in welche Richtung du denkst", raunte er mit samtiger Stimme.

„Ich habe in überhaupt keine Richtung gedacht", erwiderte ich, als sich die Aufzugstüren öffneten und zwei Männer zustiegen.

„Du kannst ruhig weiterreden. Es sind Menschen, sie können dich nicht hören", sagte Ben zuvorkommend.

„Es ist trotzdem seltsam", flüsterte ich.

„Du gewöhnst dich dran", mischte sich ein Sinnträger mit dröhnender Stimme ein und quetschte seinen massigen Körper noch zu uns in den Fahrstuhl. Dabei stieß er mit seinem Bauch gegen einen der beiden

Männer, der daraufhin ein Stück vom anderen abrückte.

„Hallo, ich bin Klaus", stellte sich der füllige Vertrauensträger in unveränderter Lautstärke vor, dessen Zeichnung die Form eines weißen Sterns hatte. Er trug einen dicken weißen Bart und ein nettes Lächeln im Gesicht.

„Hallo. Ich bin Lee", sagte ich, „und das ist Ben."

„Na, dann erzählt mal, Lee und Ben. Was macht ihr zwei denn in meinem Krankenhaus?", fragte Klaus und drängte sich an den Männern vorbei zur Rückseite der Kabine.

„In *deinem* Krankenhaus?", knurrte Ben. „Wäre mir neu, dass das dir gehört."

Der Aufzug hielt im Erdgeschoss und die beiden Männer stiegen ziemlich rasch aus, wobei sie erleichtert wirkten, den Fahrstuhl endlich hinter sich zu lassen. Ich schmunzelte und musste an spontan auftretende Klaustrophobie denken.

Ben, Klaus und ich stiegen ebenfalls aus und fanden uns in der Notaufnahme wieder. Hier war wesentlich mehr los als in der psychiatrischen Abteilung und ich musste mehrmals an die Wand zurückweichen, um nicht von einem der gestressten Ärzte über den Haufen gerannt zu werden.

„Sei doch nicht gleich so empfindlich", sagte Klaus und klopfte Ben so fest auf die Schulter, dass es weh tun musste. „Dein Krankenhaus, mein Krankenhaus - so hab ich das doch nicht gemeint, vertrau mir." Er schlängelte sich trotz seines beträchtlichen Körperumfangs elegant zwischen den hin und her eilenden Krankenschwestern hindurch und schlüpfte in ein abgedunkeltes Zimmer, in dem ein Monitor leise piepste.

„Kommt mal mit, das müsst ihr euch ansehen",

flüsterte er uns über die Schulter zu und ich fühlte, wie mein Sinn erwachte.

Ben beugte sich zu mir. „Der Typ ist durchgeknallt, lass uns schnell verschwinden", raunte er in mein Ohr.

„Aber wir wissen doch noch gar nicht, was er uns zeigen will", flüsterte ich zurück.

„Ich *vertraue* darauf, dass wir das auch gar nicht wissen wollen", knurrte Ben, aber an seinem Gesichtsausdruck erkannte ich, dass er bereits kapituliert hatte.

„Nur zwei Minuten", wisperte ich und drückte ihm einen Kuss auf die Wange. Sein Dreitagebart kratzte unter meinen Lippen und ich lächelte ihn an, bevor ich in das abgedunkelte Zimmer schlüpfte.

Klaus saß auf einem Besuchersessel neben dem Bett und hatte die Hände über dem dicken Bauch gefaltet. Das regelmäßige Piepsen des Geräts, das die Herztöne überwachte, erfüllte den Raum und schuf eine ganz eigene Atmosphäre, die irgendetwas tief in mir berührte.

Hatte ich vielleicht auch einmal in so einem Bett gelegen und hatte dem Piepsen meines eigenen Herzens gelauscht? Der Gedanke hinterließ eine seltsame Leere in mir.

„Also, was wolltest du uns zeigen?", fragte ich und trat näher an das Bett heran, in dem ein ausgemergelter Mann mit geschlossenen Augen lag.

„Den Tod", sagte Klaus und der Stern auf seiner rechten Wange begann, in einem sanften Weiß zu schimmern.

„Wird er denn sterben?", fragte ich mit einem mulmigen Gefühl, obwohl es in einem Krankenhaus nicht so ungewöhnlich war, dass Menschen starben.

Klaus nickte. „Es ist ein Wunder", sagte er und seine bisher so laute Stimme klang erstaunlich sanft.

„Und was genau ist das Wunder daran?", ließ sich Ben

vernehmen. Er hielt sich im Hintergrund und ich sah ihm an, dass er sich hier nicht wohlfühlte. Ich wusste nur nicht, ob es an den vielen Schläuchen lag, die aus dem kranken Mann kamen, oder an dem Vertrauensträger.

„Das werdet ihr gleich sehen. Es ist bald so weit." Klaus sagte es mit einer unerschütterlichen Gewissheit. „Es ist ein Geschenk, dabei sein zu dürfen."

„Woher weißt du, dass er sterben wird?", fragte ich im Flüsterton, obwohl der Mann nicht aussah, als ob er uns hören konnte.

„Man entwickelt mit der Zeit ein Gespür für solche Dinge", erwiderte der Vertrauensträger und schloss die Augen über dem welligen weißen Bart. „Ich habe meinen Sinn schon oft eingesetzt, um den Menschen den Übergang zu erleichtern. Manche tragen das Vertrauen so stark in sich, dass ich gar nichts zu tun habe. Andere nehmen meine Hilfe dankbar an, denn sie haben in ihrem Leben leider nie gelernt, zu vertrauen. Anderen – und vor allem sich selbst. Doch die meisten spüren, dass das Vertrauen ihnen den weiteren Weg erleichtert. Am Anfang steht so oft die Wut - und am Ende immer das Vertrauen."

„Ist das so?", murmelte ich und strich mit der Hand federleicht über die weiße Bettdecke. Der Mann auf dem Bett bewegte sich nicht, doch ich hörte, wie sein Puls etwas langsamer wurde.

„Ja, das ist so", antwortete Klaus und stand auf. „Sogar die Menschen wissen, dass es so ist. Sagen dir die fünf Phasen des Sterbens etwas?"

Ich schüttelte den Kopf und schaffte es nicht, meinen Blick vom Antlitz des todkranken Mannes abzuwenden. Eine friedvolle Gelassenheit lag auf seinen Zügen und für einen Augenblick beneidete ich ihn um dieses Gefühl.

„Es sind fünf Gefühlszustände, die die Menschen durchlaufen, wenn sie erfahren, dass sie sterben müssen", erklärte Klaus. „In der ersten Phase wollen sie es nicht wahrhaben. Sie wehren sich dagegen und schieben es so weit wie möglich von sich." Er machte eine kurze Pause und sah zu Ben. „Dann kommt die zweite Phase, die des Zorns. Sie kämpfen, sie toben und sie schreien. Wenn sie ihrer Wut Luft gemacht haben, folgt das Verhandeln. Danach die Depression. Und schließlich ...", er atmete tief aus, „die Akzeptanz."

Ekel, Wut, Angst, Trauer, Vertrauen, ordnete ich die Phasen den entsprechenden Sinnen zu und fühlte eine Gänsehaut auf meinem Körper.

„Werden die einzelnen Phasen immer von Sinnträgern begleitet?", fragte ich und bemerkte, dass die Pulsfrequenz des Mannes weiter sank.

„Nicht immer", murmelte Klaus und trat an das Krankenbett heran. „Die Gefühle stecken in den Menschen ja schon drin. Aber manchmal hilft es, wenn ein Sinnträger ihnen seine Hand reicht, um sie hervorzubringen und die Phase zu durchlaufen. So wie ich das jetzt tun werde. Obwohl der Mann bereits Vertrauen empfindet, werde ich ihm noch mehr davon geben, damit er diese Welt unbeschwert verlassen kann."

Er beugte sich vor und legte sanft seine große Pranke auf den schmächtigen Brustkorb des Mannes. Augenblicklich erstrahlte ein weißes Licht rund um seinen Körper und tauchte das Krankenzimmer in seinen strahlenden Schein.

„Er ist nun bereit", sagte Klaus und ich fühlte eine Träne in meinem Augenwinkel, als der Mann auf dem Bett zu lächeln begann. Das Piepsen des Herzmonitors wurde immer langsamer und wir beobachteten, wie sich der Brustkorb noch ein letztes Mal hob und senkte. Ben stellte sich neben mich und ich fühlte seine Hand in meiner, als sich ein einzelner Lichtpunkt aus dem Körper erhob und nach oben zur Decke hin schwebte.

Ich folgte dem Licht mit meinen Augen und hielt den Atem an. Eine tiefe Ruhe kam über mich.

„Was war das?", flüsterte ich, obwohl ich in meinem Inneren die Antwort schon kannte.

„Das war seine Seele", sagte Klaus ruhig. „Ich wollte, dass ihr das seht."

„Wieso?", fragte Ben misstrauisch. Er hielt meine Hand noch immer in seiner und ich hatte das Gefühl, dass es im Zimmer irgendwie kälter geworden war.

„Weil der Tod nicht verdrängt werden darf. Er erweitert den eigenen Horizont, und wie ich schon sagte, ist es ein Geschenk, ihm zu begegnen", erwiderte Klaus geduldig. „Denn erst durch den Tod erhält das Leben seinen Sinn, erst durch den Tod lernen wir, die Zeit zu schätzen."

Noch während ich dem Nachhall seiner Worte lauschte, leuchtete Simeons Notfallbrosche auf meiner Brust hell auf.

„Scheiße", murmelte Ben und zog seine Brosche aus der Hosentasche. Sie strahlte ebenfalls grün. „Wir müssen hier weg", sagte Ben. „Simeon ist in Gefahr."

Kapitel 5

Simeons magisches Portal riss uns direkt zurück in die Sinnliche Welt. Es geschah viel schneller, als ich gedacht hatte, und fühlte sich an, als würde uns ein gewaltiger Ruck direkt ins Chaos katapultieren.

Das Portal ließ uns etwa drei Meter über dem Boden auf die Erde fallen, und ich verstauchte mir den Knöchel bei der harten Landung. Mit einem Stöhnen richtete ich mich auf und stockte, als ich sah, wo wir ausgespuckt worden waren.

Vor uns bot sich ein Bild der Zerstörung.

Wir befanden uns auf einer riesigen, quadratischen Fläche, die von vier schroffen Steinmauern eingegrenzt wurde und über vier Ausgänge verfügte.

Alles war voller Rauch und Flammen. Orangerote Feuer schlugen in den Nachthimmel und die Luft war erfüllt von zuckenden Schatten und panischen Schreien.

Es tobte das Chaos. Sinnträger aller Farben rannten an uns vorbei, die meisten davon schienen verletzt zu sein.

Ein ferner Lichtblitz erhellte die Nacht und die Männer und Frauen in unserer Nähe schrien entsetzt auf, ehe sie weiter durch die Dunkelheit hetzten und ihr Heil in der Flucht suchten.

Ich wusste nicht, was der Blitz zu bedeuten hatte, ich wusste nicht, warum alle in Panik zu sein schienen - aber was immer auch der Grund dafür sein mochte, es machte mir Angst.

„Wir müssen Simeon finden!", rief Ben und ich nickte unruhig.

Geduckt liefen wir los. Wir überquerten den Platz, liefen zu einem Ausgang und schlüpften hindurch auf ein weiteres Feld, das beinahe genauso aussah wie das, von dem wir gekommen waren. Wir hatten den Durchgang gerade erst passiert, als die Steinmauern des Bereichs hinter uns mit einem gewaltigen Tosen in sich zusammenstürzten.

Ben und ich konnten uns gerade noch so mit einem Sprung vor den herabfallenden Steinbrocken in Sicherheit bringen und pressten uns mit dem Rücken an die nächste Wand.

„Schau auf die Brosche. Sie leuchtet heller. Wir müssen schon ganz in Simeons Nähe sein", rief ich und hustete, weil eine gewaltige Staub- und Schuttwolke von den eingestürzten Mauern aufstieg.

„Wo zur Hölle sind wir eigentlich?", brüllte Ben und zog mich zur Seite, als ein vollkommen durchgedrehter Angstträger mit violett leuchtenden Linien knapp an uns vorbeiraste.

„Ich glaube, wir sind im Angstland", schrie ich zurück, denn ich erinnerte mich, dass ein Nachrichtenwürfel berichtet hatte, dass im Land der Angst neue Trainingsplätze für die Magischen Magiespiele eröffnet worden waren. Und da das Trainingsgebiet im Erstaunensland total überfüllt war, musste Simeon hierher ausgewichen sein.

„Ich hasse das violette Land", murrte Ben inbrünstig, während es um uns herum total dunkel wurde. So dunkel, dass man nicht mal mehr die eigene Hand vor den Augen sehen konnte.

Die Finsternis löste eine Panik in mir aus, die mir den Boden unter den Füßen wegzog, und ich spürte, dass ich schrie, aber es war nichts zu hören.

„Ben", flüsterte ich hysterisch, aber auch das war nicht zu hören, ich war anscheinend komplett stumm geworden.

Und nicht nur ich war verstummt, die ganze Welt war verstummt. Stumm und finster, mit einer undurchdringlichen Schwärze, die sich wie Watte um mich legte und mir die Ohren, die Augen und den Mund verstopfte.

Das Einzige, was mir noch Sicherheit gab, war Bens Hand, die meine fest umklammert hielt. Solange ich noch Bens Hand hielt, war alles gut, solange ich seine Haut auf meiner spürte, brauchte ich mich nicht zu fürchten.

Ich tastete mit dem freien Arm in die Schwärze, um seinen Körper und den Rest von ihm zu finden, doch noch während ich das tat, spürte ich, wie seine Finger meine langsam losließen.

Ich schrie erneut - und wieder war nichts zu hören, außer der ohrenbetäubenden Stille -, dann wurde seine Hand mit einem Ruck aus meiner gerissen, und dann … brach der Boden unter meinen Füßen ein.

Ich fiel. Panisch versuchte ich, mich irgendwo festzuhalten, aber da war nichts, da waren nur Schwärze und die kalte Luft, die an meinen Haaren riss und meine Augen tränen ließ.

Der Sturz dauerte so lange, dass ich mir sicher war, den Aufprall nicht zu überleben, doch statt weiter nach unten zu fallen, drehte sich die Welt plötzlich auf den Kopf und ich wurde nach oben geschleudert. Nun fühlte es sich an, als hätte man mich in den Himmel geschossen und ich schrie wieder, ich schrie, bis mein Hals schmerzte, und dann wachte ich auf.

Ich lag in Embryohaltung auf einem kalten, dreckigen Boden und der Rauch unzähliger Feuer brannte in meinen Lungen. Die Schreie der Sinnträger waren noch zu hören, doch sie waren gedämpft, als hätte ich eine Explosion überlebt, die mein Hörvermögen geschädigt hatte.

Zitternd richtete ich mich auf. Simeons Brosche strahlte weniger stark, was bedeutete, dass ich mich von ihm entfernt hatte. Orientierungslos schaute ich mich um. Das Chaos war vom Außen ins Innen gewandert, ich hatte das Gefühl, nicht mehr ich selbst zu sein, hatte das Gefühl, nichts und niemandem mehr vertrauen zu können.

Außer Ben. Wo war er?

Suchend blickte ich mich um. Die Tränen rannen über mein Gesicht und alles stürzte auf mich ein: die Verzweiflung und Panik, als Ben von mir fortgerissen worden war, die Angst vor dem Fallen, die Angst vor dem Aufprall, die Angst vor der Dunkelheit und davor, dass ich mich einfach in Nichts auflöste, wenn ich noch länger hierblieb.

Was war das nur für ein schrecklicher Ort?

Ein greller Lichtblitz erhellte meine Umgebung und ich nutzte die halbe Sekunde, in der ich etwas sehen konnte, um mich zu orientieren.

Ich befand mich auf einem neuen, von Mauern begrenzten, riesigen Feld. Um mich herum peitschten die Flammen in den rauchgeschwängerten Nachthimmel.

Doch es war nicht das Einzige, was ich sehen konnte.

Ein weiterer Lichtblitz zuckte über den Himmel und ich drehte mich kopflos im Kreis. Denn ich war von verrenkten schwarzen Gestalten umzingelt, die mit schlurfenden Schritten näher kamen.

„Das ist nicht real", flüsterte ich.

Wieder wurde es dunkel. Und wieder machte der Blitz es hell und wieder sah ich die Gestalten, nur dass sie schon viel näher gekommen waren. Ihre Bewegungen waren eckig und ihre Köpfe hingen seltsam schief.

Dann kam die Finsternis zurück. Ich konnte nirgendwohin. Sie kamen von allen Seiten auf mich zu und ich versuchte, mir auszurechnen, wie viele Herzschläge ich noch Zeit hatte, bevor mich die Ersten erreichten.

Was würden sie dann mit mir machen?

Der Blitz zuckte erneut über den Himmel und jetzt waren sie schon so nah, dass ich das gierige Funkeln in ihren mattschwarzen Augen erkennen konnte.

Der Blitz erlosch und ich wünschte, ich hätte meinen Wächterstab bei mir gehabt. Aber vor allem wünschte ich mir, Ben an meiner Seite zu haben. Die ersten kalten Finger betatschten meinen Nacken, rissen an meinen Haaren und zogen an meinen Armen.

Dann hörte ich seine Stimme.

„Lee!", brüllte Ben und dieser Schrei gab mir Kraft. Ich wehrte mich gegen die tastenden Berührungen, stieß sie von mir, duckte mich unter ihren ausgestreckten Armen hindurch und krabbelte zwischen den grotesk verrenkten Beinen in die Richtung von Bens Stimme.

Die undurchdringliche Dunkelheit riss auf und endlich sah ich Ben und stürzte zu ihm. Er fing mich auf und hielt mich fest an sich gedrückt. Sein Geruch und seine Wärme gaben mir Sicherheit, doch sein Herz schlug viel zu schnell.

„Wir müssen hier weg", flüsterte Ben und ich nickte.

Er nahm meine Hand und zog mich auf einen Durchgang zu, hinter dem eine weitere große

Steinkammer lag, die von mehreren Feuern erhellt wurde. Der Rauch biss schmerzhaft in meine Nase und ich sah einen Sinnträger, der schreiend an uns vorbeitaumelte. Er hatte Brandwunden am ganzen Körper.

Ich wischte mir mit dem Arm über das Gesicht, das von Schmutz, Ruß und Tränen völlig verschmiert war, und hielt Simeons Brosche hoch. Das Leuchten war wieder heller geworden, was hieß, dass wir uns ihm näherten.

„Komm!", rief Ben und zog mich mit sich durch die Passage, hin zu den Feuern.

Gehetzt liefen wir weiter. Ich hatte keine Ahnung, wohin wir liefen, ich wusste nur, dass wir in Bewegung bleiben mussten, wenn wir diese Hölle überleben wollten.

In dem Moment begann die Erde zu beben. Es war so heftig, dass wir beide von den Füßen gerissen wurden, und als ich auf dem Rücken auf dem Boden lag und nach oben in den kalten schwarzen Himmel blickte, sah ich es.

Das Zeichen der Totaa brannte sich vor meinen Augen in die Luft. Zuerst war es nur ein heller Dunst, der sich über unseren Köpfen zu einem weißen Kreis verdichtete. In ihm erschien eine aggressiv fauchende Katze, die sich in einen Adler verwandelte, bei dessen schrillem Schrei ich mir die Hände auf die Ohren presste, bis aus dem Raubvogel ein Panther wurde, dessen scharfe Krallen gefährlich schimmerten.

Meine schlimmste Befürchtung wurde wahr.

Es handelte sich um einen Anschlag der Totaa.

Ben löste sich als Erster aus seiner Erstarrung und zerrte mich auf die Beine.

„Komm! Wir müssen weiter!"

Ich rannte weiter mit ihm in die Richtung, in der wir Simeon vermuteten. Drei offene Steinkammern später sahen wir Marcus. Er rief einer Gruppe herumirrender Sinnträger zu, wie sie am schnellsten die Gefahrenzone verlassen konnten, bevor er mich entdeckte. Sein dunkelblondes Haar war vom Ruß geschwärzt, aber sonst wirkte er unverletzt.

„Was macht ihr denn hier? Seid ihr verletzt?", keuchte er besorgt und ich winkte ab.

„Wir sind okay. Hast du Simeon gesehen?"

Marcus schüttelte den Kopf.

„Außer euch habe ich noch überhaupt niemanden gesehen, den ich kenne. Wir versuchen, die Verletzten aus dem Irrgarten herauszubringen, bevor die Angst sie völlig den Verstand verlieren lässt."

„Warte", sagte Ben und sein Griff um meinen Arm verstärkte sich. „Was für ein Irrgarten?"

„Doch nicht der Illusionsirrgarten?", flüsterte ich, als die geschenkten Erinnerungen endlich zu mir kamen.

Marcus nickte. „Die Träger, die sich hier auf die Magischen Magiespiele vorbereiten wollten, haben es als besondere Herausforderung gesehen, ihre magischen Experimente in einer Umgebung durchzuführen, die dir ständig Angst einjagen möchte. Deswegen wurde auch der Terroranschlag der Totaa am Anfang überhaupt nicht ernst genommen. Die Leute dachten, es handelte sich dabei nur um Illusionen statt um eine echte Gefahr."

Ich sog die Luft ein. Jetzt verstand ich, wie ich so tief hatte fallen können, ohne mich dabei zu verletzen - und dass die grotesken Gestalten, vor denen Ben mich gerettet hatte, auch nur Einbildung gewesen waren.

„Ich würde euch raten, den Irrgarten so schnell wie möglich zu verlassen", sagte Marcus eindringlich und fuhr herum, als hinter uns Schreie zu hören waren. „Es ist hier nicht sicher."

„Das ist es tatsächlich nicht", murmelte Ben und starrte über meine Schulter hinweg in den Himmel. Unruhig folgte ich seinem Blick und erstarrte.

Denn auf uns zu bewegte sich die größte Illusion, die ich je gesehen hatte.

Es war ein Riese. Ein Steinriese, dessen gesamter Körper aus schroffen, gewaltigen Mauerstücken zusammengesetzt war, die bei jedem Schritt knirschend aufeinander mahlten.

„Der kann nicht echt sein", flüsterte Marcus entsetzt und im selben Moment riss der Riese sein steinernes Maul auf und ließ ein so gewaltiges Brüllen ertönen, dass die Erde unter unseren Füßen vibrierte. Einige Steinbrocken fielen von ihm herunter und wurden in unsere Richtung geschleudert.

Einer erwischte mich an der Wange und ich sprang zurück.

„Der ist definitiv echt", sagte ich und fuhr mir über die blutende Wange.

Starr vor Entsetzen sahen wir zu, wie der Riese seine gewaltigen Arme schwang und der Steinmauer vor sich einen solchen Schlag versetzte, dass sie mit einem gewaltigen Donnern in sich zusammenbrach. Die zertrümmerten Überreste blieben jedoch nicht liegen, sondern erhoben sich in die Luft.

„Oh nein", flüsterte ich. „Seht ihr das?"

Marcus machte unwillkürlich einen Schritt zurück.

„Der Steinriese wächst. Und er benutzt die Felsbrocken, um noch größer zu werden."

Es war ein grausiger Anblick. Der Riese watete durch die zerbrochenen Mauerstücke und die Steine hoben vom Boden ab, als ob sie magnetisch von ihm angezogen wurden. Sein gewaltiger Felsenkörper wuchs gleichzeitig in die Höhe und in die Breite und die knirschenden Geräusche, mit der die neuen Steine ihren Platz in seinem Torso suchten, taten in den Ohren weh.

„Wir müssen die Macht der Acht verständigen", brachte Marcus hervor. „Wir sind diesem … Ding da nicht gewachsen."

Ich nickte. „Du holst Verstärkung. Wir versuchen einstweilen, Simeon zu finden."

„Das ist Selbstmord", flüsterte Marcus.

„Das ist nicht deine Sache", entgegnete Ben kalt.

Der schöne Wächter schüttelte den Kopf und sah noch einmal von uns zu dem Riesen, der jetzt in unsere Richtung stampfte. Bei jedem Schritt erzitterten die Mauern um uns herum und wir mussten aufpassen, dass wir nicht das Gleichgewicht verloren.

„Viel Glück", murmelte Marcus und verschwand.

„Die Brosche leuchtet heller, wenn sie dorthin zeigt", rief ich und deutete auf den linken Durchgang. Ben nickte, packte mich an der Hand und wir rannten los.

Mit der Brosche als Kompass rasten wir durch den Illusionsirrgarten. Der Riese hatte uns anscheinend ins Visier genommen, denn er stampfte brüllend hinter uns her. Dabei nahm er bei jedem Schritt den Schutt der zerstörten Mauern auf, was ihn wenigstens ein bisschen langsamer machte. Dafür wurde er aber auch größer.

Die Brosche leuchtete immer heller, und als wir durch einen Durchgang stoben, der in die Mitte des Irrgartens führte, sah ich endlich Simeon.

Der blonde Magiebegabte lag zusammengekauert in einer Ecke der Felsenkammer und zitterte am ganzen Leib. Neben ihm entdeckte ich zwei weitere Magiebegabte und

Caprice, die sich taumelnd aufrichtete.

„Sie haben Wahnvorstellungen", keuchte Ben und rang, mit den Händen auf den Knien abgestützt, nach Luft. „Wir müssen überlegen … wie wir sie hier rausschaffen, ohne dass wir von dem Steingiganten zerquetscht werden."

Ich warf einen gehetzten Blick zurück. Der Steinriese war nur noch wenige offene Felskammern entfernt.

Mühsam versuchte ich, die Angst des Irrgartens wegzuschieben und wieder die Kontrolle zu erlangen. Endlich entfachte sich mein Sinn. Ich spürte das Brennen in der Wange, fühlte, wie die Hitze meine gelben Linien zum Glühen brachte und die Zeit sich verlangsamte. Meine Augen schärften sich und ich erkannte hinter einem Steinhaufen auf der gegenüberliegenden Seite des Feldes eine weiße Gestalt, die ihren dünnen Finger ausgestreckt hatte und den Steinriesen wie eine Marionette befehligte.

„Lee! Wir brauchen einen Plan!", rief Ben und rannte auf Simeon und Caprice zu. Ich sah, wie er sich unter den einstürzenden Mauerstücken duckte, sah, wie der Steinriese immer näher kam, und hetzte in die Richtung der weißen Gestalt, deren Finger ich gesehen hatte.

Es war ein schmächtiger Totaa, der mit glasigem Blick hinter einem Geröllhaufen kauerte und den steinernen Koloss mit seinen Händen dirigierte. Ich wusste, dass ich nur ihn ausschalten musste, um den Riesen auszuschalten.

Mein Puls schoss in die Höhe, während riesige Steinbrocken neben mir in den Boden krachten.

Der Totaa war so auf die Bewegungen des Steinriesens konzentriert, dass ich ihn erwischen konnte. Ich huschte leise näher und hatte ihn schon fast erreicht, als ein

Schrei durch die Nacht klang.

Es war Ben, der von einem Steinbrocken getroffen worden war. Sein Bein war von dem Felsen eingequetscht worden und er zerrte daran, konnte sich aber nicht losreißen. Wehrlos lag er am Boden, während überall um ihn herum die Felsbrocken einschlugen. Der Anblick ließ mein Herz für einen Schlag aussetzen.

Ich musste zu ihm.

So schnell ich konnte, drehte ich mich um und rannte zurück zu Ben.

„Lee, wir brauchen deine Hilfe!!", schrie Caprice über das Stampfen des Riesen hinweg. Aus dem Augenwinkel sah ich, wie sie sich eine Hand gegen die Rippen presste. „Wir müssen sie alle hier rausbringen! Komm zu uns!"

Ich hörte nicht auf sie, ich rannte einfach weiter und ich sah, wie Bens Augen auf den Steinriesen gerichtet waren, der in diesem Moment an Simeon und Caprice vorbei auf ihn zu stampfte. Nur noch wenige Sekunden, und Ben würde unter dem gewaltigen Fuß zerquetscht werden.

„NEEEEIN!", kreischte ich und alles um mich war vergessen, das Einzige, was noch zählte, war, Ben zu retten, und ich wusste, dass ich nicht schnell genug bei ihm sein würde. Schlitternd kam ich zum Stehen und fuhr zu dem Totaa herum. Dabei presste ich meine Hand auf meine brennenden Linien, der Gelbschleier legte sich über die Welt und ich schleuderte dem schmächtigen Magiebegabten alles an Sand und Schutt entgegen, was meine magische Fähigkeit zu bieten hatte, sah, wie der Totaa erschrocken aufsprang und davonrannte, und dann sah ich nur noch, wie der ungesteuerte Riese direkt über Simeon und den anderen in einer gigantischen Lawine aus Geröll und Staub in sich zusammenbrach.

Danach stand ich wie paralysiert da und starrte auf den riesigen Trümmerhaufen.

Der Totaa war entkommen. Caprice hatte sich mit einem beherzten Sprung vor dem einstürzenden Riesen in Sicherheit gebracht.

Und Simeon ... Ich blinzelte und starrte noch immer auf die Gesteinsmassen, unter denen mein Freund begraben lag.

Ben wälzte den schweren Felsbrocken mit einem lauten Stöhnen von seinem Fuß und humpelte zu dem Trümmerhaufen, wo er einen Stein nach dem anderen herunterriss. Ich stolperte einen Schritt zurück und wusste, dass ich ihm helfen sollte, aber ich konnte mich nicht bewegen.

Der leblose Arm eines fremden Magiebegabten kam zum Vorschein. Ben kümmerte sich nicht darum, sondern grub weiter in dem Schutthaufen nach Simeons Körper, so lange, bis er ihn gefunden hatte.

Kapitel 6

„Was hast du nur getan?", herrschte mich Caprice an, während ich wie betäubt auf Simeon starrte, der blass und regungslos zwischen den Trümmern lag. Seine Glieder waren verrenkt und sahen aus, als ob sie mehrfach gebrochen waren. Unterhalb seines Knies stand ein spitzer Knochen hervor. Überall war Blut, auf seinem Gesicht, in seinen hellblonden Haaren und auf seiner dunkelgrünen Magierrobe.

Ben presste sein Ohr auf Simeons Brustkorb und ich hielt die Luft an. *Bitte, lass ihn noch am Leben sein.* Es war, als würde die Zeit um mich herum einfrieren, während ich darauf wartete, dass Ben etwas sagte.

Schließlich atmete er hörbar aus. „Sein Herz schlägt noch."

Ich fühlte, wie mir vor Erleichterung die Knie weich wurden, und stützte mich an einem großen Felsbrocken ab, der dem Steinriesen bis vor wenigen Minuten noch als Körperteil gedient hatte. Zwischen den Trümmern lagen zwei tote Magiebegabte, die von den Felsbrocken erschlagen worden waren. Ihre Gesichter waren bleich und blutüberströmt.

„Den Sinnen sei Dank", hauchte ich. „Wir müssen ihn ins Weiße Sanatorium bringen."

„Ach, jetzt interessiert es dich plötzlich, wie es ihm geht?", fauchte mich Caprice an. „Und was war zuvor, als ich nach dir gerufen habe? Was war da? Du verdammte Heuchlerin." Sie spuckte auf den Boden. „Dir ist nicht zu trauen."

„Hilfst du ihm jetzt endlich? Ich dachte, du bist eine Heilerin", schnappte Ben mit schwarz lodernder Gesichtszeichnung.

Caprice funkelte mich noch immer an und rührte sich nicht von der Stelle. Ihr weißer Catsuit war an der Hüfte zerrissen und blutdurchtränkt.

Ich starrte zurück und fühlte mich völlig erschöpft. Ich verstand ihre Wut, ich verstand den Vorwurf in ihren Augen. Das Wissen um den Tod der anderen Sinnträger zog wie Gewichte an mir, aber ich wusste dennoch, dass ich mich nicht anders hätte entscheiden können. Ben hatte meine Hilfe gebraucht. Ich war meinem Herzen gefolgt. Und ich würde dasselbe wieder tun. Caprice schien die Antwort in meinem Blick zu sehen, denn ihr Gesicht verzog sich voller Verachtung.

„Das wird noch ein Nachspiel haben", zischte sie. Dann wandte sie sich mit einer ruppigen Bewegung ab und hinkte zu Simeon hinüber. Ich blinzelte die Tränen zurück, während ich spürte, wie Ben seine Hand in meine schob.

„Er wird wieder", murmelte er und ich wusste nicht, ob er es zu mir oder zu sich selbst sagte.

„Ich hoffe es", flüsterte ich, während ich zusah, wie Caprice eine Hand auf Simeons Stirn legte und einen Stabilisierungszauber murmelte. Nachdem sie die Worte gesprochen hatte, entspannten sich seine Züge und Caprice zog einen weißen Würfel hervor, bei dem sie in rascher Reihenfolge drei verschiedene Seiten berührte. Dann gab es einen weißen Lichtblitz, und die beiden verschwanden ins Weiße Sanatorium.

Ben und ich halfen noch bis zum Morgengrauen, das Chaos im Illusionsirrgarten einzudämmen. Als schließlich alle Trümmer durchsucht und die letzten Verwundeten versorgt waren, machten wir uns auf den Weg in die Räumlichkeiten der Bruderschaft.

Die Sandfälle tosten donnernd über die Bergkämme hinab, als Ben und ich uns dem unscheinbaren Eingang näherten. Das magische Portal im Wachsamkeitsland war offiziell außer Betrieb und konnte nur durchschritten werden, wenn man sich den geheimen Schwur der Bruderschaft ins Gedächtnis rief. Trat man dann aus dem halb verfallenen Sandsteinbogen, blickte man auf eine zerklüftete Bergregion mit gewaltigen Sandfällen, deren wilde Schönheit sich mit den Wasserfällen des Trauerlandes messen konnte. Meiner Meinung nach gehörten die Saharafälle zu den schönsten Naturschauspielen in der Sinnlichen Welt.

Doch heute hatte ich keinen Blick für die ehrfurchtgebietende Kraft des Sandes, der in Kaskaden von den schimmernden Bergspitzen fiel. Heute waren meine Gedanken nur bei Simeon und den vielen Toten, die wir mithilfe der anderen Wächter und Beschützer geborgen hatten. Vor allem dachte ich an die beiden Magiebegabten, die durch den Einsturz des Steinriesen ums Leben gekommen waren. Ich fühlte mich mitverantwortlich für ihren Tod und es war ein schreckliches Gefühl. Dabei schob ich strikt jeden Gedanken daran weg, dass Ben beinahe auch zu einem von ihnen geworden wäre.

Nacheinander betraten Ben und ich das Zentrum der Bruderschaft. Wir mussten dazu durch einen langen, schmalen Tunnel, der sowohl mit alter als auch mit neuer Magie gesichert war und unsere Wünsche erkennen konnte. Mein Wunsch war es, mich einfach nur unter die heiße Dusche zu stellen, und ich schätzte, dass es Ben ähnlich ging.

Am Ende des Tunnels erwartete uns eine runde Steingrotte, die von acht verschiedenfarbigen Lichtsteinen erhellt wurde. Ben und ich stellten uns in zwei der acht Bodenkreise und warteten auf den magischen Transport. Einen Herzschlag später fanden wir uns in der achteckigen Halle mit der gläsernen Kuppel wieder, von der acht dunkle Gänge in verschiedene Richtungen abzweigten.

„Dusche?", fragte Ben und ich nickte erschöpft. Unsere Haare und Gesichter waren grau vom Staub, die Hände von den Aufräumarbeiten mit den scharfkantigen Felsbrocken völlig zerschunden und mein Wasserperlenanzug stand vor Dreck. Wir sahen aus, als hätte man uns einmal durch die Hölle geschickt, und genauso fühlte es sich auch an.

Als ich eine Viertelstunde später sauber und mit noch nassen Haaren aus dem Gemeinschaftsbad trat, das neben der Trainingshalle lag, fühlte ich mich nicht wesentlich besser. Wie von selbst schlugen meine Schritte den Weg zu Simeons Labor ein und ich seufzte lautlos, als ich Thaya in der Mitte des chaotischen, langgezogenen Raumes vorfand. In den Regalen an den Wänden lagerten jede Menge bunter, magischer und nichtmagischer Instrumente und ich wunderte mich, dass Simeon in der Unordnung überhaupt etwas finden konnte. Auf den acht weißen Labortischen, die in einer Reihe hintereinander standen, befanden sich dampfende Phiolen, Schalen und Teller. Thaya wandte mir den schmalen Rücken zu und schnupperte an einem von Simeons Elixieren. Ich betrachtete sie mit zusammengekniffenen Augen, als Ben hinter mir auftauchte. Er hatte ebenfalls geduscht und brachte den Duft von frischen Kräutern mit einer holzigen Note mit.

„Hier steckst du", sagte Ben zu mir und Thaya fuhr bei dem Klang seiner tiefen Stimme so zusammen, dass sie das Elixier fallen ließ. Die Phiole zerplatzte auf dem Boden und eine dunkelbraune Rauchwolke stieg zischend in die Luft. Ein Nachrichtenwürfel erwachte von dem Krach und kam summend herangeschwirrt.

„Alles in Ordnung?", fragte ich Thaya, die kalkweiß im Gesicht bis an den Tisch zurückgewichen war. Sie nickte hastig und schlang die Arme um ihren dürren Körper.

„Mir geht es gut", presste sie hervor. „Wart ihr letzte Nacht in der anderen Welt?"

Ich schaute sie überrascht an. „Hast du es noch nicht gehört?"

„Was gehört?", fragte Thaya mit einem hektischen Unterton.

„Die Totaa", erwiderte Ben, „sie haben wieder zugeschlagen." Er fing den Nachrichtenwürfel und berührte die schwarze Fläche.

Augenblicklich drang eine hasserfüllte Stimme durch den Raum:

„Der Terror ist in die Sinnliche Welt zurückgekehrt, so wie wir es seit Mondläufen und Mondläufen vorhergesagt haben. Doch statt sich der zunehmenden Feindseligkeit zwischen Mensch- und Tierverbundenen anzunehmen, wurden unsere Warnungen regelmäßig in den Wind geschlagen. Obgleich die Macht der Acht durch den Verlust der roten Gestalterin geschwächt ist, kann es nicht angehen, dass sie die Augen vor den jüngsten Strömen unserer Zeit

verschließen. Es ekelt uns an, mit welcher Inbrunst die Macht der Acht der Politik des Nichtstuns und des Kopf-in-den-Sand-Steckens folgt! Nach dem verheerenden Anschlag heute Nacht im Illusionsirrgarten des violetten Landes hat sich Gestalter Quirin dazu herabgelassen, einige persönliche Worte an die Bevölkerung zu richten."

Die feindselige Stimme schwieg und eine Projektion von Quirin erschien in der Luft. Er stand vor dem Eingang des zerstörten Illusionsirrgartens und hinter ihm konnte man die rauchenden Trümmer sehen, aus denen verletzte Sinnträger getragen wurden. Quirins Mund war eine einzige gerade Linie und seine dunklen Augen waren direkt auf die Zuseher gerichtet:

„Die jüngsten Ereignisse im Angstland sorgen für viele Gefühle in der Sinnlichen Welt. Panik und Ohnmacht, Wut und Verbitterung, Fassungslosigkeit und Trauer. Doch wie jeder Einzelne auch damit umgeht, die Frage, die uns alle beschäftigt, ist jene nach dem Warum. *Und diese Frage wird nicht unbeantwortet bleiben, so wahr mir mein Sinn helfe. Ich verspreche der sinnlichen Bevölkerung hiermit, dass die Schrecken der heutigen Nacht nicht ungesühnt bleiben. Wir werden die Täter finden, wir werden die Hintergründe erforschen und wir werden die Wahrheit ans Licht bringen."*

„Ganz schön pathetisch", bemerkte Ben. Die Projektion brach ab und Jesper platzte herein.

„Du", rief er in das Schweigen hinein und deutete aggressiv auf Thaya. „Wo warst du? Wieso bist du nicht zum vereinbarten Treffpunkt gekommen?"

Thaya richtete ihr blasses Gesicht auf den Wutträger und strich sich die langen dunklen Haare zurück.

„Ich mag es nicht, wenn man mich anschreit", sagte sie ruhig und ihre dunkelblauen, feinen Linien glommen auf.

„Und ich mag es nicht, wenn man mich warten lässt", knurrte Jesper. „Noch weniger mag ich es, wenn man gar nicht erst auftaucht und auch nicht auf den Kommunikationskristall reagiert, den man bei sich trägt!"

„Ich habe eine Stunde vor den Höhlen der Trauer auf dich gewartet", sagte Thaya und wandte sich von Jesper ab. „Es ist nicht meine Schuld, wenn du nicht auftauchst."

„ABER DIE HÖHLEN DER TRAUER WAREN NICHT DER VEREINBARTE TREFFPUNKT!", brüllte Jesper außer sich.

Thaya zuckte mit den Schultern. „In meiner Erinnerung schon."

„Was ist hier los?", fragte Caprice, die hinter Jesper aufgetaucht war. Die Vertrauensträgerin schien sich von ihren Verletzungen vollständig erholt zu haben. Sie trug einen frischen weißen Catsuit und blickte mit schmalen Augen zwischen Jesper und Thaya hin und her.

„Was hier los ist? ICH war in der anderen Welt und habe versucht, eine Tür in meine Vergangenheit zu öffnen", presste Jesper zwischen den Zähnen hervor. „Während sie", er deutete mit einer heftigen Bewegung auf Thaya, „es vorgezogen hat, nicht zum Treffpunkt zu erscheinen und sich gegen Quirins Anweisung zu stellen."

Thaya setzte sich auf einen weißen Stuhl und schlang die Arme um ihren Körper, als ob sie das alles gar nichts anginge. Dabei starrte sie teilnahmslos ins Leere.

Einen Moment lang war es still und nur das Blubbern der magischen Elixiere erfüllte den Raum. Ich ließ meinen Blick über die bunten Phiolen wandern, die in einer Reihe auf dem Tisch standen. Jesper regte sich hier wegen eines verpassten Treffens auf, aber Simeon würde vielleicht niemals wieder jemanden treffen. Oder die Gelegenheit haben, an seinen Erfindungen und Experimenten weiterzuarbeiten. Ich schluckte.

„Wie geht es ihm?", fragte ich Caprice, obwohl ich Angst vor der Antwort hatte.

Die Vertrauensträgerin betrachtete mich kühl. „Simeon liegt im Weißen Sanatorium, sein Zustand ist kritisch. Wir haben ihn in ein magisches Koma versetzt und es ist nicht vorherzusagen, ob er jemals wieder aufwacht."

„Simeon liegt im magischen Koma?", wiederholte Thaya entsetzt und starrte Caprice mit geweiteten Augen an.

„Na toll", zischte Jesper und versetzte dem vorbeifliegenden Nachrichtenwürfel einen Schlag, sodass dieser sich unter einen der langen Labortische flüchtete. „Wie ist das passiert?"

Caprice strich sich durch ihren kurzen Bob. „Die Totaa haben den Illusionsirrgarten angegriffen, in dem Simeon für die Magischen Magiespiele trainiert hat. Ich habe auf seinen Hilferuf reagiert und wollte ihn aus der Gefahrenzone schaffen. Aber die Wächterin", sie warf mir einen scharfen Blick zu, „hat es vorgezogen, zu ihrem Liebsten zu eilen, anstatt mir zu helfen. Aufgrund dieser Entscheidung wurde der Magiebegabte verschüttet und liegt nun im magischen Koma. Zwei weitere Sinnträger sind tot. Für diesen Reisenden hätte sie uns alle geopfert", fasste sie zusammen.

„Hältst du jetzt endlich die Klappe?", blaffte Ben und die Zacken auf seinem Hals begannen schwarz zu glühen.

„Bezichtigst du sie etwa der Lüge?", fragte Jesper herausfordernd und witterte die Chance, sich mit Ben anzulegen.

Ben stellte sich vor mich. „Du warst nicht dabei. Du hast das Chaos nicht gesehen." Er schickte dem Beschützer einen angewiderten Blick. „Wo warst *du* denn? Wieso hast *du* nicht auf den Hilferuf reagiert?"

Jesper verzog keine Miene, nur ein Muskel an seiner Wange zuckte. „Die magische Brosche hat nicht funktioniert. Es hat sich kein Tunnel eröffnet."

„Wie praktisch", schnaubte Ben. „Und was ist mit dir, Thaya?"

Die Trauerträgerin hatte den Kopf auf die Tischplatte gelegt und schreckte bei Bens schroffem Tonfall hoch. „Was soll mit mir sein?"

Ich presste die Lippen aufeinander und schwieg. Gemeinsam hätten wir Simeon und die anderen vielleicht retten können. Vielleicht hatten die anderen Broschen wirklich nicht funktioniert, vielleicht hatte es sie aber auch einfach nicht interessiert, darauf zu reagieren.

„Hier seid ihr ja", schnarrte eine sarkastische Stimme in meinem Rücken und ich schloss kurz die Augen.

Casimir.

Müde drehte ich mich um. Der alte Templer war gemeinsam mit Edomir im Türrahmen aufgetaucht und ließ seine Augen voller Abscheu über uns gleiten. Die schwarze Kutte schlackerte um seinen mageren Körper, als er in das Labor hineinschlurfte. „Sechs", zählte er missmutig. „Dass ihr nie vollzählig sein könnt."

„Simeon wurde verletzt und liegt im Weißen Sanatorium", presste ich hervor.

Casimir richtete den Blick seiner stechenden Augen auf mich. „Ich weiß", erwiderte er brüsk. „Unsere Vertrauensträgerin hat es mir erzählt. Und sie hat mir auch erzählt, dass es dir zu verdanken ist, dass wir unseren einzigen Magiebegabten verloren haben." Sein Ton war voller Abscheu und ich sah, wie Ben neben mir die Fäuste ballte.

„Du hast dich also entschieden, das Leben *eines* Mitglieds der Bruderschaft über das der anderen zu stellen." Mein Blick huschte zu Caprice, die ihre Arme verschränkte und mich kalt ansah.

Ich straffte die Schultern und hob das Kinn. „Ich habe in der Situation eine Entscheidung getroffen. Und ich würde es genauso wieder tun", sagte ich leise, aber bestimmt.

Caprice schüttelte nur leicht den Kopf, während Jesper schnaubte. Es war ihm anzusehen, wie sehr er mich für meine Worte verachtete.

Casimir blieb stehen und sah mich an. „Es ist meine Schuld", sagte er nach einer kurzen Pause und ich glaubte, meinen Ohren nicht zu trauen. „Ich habe euch damals aneinander gebunden, als ihr unerlaubt den Dunklen Ort aufgesucht habt. Ich habe euch unglücklicherweise zueinander geführt, ich habe den Reisenden und die Wächterin vereint." Seine Stimme klang überraschend ruhig. „Das war ein Fehler. Ein Fehler, den ich korrigieren werde."

Ein kalter Schauer lief mir über die Haut. Was genau meinte er damit?

„Doch bevor wir dazu kommen, möchte ich noch die Nachricht des Gestalters überbringen." Casimir reckte sich und ich hörte seine alten Knochen knacken. „Quirin lässt ausrichten, dass ihr zu langsam seid. Die Totaa werden immer stärker, wir brauchen die Bücher, brauchen Ergebnisse. Vor allem", Casimir warf mir einen vernichtenden Blick zu, „brauchen wir den Kreis der Auserwählten vollzählig. Jeder Einzelne zählt, sogar der

Bildhauer könnte noch von Nutzen sein." Er machte eine kurze Pause und verzog das faltige Gesicht, als könne er selbst nicht glauben, das eben gesagt zu haben.

„Aus diesem Grund beauftrage ich euch beide", Casimir sah Ben und mich scharf an, „den Genesungsprozess des Magiebegabten voranzutreiben. Es gibt Studien, die besagen, dass die Anwesenheit vertrauter Sinnträger hilft, jemanden aus einem magischen Koma zu erwecken. Hiermit übertrage ich euch die Verantwortung, ihn wieder zurückzuholen, ihn zu hegen und zu pflegen, wie man so unschön sagt."

„Großartig", murrte Ben bei der Aussicht, die nächsten Tage an Simeons Krankenbett zu verbringen. Der Templer registrierte Bens Widerwillen und lächelte.

„Es ist tatsächlich eine äußerst widerwärtige Angelegenheit, ins Weiße Sanatorium zu gehen und sich all der klinischen Reinheit dort auszusetzen", zischelte er. „Aber da es eure Schuld ist, werdet ihr es auch wieder in Ordnung bringen. Genauso, wie ich den Fehler, euch aneinander zu binden, nun korrigieren werde."

Ich runzelte die Stirn und spürte, wie sich meine goldgelben Linien auf einen Schlag entfachten. „Was meint Ihr damit?"

„Sei einfach still", zischte Casimir und schlurfte näher.

Was hatte er vor? Ich griff nach Bens Hand, während ich unwillkürlich einen Schritt zurückwich.

„Ich finde, das ist nah genug", knurrte Ben Casimir an und schob sich halb vor mich. Der Templer blieb stehen und ein höhnisches Lächeln glitt über sein Gesicht.

„Die Liebe … pah. Manche glauben, es ist das höchste aller Gefühle, jenes, das über allen anderen steht. Doch in Wahrheit bringt es nichts als Leid und Tod." Seine stechenden schwarzen Augen richteten sich auf mich.

„Du hast die Mission gefährdet, Wächterin, indem du das Leben von einem Auserwählten über das von zwei Auserwählten gestellt hast. Damit hast du *unser aller Leben* aufs Spiel gesetzt. Und warum? Nur für das flüchtige Gefühl der Liebe."

Der Templer streckte den Arm aus und hielt ihn so, dass ich seine von Furchen durchzogene Handfläche sehen konnte. Ich fühlte den Drang, zu fliehen, aber irgendetwas hielt mich hier fest und peitschte meinen Puls in die Höhe, während ich mit schreckgeweiteten Augen auf den alten Ekelträger starrte.

Er murmelte unverständliche Worte und die Temperatur im Raum fiel. Das Licht begann zu flackern und ein kalter Windzug fuhr durch das Laboratorium. Ben schien von derselben unerklärlichen Lähmung befallen zu sein, denn ich spürte nur, wie er meine Hand drückte, als sich ein langer schwarzer Faden aus der Handfläche des Templers schlängelte. Er erinnerte mich an einen schwarzen Wurm, der sich blind vorantastete und dabei ein ganz bestimmtes Ziel verfolgte.

Ein Ziel, das in der Nähe meiner Brust zu finden sein musste, denn er steuerte direkt darauf zu.

„Nein", keuchte ich und versuchte zurückzuweichen, aber es ging nicht. Ich stand da wie angewurzelt und selbst wenn die Totaa das Labor gestürmt hätten, wäre ich nicht in der Lage gewesen, mich von der Stelle zu rühren.

„Lass uns gehen, oder ich schwöre -", begann Ben, doch Casimir schnippte nur mit dem Finger und Bens Mund klappte zu, als hätte man ihn zugenäht.

Der tastende Fadenwurm kam in der Zwischenzeit immer näher und teilte sich vor unseren Augen in zwei Stränge. Einer steuerte weiterhin auf mich zu, während der andere zu Ben strebte. Jetzt spürte ich tatsächlich so etwas wie Panik in mir ausbrechen. Verbissen wehrte ich mich gegen die unsichtbaren Fesseln, aber es war vergebens.

„Was … Was tut Ihr da?", stieß Thaya hervor, die von ihrem Stuhl aufgestanden war.

„Ich nehme das zurück, was ich ihnen unabsichtlich gegeben habe", erwiderte Casimir mit seiner zischelnden Stimme und bewegte die Hand mit dem schwarzen Faden etwas näher zu uns.

In dem Moment tauchte das wurmartige Ding in mich ein. Es bohrte sich wie eine eiskalte Nadel durch meine Haut und ich keuchte auf, als ich spürte, wie es in meinem Inneren herumtastete, als würde es nach etwas suchen. Zur selben Zeit glitt auch der zweite Fadenwurm in Bens Brust, ungefähr da, wo sich sein Herz befand.

Stöhnend bäumte ich mich auf. Das schwarze Ding schien gefunden zu haben, was es suchte, denn ich spürte, wie es sich in meinem Inneren mehrfach um eine Stelle wickelte und dann mit einem harten Ruck zurück zu Casimir schnalzte.

Ich schrie auf. Es fühlte sich an, als würde ein Teil von mir aus meiner Brust gerissen werden, und der Schock darüber ging tiefer als alles, was ich je erlebt hatte. Neben mir bäumte sich Ben auf und stieß einen ebenso gequälten Schrei aus, der aus tiefster Seele zu kommen schien.

Dann war es plötzlich vorbei und ich ließ seine Hand los. Alles in mir war kalt und leer, meine Knie sackten unter mir weg und ich atmete schwer.

Ben taumelte und griff haltsuchend nach einem der Labortische. Und noch während ich den Schmerz in seinem Gesicht langsam verschwinden sah, verschwand auch ein Stück von mir selbst.

Ich sah Ben an und fühlte die Leere in mir.

Er bedeutete mir nichts mehr.

Es war seltsam, ich wusste, dass er mir etwas bedeutet hatte, ich wusste, dass ich seine Nähe gesucht hatte, und doch war er mir ein Fremder.

Er richtete sich auf, atmete einmal tief durch und schüttelte leicht den Kopf, als müsste er eine Benommenheit loswerden.

Dann klarte sich sein Blick und er sah mich emotionslos an. Ich blickte unbewegt zurück.

„Was habt Ihr getan?", fragte Jesper interessiert und kam einen Schritt näher.

Casimir lächelte zufrieden. „Was ich schon längst hätte tun sollen. Ich habe ihnen jegliche Liebe füreinander genommen, mit der sie von Anfang an die Ziele der Bruderschaft gefährdet haben. Nun könnt ihr euch endlich an die Arbeit machen." Er wandte sich zum Gehen. „Edomir hat die letzten Sonnenläufe in den Archiven der Bruderschaft verbracht. Er soll euch berichten, was er herausgefunden hat." Damit verschwand der griesgrämige Templer durch die Tür.

Edomir blickte erschrocken zwischen Ben und mir hin und her, als könnte er nicht glauben, was soeben passiert war. Ich atmete einmal tief durch und lauschte in mich hinein. Mein Herz schlug kräftig und gleichmäßig, meine Persönlichkeit war noch dieselbe – eigentlich fühlte ich mich völlig normal. Nein, besser als normal. Denn die Leere, die ich für einen kurzen Moment verspürt hatte, war einem neuen Gefühl gewichen, das ich schon lange nicht mehr empfunden hatte.

Ich war frei.

Kapitel 7

Ich war frei.

Frei von meiner Angst um den Ekelträger, frei von meinen Sorgen um seine Sicherheit oder um unsere Zukunft. Frei von allen manipulativen Emotionen, die meiner Urteilskraft im Weg gestanden hatten. Endlich hatte ich meinen Sinn wieder, meine Wachsamkeit, auf die ich mich verlassen konnte, die mich vernünftige Entscheidungen treffen ließ und die uns dem Ziel, die Bücher zu finden, näherbrachte.

Ich fing einen Blick von Ben auf und da, wo ich Erleichterung verspürte, empfand er offenbar Abscheu, denn seine Augen waren außergewöhnlich dunkel. Es berührte mich allerdings nicht und ich richtete meine Aufmerksamkeit zurück auf Edomir.

„Was hast du denn in den Archiven der Bruderschaft herausgefunden? Etwas, das uns bei unseren Aufgaben unterstützen kann?", fragte ich und bemerkte die unterschiedlichen Blicke rund um mich herum.

Edomir wirkte verängstigt, Caprice irritiert, Jesper angetan und Thaya bestürzt.

„Ich … Ich habe tatsächlich etwas Nützliches herausgefunden", stotterte Edomir und fuhr sich nervös durch die roten Locken. Offenbar hatte er Casimirs Entliebungszauber noch immer nicht ganz verdaut.

„Sprich weiter", ermutigte ich ihn.

Der Angstträger straffte die Schultern. „Lange bevor die Nachrichtenwürfel erfunden wurden, gab es andere Möglichkeiten zur Erinnerungsaufbewahrung."

„Das haben wir beim Besuch des Museums gesehen", sagte ich. „Erinnerungskugeln, richtig?"

„Nun, es gab mehrere Systeme zur Aufbewahrung und Speicherung von Wissen, die parallel zum Einsatz kamen", erklärte Edomir und trat in die Mitte des Raumes. „Die Erinnerungskugeln sind ein Teil davon, die jedoch nur Bilder zeigen. Es gibt aber auch sogenannte Erinnerungskristalle."

„Und was ist das?", fragte Ben kalt.

„Im Grunde ist es fast dasselbe wie die Erinnerungskugeln", setzte Edomir an. „Aber eben nur fast."

„Kommst du auch mal auf den Punkt?", fragte Ben genervt.

Ich fand sein Verhalten sowohl kindisch als auch beleidigend und warf ihm einen scharfen Blick zu.

„Der Unterschied ist", stammelte der Angstträger, „dass die Kristalle sehr teuer waren, weshalb man auf die Kugeln ausgewichen ist. Dafür konnten die Kristalle jedoch auch Geräusche speichern."

Die anderen aus dem Kreis wirkten von der Information wenig beeindruckt, und Thaya beäugte Ben und mich noch immer, als sei uns etwas Schlimmes widerfahren.

„Ich habe mit Genehmigung von Casimir einige Kristalle mitgebracht, die uns bei unserer Suche nach den Büchern helfen könnten. Es ist sehr schwierig, diese ganzen Informationen zusammenzusuchen, denn die Kristalle sind nicht gekennzeichnet und ich musste mir einiges an Material ansehen, bis etwas Bedeutsames für uns dabei war."

Edomir zog mit gewichtiger Miene einen prall gefüllten Beutel hervor. Ehrfürchtig holte er einen Kristall heraus, der in violetten Samt eingeschlagen war, und legte ihn auf einen freien Tisch.

„Die Erinnerungskugeln funktionieren durch Berührung", erklärte der Angstträger, „doch diese Kristalle projizieren die Erinnerung inklusive Geräusche in die Luft."

„Also so ähnlich wie ein Video", sagte Jesper mit einem Grunzen.

„Genau! Wie ein Video aus der Menschenwelt", bekräftigte Edomir. „Leider sind die einzelnen Sequenzen relativ kurz, da das Speichervolumen der Kristalle begrenzt ist." Er holte tief Luft und bewegte seine Hand über den Kristall und murmelte etwas, das nach einer Beschwörungsformel klang.

Sogleich erstrahlte der Edelstein und warf ein leicht verschwommenes Bild in die Luft. Darauf zu sehen war ein gutaussehender Ekelträger mit hellblauen Augen, pechschwarzen Haaren und einem gewinnenden Lächeln, der vor einer Gruppe Sinnträger stand.

„Das ist Eden", sagte Edomir und hielt die Aufnahme mit einer Handbewegung an. „Er war ein Reisender und wurde zu einem der Urgestalter. Aufgrund seines charismatischen Wesens hatte er eine große Anhängerschar."

„Das heißt, er hat ein Buch der Macht geschrieben", murmelte Caprice und kniff die Augen zusammen.

„Ja, er hat das Schwarze Buch des Ekels geschrieben. Ihm war es ein Anliegen - aber hört selbst." Edomir machte wieder eine Handbewegung und die Erinnerung lief weiter.

„Es kann nicht sein, dass zwischen den dunklen und hellen Trägern Krieg herrscht!", rief Eden leidenschaftlich und seine hellblauen Augen funkelten. „Wir müssen einen Weg finden, den Krieg zu beenden. Seht euch doch in der

anderen Welt um! Seht das Chaos, das dort herrscht! Seht die Schmerzen des Ersten Sinnlichen Krieges. Ich glaube an eine bessere Welt, ich glaube an eine Welt, in der -"

Hier brach die Aufnahme ab.

„Er war also ein Verfechter des Friedens", murmelte Thaya und fuhr sich durch ihre langen schwarzen Haare. „Inwiefern hilft uns das bei der Suche nach dem Buch?"

„Wartet. Das ist noch nicht alles." Edomir schlug den Kristall wieder behutsam in das samtene Tuch ein und steckte ihn zurück in den Beutel. Dann kramte er kurz darin herum und zog als Nächstes ein rotes Samtpäckchen hervor.

„Es gibt noch mehr Aufzeichnungen von Eden, ich habe eine geheime gefunden", fügte Edomir hinzu und aktivierte den nächsten Kristall. Auch dieser leuchtete hell auf, bevor er ein Bild in die Luft warf.

Eden saß in einem schwarzen Lehnstuhl. Neben ihm flackerte ein Kaminfeuer und beleuchtete sein attraktives Gesicht. In Gedanken versunken strich er sich mit dem Zeigefinger über seine rechte Augenbraue.

Der Kamin und die Möbel waren ausschließlich in Schwarz gehalten und ich vermutete, dass es sich dabei um sein Zuhause handelte. Neben ihm, auf einem Tischchen, stand ein Glas mit einer tiefroten Flüssigkeit. Er nippte bedächtig daran, bevor er angewidert das Gesicht verzog.

„Wir dürfen die Wegweiser nicht mehr in unsere Welt lassen", sagte der Urgestalter und blickte mir direkt in die Augen, wobei es nicht meine Augen waren, die er fixierte.

„Was stört dich an den Wegweisern?", fragte eine weiche Frauenstimme und Geigenmusik setzte ein.

„Woher kommt die Musik?", fragte ich stirnrunzelnd.

„Das habe ich mich auch gefragt", erwiderte Edomir. „Ich denke, sie kommt direkt aus der Erinnerung der Frau."

Eden zog die pechschwarzen Augenbrauen zusammen und starrte in die Flammen. „Wir haben die hellen und dunklen Gefühle geeint, doch was ist nun? Nun kämpft Sinn gegen Sinn."

„Vielleicht haben wir das Kriegerische einfach im Blut?", meinte die weiche Frauenstimme.

Eden verzog missbilligend das Gesicht und stand auf.

„Nicht wir haben das Kriegerische im Blut, sie sind es.

Die Menschen und Tiere sind die Auslöser dafür, dass es bei uns Krieg gibt. Ich war beim Orakel. Es hat mit mir gesprochen."

„Das Orakel hat mit dir gesprochen?", wiederholte die Frau ehrfürchtig. „Was hat es gesagt?"

Der Urgestalter starrte noch immer in das flackernde Kaminfeuer. Selbst wenn er schwieg, war seine Präsenz enorm und ich verstand, warum er zu den ersten Acht der Macht gewählt worden war.

„Das Orakel hat mir meine Prophezeiung offenbart", sagte er leise.

Die Frau, von der die Erinnerung stammte, beugte sich vor. „Und wie lautet sie?"

Edens Gesicht nahm einen andächtigen Ausdruck an. „Ich habe den Auftrag erhalten, den Frieden zurückzubringen." Er wandte sich ihr zu. „Unsere Welten sind zu eng miteinander verbunden - immer wenn bei den Menschen ein Krieg ausbricht, schwappt das Chaos zu uns herüber. Wir müssen die Verbindung so klein wie möglich halten, wir müssen das Menschliche aus uns lösen, wir müssen die

Wegweiser aus der Sinnlichen Welt verbannen. Dass sie hier sind, ist wider die Natur.

Die Geigenmusik wurde lauter und die Erinnerung brach ab.

„Was soll uns das sagen?", knurrte Jesper und verschränkte die muskulösen Arme vor der Brust.

„Die Frau", sagte Edomir und sah dem Beschützer direkt in die Augen, „von der die Erinnerung stammt, hat uns einen Hinweis gegeben."

„Einen Hinweis worauf?", mischte sich Caprice ein.

„Einen Hinweis auf die Wegweiser", sagte Edomir. „Sie werden schon in alten Büchern erwähnt."

„Und das bedeutet was?", murrte Ben und fuhr sich selbstgefällig durch die dunklen Haare. Wie hatte ich ihn jemals anziehend finden können?

Edomir seufzte, als ob man ihn um den Höhepunkt seiner Geschichte gebracht hätte. „Eigentlich sind es zwei Hinweise", sagte er schnell. „Zum einen ist da die Geigenmusik. Ich glaube, dass uns die Musik zu den Wegweisern führt."

„Und wohin führen uns die Wegweiser?", fragte ich.

Edomir sah mich an, als hätte er auf diese Frage gewartet. „Zu unserer Vergangenheit als Mensch", sagte er dann.

*Aus den persönlichen Aufzeichnungen des
Urgestalters Eden – Abschrift aus dem Archiv
der Erinnerungen der Bruderschaft*

Ich habe die Zukunft gesehen, und die Zukunft ist düster.

Sie nennen sich Wegweiser, doch der einzige Weg, den sie uns weisen, ist der in unser Verderben. Uns bleibt nur eine Wahl: Wir müssen die Verbindung zwischen den Welten trennen – notfalls mit Gewalt. Die Nähe zu den Menschen ist wie eine Infektion, die sich langsam von den Zehen aufwärts ausbreitet. Anfangs ist es nur eine harmlose Rötung. Dann schwillt der Fuß an und die Schmerzen dringen in einen, doch man ist noch nicht bereit, der Wahrheit ins Auge zu blicken. Erst will man den Fuß retten, dann fürchtet man um sein Bein.

Und am Ende kostet es einen das Leben.

Doch bei meinem schwarzen Sinn, das wird nicht geschehen.

Heute habe ich den Befehl gegeben, alle Wegweiser aus der Sinnlichen Welt zu verbannen. Jene, die sich verstecken, werden wir aufspüren. Jene, die sich widersetzen, werden den Tod finden.

Das Wissen um die Wegweiser wird aus den Köpfen der Sinnträger gestrichen, es wird sanft und leise verschwinden und nichts mehr von ihnen übriglassen.

Der Geigenbauer hat seine Warnung erhalten.

Ich bin zu oft in die andere Welt gereist, um die Augen zu verschließen. Ich habe zu viel Blut gesehen, zu viel Grausamkeit und zu viel Zerstörung.

Wir müssen uns vor ihnen schützen.

ICH werde uns vor ihnen schützen.

Kapitel 8

„Ich gehe davon aus, dass wir den Geigenbauer zuerst finden", sagte Jesper und ließ seinen Blick über die goldgelben Stämme der hohen Bäume gleiten, die wie polierter Bernstein glänzten. Die zartgelben Blätter raschelten sanft im Wind.

Ehrfürchtig legte ich den Kopf in den Nacken und fühlte die sanfte Verbindung zu meiner Heimat in mir emporsteigen. Ein warmes Gefühl floss durch meinen Adern und ich atmete die Luft meines Landes tief ein. Nach dem Sprung durch zwei magische Portale sowie einem Fußmarsch von einer Stunde über eine sanft wogende Hügellandschaft hatten wir den Wald der Achtsamkeit erreicht.

„Das ist wunderschön, Lee", hauchte Jaron anerkennend. „Warum machen sie das? Warum rascheln sie so melodisch?"

„Das ist der Wald der Achtsamkeit. Die Bäume geben aufeinander acht. Mit den Blättern kommunizieren sie untereinander."

„Wunderschön", wiederholte Jaron, schloss die Augen und lauschte dem Rascheln der Blätter.

Ich nickte und verstand selbst nicht, wie ich mich damals mit Ben auf den halbherzigen Kompromiss mit der Schwarzweißen Stadt hatte einlassen können – denn das Land der Wachsamkeit bot so viel Schönheit und Geborgenheit.

Es war ein seltsames Gefühl, an vergangene Entscheidungen zu denken.

Meine Erinnerungen waren noch da, ich wusste, was ich getan und mit wem ich mich unterhalten hatte, aber die dazugehörigen Gefühle waren einfach verschwunden.

Es war, als würde ich das Fotoalbum eines Fremden durchblättern, wenn ich an Ben dachte. Ich sah die verliebten Blicke und auch die verletzten Mienen. Ich wusste, wann Ben und ich uns gestritten und wann wir uns versöhnt hatten. Doch es waren nur Bilder.

„Das andere Team sucht im Wald der Überraschung. Doch *wir* werden den Geigenbauer zuerst finden", meinte Jesper überzeugt und setzte einen Fuß auf den Waldboden. „Laut Edomir war dieser Wald der beliebteste Rückzugsort des Geigenbauers. Wir sollten uns beeilen und unseren Auftrag so schnell wie möglich abschließen."

Das Blätterrauschen wurde lauter und sprang von einem Baum zum nächsten.

„Wollen wir diese erfrischende Energie nicht noch länger genießen und für einen kurzen Moment innehalten?", fragte Jaron und blinzelte. „Die Kraft des Landes ist berauschend."

„Dafür haben wir keine Zeit", erwiderte Jesper streng.

Der Freudeträger sog den Duft des Waldes tief ein und schloss genießerisch die Augen. „Man muss sich doch auch mal Zeit für die schönen Dinge des Lebens nehmen, Jesper. Man muss sich auch mal fallen lassen können."

„Ich fange lieber auf, anstatt mich fallen zu lassen", sagte Jesper und setzte seinen Fuß auf den Waldboden.

Jaron nickte verständnisvoll und strich sich über seine Kutte, während wir den Wald betraten. „Liegt vielleicht daran, dass du ein Beschützer bist. Als Künstler muss man sich fallen lassen können und sich seiner Kreativität hingeben."

„Ist das der Grund, warum du meistens zu spät kommst?", fragte ich und lächelte. „Weil du dich deiner Kreativität hingibst?"

Jaron lachte und fuhr sich durch die kurzen braunen Haare. „Ich glaube nicht, dass ich ein Auserwählter bin und der Bruderschaft einen großen Dienst erweisen kann. Aber als Bildhauer kann ich den Sinnträgern einen großen Dienst erweisen, indem ich ihnen die Kunst näherbringe. Gerade arbeite ich an einer neuen Skulptur, die den Kampf ..."

„Es gibt hier keinen Pfad, dem wir folgen können", unterbrach ihn Jesper brüsk. „Ich schlage vor, dass wir einfach geradewegs durch den Wald streifen und die Augen offen halten. Was meinst du, Wächterin?"

Ich nickte. Meine Linien erwärmten sich und ich fühlte das vertraute Gefühl der Wachsamkeit durch mich hindurchfließen. Konzentriert blickte ich mich um.

„Was ist, wenn der Geigenbauer doch nicht in diesem Wald zu finden ist?", fragte Jaron, der die Schönheit der Bäume mit den Augen aufsog.

„Dann findet ihn hoffentlich das andere Team", erwiderte ich.

„Wir werden ihn zuerst finden", murmelte Jesper und sah mich eindringlich an.

„Hauptsache, irgendein Team findet ihn", entgegnete ich.

„Unser Team verfügt über einen Beschützer und eine Wächterin, dagegen haben die anderen doch keine Chance", meinte Jesper und lächelte mich beinahe an. Anscheinend versuchte er, charmant zu sein. Seine sonst so harten Züge hatten einen weichen Ausdruck angenommen.

„Lass das", entgegnete ich.

„Was soll ich lassen?"

„Du versuchst, nett zu sein."

Jespers Augen verengten sich. „Ist das etwa ein Verbrechen?" Ein Zittern lief durch die bernsteinfarbenen Stämme und das Rauschen setzte wieder ein, nur lauter diesmal.

„Du hast mich seit unserem Streit nach dem Duell nur ignoriert, Jesper."

Jespers Kinn spannte sich an und er blieb stehen. „Du hast dich für den Ekelträger entschieden!"

„Ja und?", schnappte ich und fühlte, wie meine Wangen rot wurden. „Das ist meine Entscheidung gewesen." Es nervte mich, dass sich Jesper anmaßte, sich in mein Leben einzumischen.

„Das war eine Fehlentscheidung, und Wächter sollten keine Fehlentscheidungen treffen", zischte er.

Jaron strich mit seiner Hand liebevoll über einen bernsteinfarbenen Baumstamm. „Aus den Stämmen könnte man sicher eine fantastische Skulptur schnitzen", meinte er gedankenverloren. „Vielleicht eine Nachbildung von ..."

Weiter kam er nicht.

Der Stamm, auf den er die Hand gelegt hatte, begann so stark zu zittern, dass ich die Vibrationen sogar unter meinen Füßen spüren konnte. Das Blätterrauschen setzte wieder ein, doch diesmal hatte es die Lautstärke eines Orkans und erzeugte einen Wind, der mir die Haare hochwirbelte.

„Das hat er nicht so gemeint!", schrie ich über das Brausen der Baumkronen hinweg, doch meine Stimme wurde vom Sturm übertönt. In rasender Geschwindigkeit breitete sich das Zittern der Stämme auch auf die umliegenden Hölzer aus, dann klappten alle Bäume ihre Äste ein und schossen gleichzeitig in den Boden. Es ging so schnell, wie eine Schnecke bei der Berührung mit einem Fremdkörper ihre Fühler einzieht, und ich hielt schützend die Arme über den Kopf, als der gesamte Wald der Achtsamkeit mit einem einzigen gewaltigen Dröhnen im weichen Erdboden verschwand.

„Du hast sie verschreckt", knurrte Jesper, als er seinen Blick über die neu entstandene, endlos weite Ebene schweifen ließ, die nur noch aus Waldboden bestand. „Du hast ihnen Angst gemacht."

„Das war keine Absicht", stammelte Jaron. „Woher hätte ich denn wissen sollen, dass sie so sensibel sind?"

„Du hättest einfach deinen Mund halten sollen", zischte Jesper.

„Das bringt uns nicht weiter", sagte ich ruhig und dachte daran, wie man einen Geigenbauer in einem Wald finden sollte, der nicht mehr existierte. Würden die Bäume wieder auftauchen? Oder würden sie sich die nächsten Mondwanderungen verstecken? Welche Auswirkungen hatte dies auf das ökologische Gleichgewicht des gelben Landes?

„Das war wirklich keine Absicht", wiederholte Jaron und seufzte. Jesper Kiefer mahlte – und hätten Blicke töten können, dann wäre Jaron augenblicklich tot umgefallen.

„Vielleicht kommen die Bäume ja wieder?", sagte Jaron.

„Genau. Und vielleicht bringen sie uns auch noch ein Geschenk mit", fauchte eine heisere Stimme in meinem Rücken.

Erschrocken fuhr ich herum. Vor uns stand eine sehnige Frau mit kurzgeschorenen Haaren. Das helle Blond bildete einen starken Kontrast zu ihrer sonnengebräunten Haut, die vom Wind und Wetter gegerbt zu sein schien. Ihr Alter war schwer zu schätzen, denn obwohl sie so viele Runzeln hatte, strahlte ihre Haltung Jugendlichkeit und Kraft aus.

Sie bewegte sich leichtfüßig einen Schritt auf uns zu und mein Blick glitt zu dem Beil in ihrer Hand.

„Das ist nah genug", bemerkte Jesper und sein Körper spannte sich an.

Die Frau blieb stehen und kniff die Augen zusammen. Dabei begannen die hellgelben Linien in ihrem Gesicht zu glimmen, die so aussahen, als ob man ihr mit einem Messer mehrfach über die Wange geritzt hätte. „Was wollt ihr in meinem Wald?", fragte sie argwöhnisch. Sowohl ihre Stimme als auch ihre Körperhaltung drückten aus, dass sie auf der Hut war.

„Den Geigenbauer finden", sagte ich und hoffte, dass sie uns weiterhelfen konnte. „Weißt du, wo er ist?"

Die Sinnträgerin in der bernsteinfarbenen Kutte starrte mich aus ihren olivgrünen Augen an und erwiderte nichts. Ich hoffte noch immer auf eine Antwort und wartete, während die Sekunden verstrichen.

Jesper straffte die Schultern. „Wir benötigen eine Antwort, gelbe Trägerin."

Ihre Augen wanderten zu ihm und ich sah Wut darin aufblitzen. „Der Geigenbauer ist tot", stieß sie hervor, drehte sich um und stapfte davon.

„Warte!" Ich lief ihr hinterher. „So warte doch." Ich griff nach ihrer Schulter und sie fuhr mit einem Zischen herum, das Beil kampfbereit erhoben. „Fass mich nicht an!"

„Es tut mir leid." Ich hob beide Hände, zum Zeichen, dass ich sie nicht noch einmal berühren würde. „Es ist für uns nur sehr wichtig, mehr über den Geigenbauer zu erfahren."

„Ach, ist das für euch wichtig?", fauchte sie mich an und die Sonnenstrahlen funkelten auf der Klinge, die so aussah, als ob die gelbe Trägerin sie stundenlang gewissenhaft geschärft hatte. „Wisst ihr, was für mich wichtig gewesen wäre? Heute einen Baum zu fällen." Ihre olivgrünen Augen bohrten sich in meine. „Hast du eine Ahnung, wie lange ich schon auf der Pirsch gewesen bin?" Sie erhob ihre Stimme. „Zwei Tage! Zwei Tage streife ich durch diesen Wald und versuche, meine Absicht, einen Baum zu fällen, diesen einen, perfekten Baum zu fällen, soweit zu verdrängen, dass ich selbst nicht mehr daran glaube." Sie atmete heftig aus. „Die Bäume spüren unsere Absichten. Sie fangen unsere Gedanken auf, wie Duftnoten im Wind. Und wenn sie Gefahr wittern ...", sie drehte sich voller Bitterkeit einmal im Kreis, „... dann verschwinden sie! Und es kann Wochen oder Monate dauern, bis sie sich wieder hervorwagen!"

„Es tut uns leid", wiederholte Jaron aufrichtig. „Ich wusste nicht, dass du ... dass du auf der Jagd warst."

„Was wolltest du denn mit dem gefällten Baum anfangen?", fragte ich.

Sie senkte den Blick und ich zuckte zusammen, weil es so aussah, als würde sie mich weiterhin anstarren. Doch es handelte sich nur um eine Tätowierung. Jemand hatte ihr eine perfekte Kopie ihrer olivgrünen Augen auf die Lider tätowiert.

„Ich wollte aus dem Holz ein magisches Instrument anfertigen", sagte sie seufzend.

„Was für ein magisches Instrument?", fragten Jesper und ich gleichzeitig.

Sie sah wieder zu uns hoch und ein bitterer Zug entstand um ihren Mund. „Eine Trommel."

Einen Moment herrschte Stille.

„Eine Trommel", wiederholte Jesper verächtlich. „Das bringt uns nicht weiter."

„Ich würde lieber eine Geige bauen", sagte die Wachsamkeitsträgerin, „aber Geigen werden nicht mehr gekauft."

„Du … Du kannst auch magische Geigen bauen?", fragte ich und konnte unser Glück kaum fassen.

Sie zuckte mit den Schultern. „Ich könnte, wenn ich wollte. Aber erstens dauert so eine Geige mindestens siebzehn Mondläufe und zweitens", sie fixierte uns nacheinander, „fehlt mir das Holz dafür."

„Das ist eine lange Zeit", sagte Jaron und fühlte sich merklich schuldig, dass er die Bäume verschreckt hatte.

„Und der Geigenbauer war dein Lehrmeister?", fragte ich und versuchte, die Informationen richtig zusammenzusetzen.

„Er war mein Vater", sagte die Wachsamkeitsträgerin ruhig und bedeutete uns, ihr zu folgen.

Sie schritt schweigend durch die weite Ebene und an der Art, wie sie ging, erkannte ich, dass sie diesen Weg schon viele Male zurückgelegt hatte. Denn obwohl wir uns über weichen Waldboden bewegten, der keinen Hinweis darauf gab, wo die Bäume gestanden hatten, neigte sie manchmal den Körper leicht nach links oder rechts, wie um sich unter einem Ast hindurch zu ducken. Oder sie lief einen kleinen Bogen, um einem Stamm auszuweichen, der längst in der Erde verschwunden war.

Ihr Schweigen war so nachhaltig und die Stille um uns herum so tief, dass keiner von uns etwas sagte.

Schließlich entdeckte ich in einiger Entfernung eine Behausung, die mich an eine umgekippte Regentonne erinnerte. Die Blockhütte war zur Gänze aus dem bernsteinfarbenen Holz des Achtsamkeitswaldes gefertigt und ihr ungewöhnliches Design passte irgendwie zu der eigenwilligen Wachsamkeitsträgerin. Es gab einen kleinen Garten mit einem Kräuter- und Gemüsebeet sowie einen überdachten Bereich, der für ihre Holzkunstarbeiten reserviert war. Ich ließ meinen Blick über die Möbelstücke schweifen und hätte ihr am liebsten sofort eines abgekauft. Asymmetrisch geformte Tische und Stühle fanden sich neben bauchigen Truhen und geschwungenen Schränken.

„Das ist wunderschön", sagte ich leise.

„Du bist wirklich talentiert", meinte Jaron anerkennend. „Ist das alles von dir?" Er sah sich die Möbelstücke näher an. Die Wachsamkeitsträgerin bückte sich, um ihr Beil in eine der Truhen zu legen, und nickte dabei. „Ich hatte viel Zeit in den letzten Jahren."

„Wie kannst du behaupten, dass dein Vater dir das beigebracht hat?", verlangte Jesper zu wissen, der durch den überdachten Bereich lief und offensichtlich nach einer Geige Ausschau hielt. „Es gibt keine Eltern in der Sinnlichen Welt."

„Er war in der anderen Welt mein Vater", antwortete sie mit einem leichten Stirnrunzeln und ging zu einem Brunnen, wo sie sich einen Eimer Wasser heraufzog.

Ich holte tief Luft. Wenn die gelbe Trägerin so selbstverständlich von ihrer Vergangenheit als Mensch sprach, mussten ihre Instrumente tatsächlich der Schlüssel dazu sein.

„Hast du noch eine von den magischen Geigen? Die uns zu einem Wegweiser bringen könnte?", fragte ich drängend.

Die Wachsamkeitsträgerin schüttelte müde den Kopf.

„Mein Vater hat sie alle verkauft. Bevor der zweite Sinnliche Krieg ausbrach, erlangte er mit seinen Geigen große Berühmtheit – denn damals war es noch nicht verpönt, sich mit seiner Vergangenheit auseinanderzusetzen. Doch er machte sich nie etwas aus den Blättern – und auch nicht aus dem Ruhm. Ihm ging es um die Instrumente. Sie mussten …", sie machte eine kurze Pause und sog sehnsuchtsvoll die Luft ein, „… sie mussten einfach nur perfekt sein."

„Weißt du, wer jetzt noch im Besitz einer magischen Geige sein könnte?", fragte Jaron und ließ sich auf einen der bequem aussehenden Stühle fallen.

„Nach der Vertreibung der Wegweiser aus der Sinnlichen Welt erließen die Urgestalter ein Gesetz, das vorschrieb, alle magischen Geigen ebenfalls zu zerstören. Sie wollten verhindern, dass ein Sinnträger je wieder mit einem Wegweiser in Kontakt trat. Wer sich nicht daran hielt, wurde mit hohen Geldbußen oder Schlimmerem bestraft", antwortete sie nüchtern. „Es heißt, dass es noch ein paar Geigen aus der alten Zeit gibt, aber wo sie zu finden sind, weiß keiner."

Ich ließ enttäuscht die Schultern sinken. „Und was ist mit den Trommeln?", fragte ich. „Vorher sprachst du von einer magischen Trommel. Kann uns die auch zu einem Wegweiser bringen?"

Die Wachsamkeitsträgerin schöpfte mit beiden Händen Brunnenwasser in ihr Gesicht und schüttelte danach den Kopf. „Meine Trommeln bringen dich nirgendwohin. Ihre Magie ist nur für mich interessant."

Sie ließ den Eimer auf dem Brunnenrand stehen und verschwand im Inneren der seltsamen Blockhütte.

Ich fühlte eine bodenlose Enttäuschung, während ich ihr nachblickte. Nun hatten wir die Schülerin des Geigenbauers gefunden und waren dennoch keinen Schritt weiter. Frustriert strich ich mit den Fingern über eine polierte Tischplatte, deren Holz sich warm und glatt anfühlte. Was sollten wir jetzt tun?

„Hier", sagte die Wachsamkeitsträgerin, die wieder aus der Hütte gekommen war. „Das könnt ihr haben, wenn ihr wollt." Sie hielt uns ein kleines Stück Holz entgegen, das wie der Griff von etwas aussah.

„Was ist das?", fragte ich und trat näher.

„Ein Stück Holz", brummte Jesper, der sich sichtlich mehr erhofft hatte.

„Das ist das Letzte, was von der Arbeit meines Vaters noch übrig ist", sagte die Wachsamkeitsträgerin und hielt es mir entgegen, als könne sie nicht erwarten, es endlich loszuwerden.

Zögernd schloss ich meine Finger um den Holzgriff. „Und wieso gibst du uns das?"

„Er wurde nicht umsonst ‚der Geigenbauer' genannt", antwortete sie bitter. „Er hat für seine Geigen gelebt. Als er sie nicht mehr herstellen durfte, versank er in einer tiefen Depression. Er verlor seinen Sinn der Wachsamkeit. Eine letzte Geige war ihm geblieben, und als sie eines Tages gestohlen wurde, brachte er sich um." Sie zeigte auf das Holzstück in meiner Hand. „Das ist das Einzige, was von seinem Lebenswerk geblieben ist. Ich will es nicht mehr haben, es erinnert mich zu sehr an den Schmerz. Und nun geht. Mehr kann ich nicht für euch tun."

***

Völlig frustriert erreichte ich zwei Stunden später mein turmähnliches Haus am Rande der Schwarzweißen Stadt. Jesper war in die Kommandozentrale aufgebrochen, um Bericht zu erstatten, und Jaron widmete sich wieder seiner Bildhauerei. Ich fühlte mich ausgelaugt von dem Tag und mein Blick streifte Simeons Haus. Sofort verkrampfte sich mein Magen. Was, wenn es uns nicht gelang, Simeon aus dem magischen Koma zu erwecken? Wie sollte ich dann mit dieser Schuld weiterleben?

Ich atmete tief durch und schob diesen Gedanken weit von mir. Es war Abend, ich war müde und brauchte Schlaf. Ich hatte die ganze gestrige Nacht in der Menschenwelt und im Illusionsirrgarten verbracht und war heute durch das Wachsamkeitsland gereist. Morgen würden Ben und ich Simeon im Weißen Sanatorium besuchen, und wenn ich geschlafen hatte, sah die Welt sicher schon wieder besser aus. Auch wenn ich jetzt mit Ben unter einem Dach wohnen musste, denn Zeit, mir eine neue Unterkunft zu suchen, hatte ich nicht.

Ben.

Wenn ich an ihn dachte, zog sich bei mir alles zusammen. War er zu Hause? Ich strich mir die Haare aus dem Gesicht. Ich hatte keine Lust auf ihn und seine ätzenden Kommentare, auf seine betont lässige Körperhaltung, die verstrubbelte Frisur und diese dunklen, unergründlichen Augen. Wie hatte ich mich nur jemals in ihn verlieben können?

War es wahr? Hatte ich mich damals nur wegen Casimirs magischen Bandes in Ben verliebt? War es eine einfache Nebenwirkung des Zaubers gewesen?

Seufzend schlug ich den Weg in den Garten ein, um dem Ekelträger nicht sofort zu begegnen. Zumindest der Garten war noch wie immer, und auch meine Gefühle dafür waren noch dieselben wie früher.

Ich atmete den betörenden Duft der Pflanzen ein und schlenderte zu dem weißen Springbrunnen in der Mitte, auf dessen Rand ich etliche Male mit Simeon gesessen und über Magie und die beiden Welten gesprochen hatte.

Ein sanftes Wasserrauschen ließ mich innehalten und dann sah ich, wie das Wasser im Becken zu schäumen anfing, bevor eine mannshohe Fontäne daraus emporwuchs, aus der Marcus stieg.

Der dunkelblonde Wächter mit dem Sinn der Trauer wirkte ungewöhnlich erschöpft und ich sah zum ersten Mal dunkle Augenringe in seinem ansonsten perfekten Gesicht.

„Hallo Lee", sagte er müde und neigte zur Begrüßung den Kopf. „Ich wollte nur mal nach dir sehen."

„Hallo Marcus", erwiderte ich mit einem schwachen Lächeln. „Warst du bis jetzt an den Aufräumarbeiten im Illusionsirrgarten beteiligt?"

Er nickte und ließ sich neben mir auf den steinernen Rand des Brunnens sinken. „Es war furchtbar", sagte er tonlos und die dunkelblauen Linien auf seiner Wange glommen auf. „Es ist einer der Tage, die ich am liebsten aus meinem Gedächtnis streichen würde."

„Ich auch", seufzte ich und rieb mir über die Augen.

Marcus warf mir einen besorgten Blick von der Seite zu. „Wie geht es dir? Was ist passiert?"

Zögernd blickte ich zum Haus. Für einen Moment war ich mir sicher, Ben am Fenster stehen zu sehen.

„Die Mission, die ich verfolge … Um es kurz zu machen: Es läuft nicht besonders gut", sagte ich und blickte auf die Grashalme, die meine Fußsohlen kitzelten.

„Hier bei uns ist es dasselbe", murmelte Marcus und ich war froh, dass er nicht weiter nachbohrte. Er wusste, dass Quirin mich in eine geheime Sondereinheit gesteckt hatte, über die ich nicht sprechen durfte. Und dieses Wissen reichte dem Trauerwächter, um mir keine weiteren Fragen zu stellen. Es war angenehm, seine Gesellschaft zu teilen.

„Quirin hat meine Sicherheitsstufe erhöht", erzählte Marcus und ich hörte einen Hauch Stolz aus seiner Stimme. „Ehrlich gesagt bin ich davon ausgegangen, dass er nie wieder einen Wächter befördern würde, nachdem wir den Tod von Gestalterin Sinja nicht aufklären konnten. Aber anscheinend habe ich mich geirrt. Ich trage jetzt mehr Verantwortung und habe ein Team zusammengestellt, das sich einzig und allein der Verfolgung der Totaa widmet."

„Das ist großartig", sagte ich, während ich daran dachte, dass Quirin dem Kreis der Auserwählten seit Neuestem ebenfalls mehr Privilegien zugestand. Zum Beispiel hatten wir alle eine neue Sicherheitsstufe erhalten, die es uns ermöglichte, im Namen der Macht der Acht Informationen einzufordern.

Marcus nickte. „Da die Totaa dazu übergegangen sind, kleinere Anschläge auf Menschverbundene zu verüben – schnelle Überfälle, zerstörte Geschäfte und verunstaltete Denkmäler -, konnten wir in letzter Zeit einige Hinweise auf die Täter zusammentragen."

Eine Sorgenfalte erschien auf seiner Stirn. „Ich denke, die Totaa formieren sich gerade neu. Wir befürchten, dass es unter ihnen zwei verschiedene Gruppen gibt: die einen, die sofort zuschlagen wollen, wie der Anschlag auf den Illusionsirrgarten beweist – und die anderen, die noch warten möchten. Ich gehe davon aus, dass sie ihre Kräfte sammeln und einen groß angelegten Angriff planen, wenn wir am wenigsten damit rechnen."

Ich seufzte tief. Das waren keine guten Nachrichten. Heute war anscheinend nicht der Tag der guten Nachrichten.

„Lee?" Seine Stimme holte mich wieder aus meinen Gedanken. Ich sah ihn an und lächelte schwach. „Ja, Marcus?"

„Sonst alles okay?"

„Casimir hat mir die Liebe zu Ben herausgerissen", sagte ich nach einer Pause. Ich wollte nicht darüber reden, aber irgendwann würde er es sowieso erfahren.

Marcus' dunkelblaue Augen weiteten sich. „Warum hat er das gemacht?"

„Er hatte seine Gründe."

Marcus richtete sich auf. „Und welche? Wie kann er eine solche Tat rechtfertigen?"

„Ich darf nicht darüber sprechen", antwortete ich.

Marcus sah mich an. „Ich weiß nicht, was ich sagen soll, es tut mir leid, das zu hören."

„Ist schon gut." Ich legte ihm eine Hand auf den Arm. „Ich vermisse nichts. Er geht mir nur fürchterlich auf die Nerven."

„Und wie geht es ihm damit?", fragte Marcus schließlich zögernd.

Ich zuckte mit den Schultern. „Ich schätze, es geht ihm wunderbar."

Kapitel 9

Ich saß auf dem Himmelbett, meine Augen fühlten sich verklebt und schmutzig an und ich wusste, dass ich wieder stundenlang geweint haben musste. Ich wusste es, selbst wenn meine Erinnerungen verschwommen waren und nur aus einigen dumpfen Bildern und Geräuschen bestanden.

Die dunklen Haare fielen mir ins Gesicht und mein Körper war abgemagert und schwach, er war zu schwach für das alles hier.

Ich musste hier raus. Ich musste weg von ihnen. Ich musste raus aus diesem Leben, weg von ihren spitzen Kommentaren und dem Gerede, von dem sie glaubten, dass ich es nicht hörte.

Mein Brustkorb hob und senkte sich von alleine, ohne dass ich etwas tun musste. Ich atmete, ohne es zu wollen, und ich verdammte sie dafür, dass sie mir das Leben geschenkt hatten, nur um es mir unerträglich zu machen.

Schnell schnappte ich mir die schwarze Tasche und lief damit ins Badezimmer, wo sich mein Vorrat befand. Ich öffnete den Spiegelschrank, ohne mich anzusehen, denn ich wollte mein durch sie verunstaltetes Gesicht nicht betrachten, ich wollte nicht verstehen, was sie mir schon wieder angetan hatten. Ich leerte die Schränke, nahm alle Pillen an mich und war bereit, es zu beenden.

In der Nacht hatte ich kaum ein Auge zugetan. Meine Träume waren zerrissen, weil ich immer wieder aufgewacht war und an Simeon hatte denken müssen.

Was war bloß in mich gefahren? Warum hatte ich

diesen ekelhaften Typen gerettet, anstatt die anderen in Sicherheit zu bringen? Die Leben von Simeon, Caprice und den anderen Magiebegabten waren doch viel mehr wert als nur eines, vor allem wenn das eine das des Ekelträgers war.

Ich verstand es nicht und rieb mir müde über die Augen. Nachdem ich ins Bad getapst und die Tür mit einem Stuhl verschlossen hatte, nahm ich eine lange Wasserfalldusche. Das kühle Nass prickelte auf meiner Haut und ich schob meine Gedanken und mein schlechtes Gewissen beiseite.

Was passiert war, ließ sich nicht mehr ungeschehen machen, und das Einzige, was ich jetzt tun konnte, war, Simeon mit Ben im Weißen Sanatorium zu besuchen und zu hoffen, dass unsere Anwesenheit ihm bei der Genesung half.

Nachdem ich mich angezogen und mir Frühstück gemacht hatte, wartete ich darauf, dass er endlich runterkam.

Es war seltsam, mit ihm, einem Fremden, im selben Haus zu wohnen. Wie gerne hätte ich mir einen anderen Mitbewohner gesucht, dachte ich und nippte an meinem Gelbtee. Aus dem eckigen Fenster konnte ich in den Garten sehen, der friedlich in der Morgensonne lag. Doch ich konnte den Anblick nicht genießen, denn Bens Abwesenheit machte mich unruhig. Er tauchte einfach nicht auf und ich verfluchte ihn, ich verfluchte ihn dafür, dass er sich nie an Regeln hielt und dass es in seinem Leben nur eine Person gab, die ihm wichtig war: er selbst.

Er wusste genau, dass wir ins Sanatorium mussten, und es sah ihm ähnlich, dass es ihn einfach nicht interessierte. Entschlossen trank ich meinen Gelbtee aus, stieg die Baumtreppe hoch und klopfte gegen die Tür seines Zimmers. Als keine Reaktion kam, hämmerte ich mit der Faust gegen das dunkle Holz.

Ich wartete ein paar Herzschläge, konnte aber weder Schritte noch irgendeinen Laut wahrnehmen. War er einfach ohne mich aufgebrochen? Konnte das sein? Kurzentschlossen öffnete ich die Tür und stieß genervt die Luft aus.

Das Zimmer sah aus, als hätte eine Bombe eingeschlagen. Die schwarzen Klamotten lagen wild verteilt auf dem Boden, das Bett war nicht gemacht und es roch nach ihm, es roch nach seiner holzigen Note.

„Was machst du hier?", fragte Ben, der aus dem Badezimmer kam. Seine Haare waren feucht und zerzaust. Er hatte nur ein schwarzes Handtuch um seine Hüften gebunden und mein Blick blieb unbewusst an seinem trainierten Waschbrettbauch hängen.

„Ich habe dich gefragt, was du hier machst", wiederholte er kalt. „Und hör endlich auf, mich anzustarren."

„Ich starre dich nicht an", erwiderte ich nüchtern und warf ihm einen finsteren Blick zu, den er mit einem arroganten Grinsen quittierte. „Ich versuche nur, den Grund zu finden, warum du hier genüsslich Zeit verplemperst, während wir losmüssen."

„Und den Grund glaubst du, hier", er fuhr sich selbstgefällig über seine straffen Muskeln und das dunkle Badetuch, „hier unten zu finden?"

Ich atmete tief ein. Dieser Typ war doch wirklich das Letzte, was glaubte er von sich? Nur weil er trainiert war und diesen verwegenen Ausdruck im Gesicht hatte, war er nicht unwiderstehlich. Er war einfach nur widerlich. Ein kalter Schauer rann mir über den Rücken, als ich daran dachte, ihm einmal sehr nahe gewesen zu sein.

„Zieh dich an", sagte ich forsch, „wir haben nicht ewig Zeit." Dann steuerte ich auf die Tür zu.

„Nur ruhig, Wächterin, der Magiebegabte wird uns schon nicht wegrennen", entgegnete er abfällig.

„Ist das dein Ernst?", fragte ich wütend und drehte mich zu ihm um. „Findest du das irgendwie lustig?"

Er betrachtete mich ausdruckslos. „Es ist eine Tatsache und ich dachte, dass du als Wächterin an Tatsachen interessiert bist."

Ich verengte die Augen und spürte, wie mir die Röte ins Gesicht schoss. „Es ist derart geschmacklos, dass du dich über ihn lustig machst. Simeon liegt nur deinetwegen im Koma, bist du dir dessen überhaupt bewusst?", zischte ich.

Ben betrachtete mich gelassen. „Er liegt nicht meinetwegen dort, er liegt deinetwegen dort."

„Er liegt wegen mir im Weißen Sanatorium?!", fragte ich fassungslos.

„Schließlich hast du ihn nicht gerettet", sagte er und sah mich emotionslos an. „Also lass dein schlechtes Gewissen und deine schlechte Laune nicht an deiner Umgebung aus."

„Ich habe dir das Leben gerettet, ohne mich wärst du tot!"

Ben verzog keine Miene. „Na und? Was willst du jetzt? Einen Kuss?"

Am liebsten hätte ich ihm einen Tritt in die Handtuchgegend verpasst. Ich fühlte, wie sich mein Herzschlag beschleunigte, und ich konnte nicht begreifen, wie ein Typ derart selbstgefällig und ichbezogen sein konnte.

„Was bist du nur für ein Arsch", kam es inbrünstig aus mir heraus. Wieso hatte ich diesem Typen nur das Leben gerettet? Wie hatte ich eine derart falsche Entscheidung treffen können?

Ben hob eine Augenbraue und rieb sich über seinen Dreitagebart. „Willst du es jetzt tun oder nicht?"

„Was?", fuhr ich ihn an.

Er schnaufte verächtlich. „Wenn du wirklich so dringend in das Weiße Sanatorium möchtest, dann solltest du jetzt das Zimmer von dem ‚Arsch' verlassen. Außer du möchtest mir beim Anziehen zusehen – worauf der Arsch seinen Arsch verwetten würde –, aber darauf stehe ich nicht, Wächterin. Ich stehe einfach nicht auf dich."

„Was für ein Glück", sagte ich, schmiss die Tür hinter mir kräftig zu und stellte mir vor, dass sich Bens Kopf dazwischen befinden würde.

Das Weiße Sanatorium war ein schnörkelloser weißer Kubus, der weder Fenster noch Türen aufwies und einsam auf der grünen Wiese thronte. Ich kniff die Augen zusammen.

Wo war der Eingang?

Aus der Entfernung konnte ich nichts sehen und auch als Ben und ich den weiß funkelnden Weg entlangschritten und dem Gebäude näher kamen, konnte ich kein Tor ausmachen.

Während der ganzen Reise ins Vertrauensland hatten Ben und ich kein Wort miteinander gewechselt, worüber ich dankbar war. Denn egal was der Ekeltyp zu mir sagte, es kam nichts als Schwachsinn aus seinem Mund, und ich verfluchte die Erinnerungen an unsere gemeinsame Zeit, die wie Regentropfen auf meinen Kopf prasselten. Ich musste an die Lichtsteinsuche denken, die auch im weißen Land begonnen hatte. Ich musste daran denken, wie Ben und ich nach Simeons vorgetäuschtem Tod ins Vertrauensland aufgebrochen waren, um den Spinnern den grünen Lichtstein auszuhändigen. Und ich musste daran denken, wie mich der Ekelträger schon damals zur Weißglut getrieben hatte.

Als wir stillschweigend den quadratischen Bau erreicht hatten, schob sich eine milchweiße Front lautlos zur Seite und gab uns den Weg ins Innere frei.

Drinnen erwartete uns ein langer weißer Empfangstresen, hinter dem eine Sinnträgerin mit langer Nase stand. Sie trug eine hochgeschlossene weiße Uniform, die sich eng an ihren dünnen Körper schmiegte. Ihre schwarzen Haare hatte sie zu einem strengen Knoten hochgesteckt und ihre gezackte Gesichtszeichnung, die sich von der Stirn bis zum Kinn erstreckte, glomm weiß auf.

„Wie kann ich Ihnen helfen?", fragte sie, ohne uns anzusehen.

„Wir sind hier, um einen Freund zu besuchen", erklärte ich und warf Ben einen Seitenblick zu. „Zumindest ich bin deswegen hier." Danach rieb ich mir über die Augen, denn ich musste mich erst an das klinische Weiß gewöhnen.

„Dann müssen Sie zuerst einmal durch die Reinigungsstation", erklärte die Empfangsdame und blickte zu uns hoch. Sie lächelte kurz, klemmte sich ein Schreibbrett unter den Arm und verließ ihren Tresen.

„Folgen Sie mir", sagte sie auffordernd.

„Ganz schön weiß hier", erklärte Ben überflüssigerweise und ließ seine Augen durch den Raum schweifen.

„Ja, es ist schön", bestätigte die sarkasmusresistente weiße Trägerin.

Ich fragte mich, wo sich denn in diesem Raum die

Türen befanden, denn auch hier waren die Wände einfach nur glatt und weiß.

Die Trägerin ging zu einer Wand, hielt die Hand über die weiße Oberfläche und sogleich schob sie sich in zwei Teilen zur Seite. Danach schritten wir durch einen weißen Gang, der zu einem weißen, rechteckigen Raum führte. In dem Raum befand sich ein langgezogener Glaskasten, in dessen Innerem drei brusthohe weiße Mauern parallel zueinander standen, sodass sie zwei schmale Gänge bildeten.

Neben dem Glasquader befand sich ein Pult mit unheimlich vielen Knöpfen und Schaltern.

„Auf dem Boden der Reinigungsstation sehen Sie zwei Kreise aufleuchten. Stellen Sie sich bitte darauf, dann werden Sie ausgezogen", erklärte die weiße Trägerin und schritt zu dem Bedienpult.

„Wir sollen was?", fragte ich irritiert.

„Ihre Kleidung könnte voller unkontrollierbarer Magie und Krankheiten stecken. Das Gleiche gilt für Ihre Haut. Wir werden beides reinigen." Sie sah mich an und legte den Kopf schief. „Andernfalls können Sie das Sanatorium unter keinen Umständen betreten."

Bens Mundwinkel zuckte und er öffnete lässig die Glastür, die den Eingang zur Reinigungsstation markierte, während ich mich nicht bewegte.

Er drehte sich zu mir um. „Du bist ganz schön prüde, Wächterin", sagte er süffisant und stellte sich auf den hell leuchtenden Kreis. Die Tür schloss sich automatisch und schlagartig wurden die durchsichtigen Wände der Station weiß.

Ich atmete tief ein, wartete ein paar Herzschläge und folgte Ben in die Station. Natürlich war ich nicht prüde, nur war ich einfach auch niemand, der sich sofort die

Klamotten vom Leib riss.

Als ich den nebeligen Raum betrat, hielt ich den Kopf gesenkt, nur zur Sicherheit. Dann stieg ich auf den anderen leuchtenden Kreis und fühlte, wie ich einen Atemzug später keine Kleidung mehr trug. Mein Anzug aus Wasserperlen war verschwunden.

Plötzlich ging ein Ruck durch mich hindurch, und der Boden unter meinen Füßen begann sich zu bewegen. Es war, als würde ich auf einer Art Förderband stehen. Ich befand mich zwischen zwei der drei weißen Mauern, Ben musste direkt neben mir stehen. Der Sichtschutz reichte mir bis zu den Schultern und ich wurde sanft nach vorne geschoben. Von rechts und links waberte weißer Dunst, der auf meiner Haut prickelte, und die Luft roch salzig und warm.

Ich blinzelte und versuchte zu erkennen, wo Ben war, doch mein Blick reichte kaum eine Armeslänge weit. Obwohl ich mich nicht für meinen Körper schämte, war ich erleichtert, dass er mich somit auch nicht nackt sehen konnte – es reichte schon, dass er sich aus unserer Zeit als Paar daran erinnern konnte.

Kaum war ich von der nebeligen Masse vollends eingehüllt worden, kam aus der nächsten Düse weißer Schaum, der mich wie von Zauberhand von oben bis unten einseifte. Die Berührung fühlte sich weich und wohlig an und hätte ruhig noch länger andauern können, doch der weiße Boden führte mich bereits weiter zum nächsten Reinigungspunkt. Dort landeten murmelgroße Wasserperlen auf mir, die auf meiner Haut zerplatzten, was furchtbar kitzelte, sodass ich den Drang, zu lachen, unterdrücken musste. Zum Schluss trocknete mich warme Luft von allen Richtungen ab und ich kam wieder auf einem hell leuchtenden Kreis zum Stehen und spürte, dass ich wieder angezogen wurde. Allerdings handelte es sich dabei nicht um meinen Wasserperlenanzug, sondern um einen fremden glatten Stoff, der sich sanft um meinen Körper legte.

Ich öffnete die Glastür nach draußen und registrierte, dass ich eine weiße Besucheruniform trug. Mein Wasserperlenanzug wartete durchsichtig verpackt außerhalb der Reinigungsstation auf mich und ich sah Ben, der ebenfalls in Besucherkleidung an einer Wand lehnte.

„Bist du jetzt endlich sauber?", fragte er überheblich und sein Mundwinkel zuckte.

„Schade, dass man Arroganz nicht abduschen kann", entgegnete ich.

„Warst du traurig, dass du durch den Nebel nichts gesehen hast?", fragte er mit tiefer Stimme.

„Nicht traurig, Ben. Dankbar."

„Genau", sagte er trocken. „Immerhin war das heute schon dein zweiter Versuch, mir unter der Dusche zu begegnen."

Ich hob die Augenbraue. „Also bitte. Du glaubst, dass ich dich mit Absicht ins Weiße Sanatorium schleppe, damit ich dich in der Reinigungsstation nackt sehen kann?"

Er sah mich ernst an. „Was du dir alles einfallen lässt."

„Wenn ich mir etwas einfallen lassen würde, dann ginge es wohl eher darum, dich hier im Weißen Sanatorium zu lassen."

Ben verschränkte die Arme vor der Brust. „Und wo genau würdest du mich lassen wollen?"

Ich strich mir eine dunkle Haarsträhne aus dem Gesicht. „Vielleicht ist das Zimmer neben unserer Vermieterin noch frei?"

Ben machte einen Schritt auf mich zu. „Du würdest

mich also zur der Verrückten sperren, nachdem ich das Haus, in dem wir gezwungenermaßen leben, bereits verabscheue." Er machte eine kurze Pause und sah mich intensiv an. „Dass ich mich damals von dir habe überreden lassen, in die Schwarzweiße Stadt zu ziehen …" Er schnaubte. „Keine Ahnung, warum ich mich darauf eingelassen habe."

Es war seltsam, mit Ben über unsere gemeinsame Vergangenheit zu sprechen, jetzt, wo es keine gemeinsame Zukunft mehr gab.

„Du könntest doch nun ins Land des Ekels ziehen?", fragte ich zuvorkommend.

„Das werde ich, Wächterin. Sobald wir die Bücher gefunden haben, wird es das Erste sein, was ich tue."

„Dann ist es ja gut", erwiderte ich und wandte mich der weißen Trägerin zu, die ein paar Knöpfe des Bedienfeldes drückte. Sogleich wurden die Fronten der Reinigungsstation wieder durchsichtig und sie nickte mir zu.

„Kommen Sie. Sie werden bereits draußen von einem der Heiler erwartet."

„Der Erstaunensträger befindet sich auf dem Weg der Besserung", erklärte der pummelige Vertrauensträger, der ebenfalls einen hochgeschlossenen weißen Anzug trug. Er hatte rote Haare, die er zu einem Zopf gebunden hatte.

„Seine Verletzungen waren schwer, aber er müsste bald aus dem magischen Koma aufwachen. Sind Sie Freunde von ihm?"

„Ja", antwortete ich und ein Stein fiel mir vom Herzen, weil es Simeon besser ging. Wenn er gestorben wäre … dann wäre es meine Schuld gewesen. Das hätte ich mir niemals verzeihen können.

„Sie sind das erste Mal hier?"

„Ja, das bin ich", sagte ich.

„Und definitiv das letzte Mal", erklärte Ben und betrachtete die blendend weißen Wände mit Abscheu.

Ich war froh, als der Vertrauensträger nicht auf Bens Kommentar einging und mehr in Gedanken verloren schien. „Wundern Sie sich nicht", erklärte er. „Die Räumlichkeiten der Genesung werden von den Patienten selbst gestaltet, es ist ihr Ort des Vertrauens, den sie sich unbewusst selbst erschaffen. Das kann für den einen oder anderen Besucher manchmal irritierend wirken."

„Können wir ihm bei seiner Genesung irgendwie helfen?", fragte ich, während wir einen endlosen weißen Gang entlanggingen.

„Sie sollten mit ihm reden", erklärte der Vertrauensträger. „Auch Berührungen können helfen. Es ist jetzt wichtig, dass Sie ihm das Gefühl der Vertrautheit geben. Das ist auch der Grund, warum das Weiße Sanatorium sich in unserem Land befindet – Vertrauen ist der erste Weg zu Besserung."

Ich nickte und wir erreichten eine weiße Tür, die wie aus dem Nichts auftauchte.

„Falls Sie etwas brauchen, betätigen Sie einfach den Alarmknopf, der sich im Zimmer befindet." Er drehte sich um und dann öffnete ich die Tür.

Die Sonnenstrahlen schienen mir ins Gesicht und brachen sich in der Wasserfontäne des Springbrunnens, den ich nur zu gut kannte. Wir befanden uns auf einer Wiese, die der meines Gartens glich und die von üppigen Pflanzen gesäumt wurde.

Neben dem Springbrunnen stand ein breites Holzbett, in dem Simeon lag. Seine Augen waren geschlossen und sein Gesicht wirkte friedlich.

Ich ging ein paar Schritte auf ihn zu und legte ihm meine Hand auf seinen Arm. „Simeon, kannst du uns hören?"

Ben schnaufte abfällig.

„Was ist?", zischte ich.

„Wenn er dich hören könnte, läge er nicht im Koma", stieß Ben hervor und fuhr sich durch seine Haare. Dabei betrachtete er das Gartenzimmer mit einem unruhigen Blick.

„Hast du vorhin nicht zugehört? Vertrautheit ist der erste Schritt zur Genesung."

„Ich verstehe es nicht", sagte Ben. „Simeon kann sich jedes erdenkliche Zimmer vorstellen und er wünscht sich den hässlichen Garten?"

Meine Nägel krallten sich in meine Handfläche. „Der Garten ist nicht hässlich. Und das ist für ihn eben ein vertrauter Ort."

Plötzlich erkannte ich ein Flirren in der Luft und das Gartenzimmer begann zu verschwimmen. Einen Herzschlag später standen wir nicht mehr in meinem Garten, sondern in Simeons Loft. Überall um uns herum lagerten Gegenstände und Apparaturen, die mir nichts sagten. In den Regalen dampften unzählige Elixiere und neben einer wuchtigen Holztruhe stapelten sich jede Menge Bücher auf dem Boden.

„Schon besser", bemerkte Ben.

Ich schüttelte genervt den Kopf und zog mir einen Hocker heran, um mich neben Simeon zu setzen.

„Wir sollten mit ihm reden", sagte ich.

„*Du* kannst ja mit ihm reden. Sieht aber nicht so aus, als ob es viel bringen würde."

„Noch einmal: Das ist der erste Schritt der Genesung",

erklärte ich schroff und wandte mich Simeon zu. „Ich bin froh, dass es dir besser geht." Ich wusste nicht, warum, aber ich hatte tatsächlich die Hoffnung, dass ihn meine Stimme zurückholen würde. Doch seine Augen blieben verschlossen.

„Okay, wir haben unseren Anstandsbesuch abgehalten. Ich hau dann mal wieder ab – sag mir Bescheid, wenn er wieder ansprechbar ist", sagte Ben und hatte tatsächlich vor, zu gehen.

„Stopp", sagte ich und stand auf. „Du kannst nicht einfach gehen."

„Und wie ich das kann, Wächterin", erwiderte Ben und drehte sich um. „Du kannst mir gerne dabei zusehen."

Ich stellte mich ihm in den Weg. Dabei sog ich unwillkürlich seinen Duft ein und verfluchte Ben dafür, dass er so ein Arsch war und trotzdem so gut roch.

„Nein", sagte ich. „Du wirst mich hier nicht alleine lassen. Casimirs Anweisungen waren deutlich und du wirst die ganze Arbeit nicht wieder mir in die Schuhe schieben."

„Ach, werde ich das nicht?", fragte er gelassen. „Und was hast du vor, dagegen zu tun? Willst du mich tatsächlich neben unserer Vermieterin einquartieren lassen?"

Meine Hand wanderte automatisch zu meinem Wächterstab.

Ben zog eine Augenbraue hoch und seine dunklen Augen fixierten mich. „Wirklich? Du willst mich in eine Kugel sperren?"

„Wenn es sein muss", antwortete ich kalt.

„Du würdest deine Macht als Wächterin missbrauchen, um mich hierzubehalten?"

Ich lächelte. „Was sagte Quirin, als er den Kreis der Auserwählten zusammengestellt hat? Dunkle Zeiten erfordern dunkle Maßnahmen."

„Und damit rechtfertigst du dich vor deinem Gewissen?", fragte Ben spöttisch.

„Zumindest habe ich ein Gewissen."

„Wieso kommt mir diese Unterhaltung vor, als hätten wir sie schon einmal geführt?"

„Weil wir so schon einmal geführt haben", antwortete ich sachlich. „Während sich die Neuerweckten alle weiterentwickelt haben, bist du in deiner Entwicklung einfach steckengeblieben und noch immer derselbe Ekeltyp wie damals."

Ben rieb sich über seinen Dreitagebart. „Das ist aber interessant", sagte er und stockte. „Vor allem wenn es von einer Kontrollwahnsinnigen wie dir kommt."

„Kontrollwahnsinnige?", fragte ich und versuchte, so gelassen wie möglich zu wirken.

„Du musst immer alles und jeden unter Kontrolle haben. Du spielst dich als die Heldin auf und glaubst, dass du alle retten musst."

Damit versetzte er mir einen tiefen Stich und ich dachte an die beiden Magiebegabten, die ich hatte sterben lassen. Aber die Genugtuung, dass seine Worte mich verletzten, würde ich ihm nicht zugestehen. Statt mir meine Betroffenheit anmerken zu lassen, antwortete ich kühl: „Zumindest dein Leben musste ich retten, und du kannst mir glauben, dass ich diese Entscheidung bitter bereue."

„Lee? Ben? Seid ihr hier?", hörte ich plötzlich Simeons Stimme. Ben und ich drehten uns schlagartig um. Simeon hatte die Augen geöffnet und sah uns verwirrt an.

Ich stürzte zu seinem Bett. „Simeon", sagte ich und Freude und Erleichterung strahlten über mein Gesicht, während ich seine Hand ergriff. „Wie schön, dass du wieder wach bist."

Auch Ben war zum Bett gekommen und ich glaubte, so etwas wie ein Lächeln auf seinem Gesicht zu erkennen.

„Hey Simeon", sagte er und seine Stimme klang ungewöhnlich weich.

„Euer Gezanke ... Das kam mir so vertraut vor", murmelte er und blickte sich um. „Aber der Raum, das ist doch nicht echt - ich bin doch nicht zu Hause, oder?" Er stockte und schloss für einen kurzen Augenblick die Augen. Die Luft um uns herum begann zu flirren und die Umgebung verwandelte sich abermals, sodass wir uns nun in einem gemütlichen grünen Bungalow mit Blick aufs Meer befanden. Das Rauschen der Wellen klang an mein Ohr.

„Schon besser", meinte Simeon und seine Augen funkelten schelmisch.

Es tat so unglaublich gut, dass er wieder der Alte war.

„Ja, definitiv besser", bestätigte Ben und lehnte sich lässig an Simeons Bett. Dabei kam auch er mir seltsam zufrieden vor, als er sich über sein schwarzes Lederarmband strich und aus dem Fenster des Bungalows auf das grüne Meer blickte.

Und dann erzählte ich Simeon, was alles in der Zwischenzeit passiert war. Ich erzählte von dem Angriff der Totaa, von Casimirs Entliebungszauber, von den verbannten Wegweisern und dem toten Geigenbauer, dessen verschollene Geigen wir benötigten, um zu den Wegweisern und somit in unsere Vergangenheit zu gelangen.

„Das heißt also, ihr seid jetzt kein Paar mehr?", fragte Simeon mit schwacher Stimme, den die anderen Informationen wenig bis gar nicht zu interessieren schienen.

Ich nickte und hoffte, dass er das Thema nicht allzu lang vertiefen wollte.

„Wirklich nicht? Also jetzt echt?"

„Yep", antwortete Ben.

Simeon starrte uns an. „Und ihr fühlt gar nichts füreinander? Also nichts?"

„Überhaupt nichts", sagte ich und betrachtete Ben. „Außer natürlich die Abscheu, die er bei mir hervorruft."

Bens Mundwinkel zuckte. „Das hast du schön gesagt", meinte er zynisch. „Und das Kompliment kann ich nur zurückgeben."

„Das heißt, du bist jetzt wieder Single, Lee?", fragte Simeon.

„Sie gehört ganz dir", antwortete Ben an meiner Stelle.

Ich atmete tief ein. „Ja, ich bin wieder Single. Und ich genieße es."

„Dann sind sicher alle wieder hinter dir her", meinte Simeon und ich fand es irgendwie süß, wie betroffen er reagierte. „Wohnt ihr denn noch zusammen?"

Ich nickte. „Ja, aber es ist nur eine Übergangslösung."

„Eine Übergangslösung", murmelte Simeon und fuhr sich mit beiden Händen durch seine wuscheligen Haare. „Ich kann's nicht fassen – ihr beide getrennt. Das geht doch nicht. Wie konnte Casimir etwas so Furchtbares machen? Ich muss … Ich muss meine Bücher konsultieren, ich muss nachlesen, ob man etwas machen kann, um den Zauber …"

„Jetzt mal halblang", unterbrach ihn Ben und sah Simeon tief in die Augen. „Auch wenn es ein Schock für dich ist, es geht uns beiden", Ben warf mir einen kurzen Blick zu, „besser so."

„Das glaube ich nicht", entgegnete Simeon bestimmt und verschränkte die Arme vor der Brust. „Das ist der größte Bullshit, den ich je gehört habe. Das zwischen euch ist etwas Besonderes, das darf keiner trennen."

Da es keinen Sinn hatte, mit Simeon weiter darüber zu sprechen, versuchte ich, das Thema zu wechseln. „Simeon, weißt du noch etwas über die Wegweiser, etwas, das uns weiterhelfen könnte?", fragte ich.

Simeon schüttelte den Kopf und presste die Lippen zusammen. „Nicht mehr, als Edomir herausgefunden hat."

„Die Geigenbauerin würde siebzehn Mondwanderungen brauchen, um eine neue Geige anzufertigen. Das ist zu lange, so viel Zeit haben wir nicht", sagte ich.

„Die Geige ... Moment", sagte Simeon gedankenverloren. „Die Geige ... Na klar ... Die habe ich doch damals von diesem Typen gekauft ... So eine müsste in meiner Miste-Kiste sein!" Er klatschte in die Hände.

„In deiner Miste-Kiste?", hakte Ben nach und runzelte die Stirn.

„Ja, natürlich, in meinem Loft. Es ist eine Kiste, in der ich meine Sammlungen beherberge, also alles, was ich so im Laufe der Zeit angeschafft habe. Ich kann mich erinnern, dass ich damals ... also nach meiner", er zögerte einen Augenblick, „naja, nach meiner *Auszeit* nach dem Vorfall in der Schwarzweißen Stadt ... Moment ... Habt ihr vielleicht eure Gefühle diesbezüglich auch verloren?" Seine Augen weiteten sich hoffnungsfroh.

Ben und ich schüttelten beide den Kopf.

Simeon seufzte. „Schade."

„Was hast du damals?", fragte ich ungeduldig.

Simeon kratzte sich am Kopf. „Naja, während meiner Auszeit habe ich doch Nachforschungen angestellt und bei diesen Nachforschungen habe ich auch das eine oder andere nützliche Ding erstanden."

„Du hast geshoppt, während du uns durch die beschissenen Länder geschickt hast, um die verdammten Lichtsteine zu finden?", fragte Ben kalt.

Simeon nestelte an seiner grünen Bettdecke herum. „Also shoppen würde ich es jetzt nicht gerade nennen. Ich habe nützliche Dinge erstanden."

„Gut, Simeon", sagte ich und hoffte, dass er endlich auf den Punkt kam. „Hast du in der Zeit eine Geige erstanden, die uns zu dem Wegweiser führen kann?"

Er lächelte. „Ich denke schon."

Kapitel 10

„Ich finde das Ding nicht", knurrte Ben, der mit beiden Beinen in Simeons Miste-Kiste stand und unzählige Gegenstände in die Luft warf. Da waren Töpfe, Skulpturen, Dinge aus der anderen Welt, Stoffe und vieles mehr. Ich fragte mich, was Simeon letztendlich damit vorhatte.

Aufmerksam blickte ich mich in seinem Loft um, in dem sich neben der gewohnten Unordnung nun auch noch ein Haufen Gerümpel ansammelte.

„Bei dem Durcheinander finden wir das Ding nie", schnaufte Ben und ich ging zu ihm hinüber.

„Lass mich mal", sagte ich.

Er hob die Schultern. „Wenn du meinst, dass du es besser kannst." Sein Mundwinkel zuckte.

Ich stockte. „Moment. Ist das nur deine Art, mir die Arbeit zuzuschieben?"

Er schüttelte den Kopf. „Das wäre doch zu gewieft für einen Arsch." An seinen dunkel leuchtenden Augen konnte ich sehen, dass es genau das war, was er tat.

Ich atmete tief ein und versuchte, mich einfach nur auf unsere Aufgabe zu konzentrieren. „Geh einfach zur Seite", sagte ich schroff.

Ben stieg aus der Holzkiste und wir wechselten die Position. Ich musste aufpassen, um nicht auf irgendetwas Spitzes zu treten. Dann beugte ich mich hinunter und befand mich nicht mehr in Simeons Loft, sondern in einem riesigen Kellergewölbe, das sich beinahe endlos nach hinten erstreckte.

Als ich meine Hand probehalber ausstreckte, um in ein Regal neben mir zu greifen und einen Würfel zu schnappen, dehnte sich mein Arm aus und verschaffte mir problemlos Zugriff zu jedem Gegenstand in dem riesigen Stauraum.

Mein Wachsamkeitslicht entfachte sich und es dauerte nicht lange, bis ich die Geige gefunden hatte, sie mit meinem extra langen Arm schnappen und den Deckel der Miste-Kiste wieder schließen konnte.

„Hier ist dein Sinn wenigstens mal nützlich", sagte Ben amüsiert.

Ich verdrehte die Augen. „Wir sollten den anderen Bescheid geben, dass wir die Geige gefunden haben."

Ben schüttelte den Kopf. „Wir haben sie gefunden, also werden wir sie auch als Erste benutzen."

„Wir müssen es ihnen sagen."

„Nein, Wächterin – wir müssen es zuerst ausprobieren. Was ist, wenn die Geige nicht funktioniert? Willst du den anderen umsonst Hoffnungen machen?"

Ich stimmte Ben zu, obwohl ich wusste, dass sein einziger Beweggrund war, dass er Jesper schlagen wollte. Er wollte Perxes' Rätsel vor dem Beschützer lösen, nur darum ging es ihm.

Ben betrachtete die Geige genauer. „Moment, braucht man dafür keinen Bogen?"

Ich nickte, während mir das Stück Holz einfiel, das mir die Geigenbauerin gegeben hatte und das ich seitdem bei mir trug. „Ich glaube, den habe ich schon. Wollen wir?"

„Ja", sagte er, „stürmi-" Er stockte. „Okay, das passt wohl nicht mehr zu uns."

„Es gibt kein uns", entgegnete ich und spürte ein mulmiges Gefühl in meinem Magen.

Ben sah mich intensiv an. „Du hast recht, Wächterin.

Es gibt kein uns. Und das wird es auch niemals geben." Seine Gesichtszeichnung entfachte sich und er streckte die Hand aus, um den Mondlichttunnel entstehen zu lassen. Die Luft knisterte um uns herum und die magische Energie wurde zu einem Strudel, als Bens mattschwarze, prächtige Flügel aus seinem Rücken brachen. Ich versuchte, sie mir nicht näher anzusehen.

„Bereit?", fragte er und ich nickte. Dann nahm er mich in seine kräftigen Arme und hob mich hoch. Ich hielt die Luft an und presste die Geige eng an meinen Körper, als wir losflogen.

Als Ben mich wieder am Boden absetzte, musste ich tief durchatmen. Die Luft fühlte sich dünn an und alles um mich herum drehte sich. Der Flug durch den Tunnel war rasant gewesen und hatte mich unweigerlich an Bens durchtrainierte Brust gedrückt. Hatte die Geige unsere Reise von der Nacht zum Licht beeinflusst? War es deswegen noch schwieriger gewesen, durch den Tunnel zu fliegen?

Ich schluckte. Ben hielt mich noch immer fest. „Alles okay?", fragte er.

Ich nickte und mein Körper begann, sich an die andere Welt zu gewöhnen. Das flaue Gefühl in der Magengegend blieb, aber es war schon weit besser als bei meiner ersten Ankunft hier.

Ben ließ mich los und ich sah mir meine Umgebung an. Wir waren in einem verlassenen Park in der Nähe einer Einkaufsstraße gelandet.

„Und was jetzt?", fragte Ben.

Ich holte die Geige hervor. „Wir müssen wohl darauf spielen."

„Dann mach mal", verlangte er.

Ich schüttelte den Kopf, da ich überhaupt keine Ahnung hatte, wie man das Instrument spielen sollte. Außerdem war mir noch immer etwas schwindelig. „Wie wäre es, wenn du beginnst?", fragte ich forsch.

„Ich bin durch den Tunnel geflogen", entgegnete Ben und sah mich herausfordernd an.

„Ich habe die Geige und den Bogen gefunden", konterte ich und drückte ihm das Instrument mitsamt dem Holzstück der Geigenbauerin in die Hand. „Jetzt bist du dran."

Ben murrte, legte die Geige jedoch an sein Kinn, und im selben Moment wuchs aus dem Holzstab der Geigenbauerin ein schimmernder Bogen. Der Reisende schnaubte anerkennend und begann, mit dem magischen Bogen sanft über die Saiten zu streichen. Die Zärtlichkeit, mit der er dies tat, überraschte mich, und als die ersten lieblichen Töne erklangen, bekamen seine Augen einen fast hingebungsvollen Ausdruck.

Ergriffen lauschte ich dem Lied, während er mit dem Bogen über die Saiten flog, als hätte er in seinem Leben nichts anderes gemacht.

Die leise, fast traurige Musik stieg in die Luft und durchdrang mein Herz. Die Melodie war wunderschön und es fühlte sich an, als würde sie die Geschichte der Verbannung erzählen, als würde sie vom stummen Schmerz und der tiefen Trauer berichten. Ich versank völlig darin.

„Hört auf, hört auf!", schrie jemand und kroch unter einer Decke hervor, die auf einer Parkbank lag. „Lasst die Zeiten nicht wiederauferstehen, lasst es gut sein", brüllte der Mann in den schäbigen Klamotten und rannte zu Ben, um ihm die Geige aus der Hand zu schlagen. Doch Ben wich elegant zur Seite und der Mann stolperte auf dem nassen Boden. Er roch ungewaschen und nach Alkohol. „Hört bitte auf", flehte er, bis Ben die Geige absetzte.

„Bist du der Wegweiser?", fragte ich und hielt dem Mann die Hand hin.

Er schüttelte den Kopf. „Das ist längst vergessen, längst vergessen. Lasst mich in Ruhe."

„Das können wir nicht tun", sagte Ben und deutete an, weiterzuspielen.

„Schon gut, schon gut", motzte der Mann und richtete sich ohne meine Hilfe auf. Dann klopfte er sich die dreckige Kleidung ab, wobei ich mich fragte, was das überhaupt bringen sollte.

„Was wollt ihr?", herrschte uns der alte Mann an. Er hatte graues krauses Haar und einen Vollbart.

„Wir wollen unsere Vergangenheit erfahren", erklärte ich.

Er schüttelte wiederholt den Kopf. „Lasst die Vergangenheit Vergangenheit sein."

„Das hast du nicht zu entscheiden, Penner", sagte Ben hart.

„Kannst du vielleicht auch mal etwas höflicher sein?", fragte ich genervt.

„Wir haben keine Zeit, um höflich zu sein", entgegnete Ben und blickte mich herausfordernd an.

„Bist du schon mal auf den Gedanken gekommen, dass du mehr erreichst, wenn du einfach nur netter bist?", fragte ich zurück, während uns der Mann in den Lumpensachen verstohlen ansah.

„Nett ist was für Weicheier", entgegnete Ben.

Ich atmete tief ein, bereute es aber sofort, da mir der Geruch des Mannes in die Nase stieß. Zumindest mit einem hatte Ben recht: Wir sollten es so schnell wie möglich hinter uns bringen.

„Kannst du uns in die Vergangenheit bringen?", fragte ich den alten Mann.

„Die Frage ist nicht, ob ich es kann, die Frage ist, ob ich es will", entgegnete er und fuhr sich über seinen dreckigen Vollbart.

„Du willst, glaub mir", sagte Ben und setzte die Geige wieder an sein Kinn.

„Herrje!", fauchte der Alte. „Gut. Aber nur ein Mal. Und danach sucht ihr euch jemand anderen. Ich hab keine Lust, für euch Sinnträger den Erinnerungsführer zu spielen. Das ist alles schon so lange her, zuerst werden wir vertrieben und jetzt können wir plötzlich doch noch von Nutzen sein, was?" Seine Stimme klang verbittert.

„Es tut mir leid, was mit euch Wegweisern passiert ist. Aber wir brauchen deine Hilfe. Bitte."

„Nenn mich nicht Wegweiser, gelbe Trägerin", fuhr er mich an. „Ich hasse diese Bezeichnung. Es klingt, als wären wir ein Ding, das man einfach mal zur Seite schieben oder in die andere Welt verdammen kann, wenn man es nicht mehr braucht. Ich bin kein Ding! Wisst ihr, wie es ist, wenn man euch immer wieder sieht und eure Stimmen hört, wenn man mitbekommt, wie ihr die Gefühle der Menschen und Tiere beeinflusst, und man weiß, dass man nie wieder in die magische Welt zurückkehren darf, weil man ausgestoßen wurde? Wisst ihr, wie fahl und einfach diese Welt hier wirkt, für einen, der die eure gesehen hat? Der die Wunder eurer Welt kennengelernt hat? Habt ihr überhaupt eine Ahnung, wie schwer es ist, hier einfach weiterzumachen, als ob nichts gewesen wäre – wie die Blicke der Leute auf einem ruhen, wenn man von der anderen Welt erzählt oder wenn man sich mit einem Sinnträger unterhält? Ich habe aufgehört, mit euch zu sprechen, um hier nicht als Verrückter abgeschoben zu werden, und doch wurde ich abgeschoben, weil ich nicht mehr in dieses triste System passte, in das ihr mich verdammt habt!"

„Interessant", meinte Ben gelangweilt.

Ich wartete einen Moment und hoffte, dass der Wegweiser sich beruhigen würde. „Wie sollen wir dich dann nennen?", fragte ich und lächelte zuvorkommend.

„Begleiter", sagte der Alte und lächelte traurig zurück, „nennt mich Begleiter."

„Ich konnte die Art, in die Vergangenheit der Sinnträger zu reisen, noch nie leiden", murrte der Begleiter und zog die Nase kraus. „Wer von euch will dorthin?"

„Er", sagte ich so schnell, dass Ben nichts erwidern konnte. Er sandte mir nur einen dunklen Blick zu und ich lächelte süß.

„Ich brauche einen Gegenstand aus deiner Vergangenheit, um dorthin zu gelangen."

Ben zuckte mit den Schultern. „Ich habe keinen Gegenstand aus der Vergangenheit."

Der Alte verdrehte die Augen. „Natürlich hast du einen dabei", sagte er und begann, an Ben zu schnüffeln.

„Hey, lass das", fauchte Ben und trat einen Schritt zurück.

„Ein paar Gegenstände der anderen Welt finden immer wieder ihren Weg in die Sinnliche Welt", erklärte der Alte und hielt seine Nase in die Luft. „Sie sind wie ein Bumerang – du kannst gar nicht verhindern, dass sie zu dir gelangen. Ah. Das Lederarmband."

„Das Lederarmband?", wiederholte Ben.

Der Begleiter nickte. „Gib es mir."

„Sicher, dass du es nicht einfach nur klauen willst?",

fragte Ben.

„Willst du jetzt in die Vergangenheit reisen oder nicht? Ich kann mir wirklich Schöneres vorstellen."

„Was? Hier weiter im Park herumzulungern?", fragte Ben überheblich und ich hätte ihm am liebsten einen festen Tritt gegen das Schienbein verpasst.

„Hier habe ich wenigstens meine Freiheit", grummelte der Begleiter und hielt Ben seine schmutzige Hand hin.

Unwillig löste Ben das Lederarmband und übergab es dem Alten.

„Danke, dass du uns in die Vergangenheit bringst", sagte ich, weil ich einfach das Bedürfnis hatte, etwas Nettes zu dem Mann zu sagen. Er nickte. „So charmant wie eh und je. Die Ekeltypen mochte ich schon damals nicht", sagte er und ich schmunzelte.

„Ihr müsst wissen", begann der Begleiter, „dass die Verbindung zur magischen Welt ihre Spuren in dieser Welt hinterlassen hat. Die Magie, die ihr in eurer Heimat wirkt, hat sich sehr stark im Sprachgebrauch der Menschen verankert. Denkt nur an die ganzen Gewaltzauber, die während des Zweiten Sinnlichen Krieges ausgeübt wurden ... *Das Gesicht verlieren ... Mit Blicken töten ... Das Herz zerreißen ...* Das sind nur ein paar."

„Warum erzählst du uns das? Lass es uns hinter uns bringen und endlich in meine Vergangenheit reisen", knurrte Ben.

„Das Reisen", sagte der Begleiter und verzog das Gesicht, „darum geht es ja. Es ist ein Überbleibsel aus der Sinnlichen Welt und ich kann diese Art, zu reisen, nicht leiden." Er seufzte. „Jeder Begleiter hat seine eigene Art, zu reisen, und ich bin irgendwann dahinter gekommen, dass es eine Verbindung zu der Redewendung gibt, die man am häufigsten verwendet."

Ben sog hörbar die Luft ein. „Na und?"

Der Begleiter betrachtete Ben und hob spöttisch die Augenbrauen. „Na gut. Wenn du so ungeduldig bist", sagte er und ein grimmiges Lächeln huschte über seinen Mund. „Wir müssen zuerst an einen Ort reisen, der für dich einst eine Bedeutung hatte. Du kennst doch sicher den Ausdruck ‚vom Erdboden verschluckt werden', oder?"

Bens Antwort hörte ich nicht, denn in Windeseile schoss eine riesengroße, fleischige Zunge aus dem Boden, wickelte sich um unsere Körper und zog uns mit sich in die Erde hinab.

Ich fühlte ihre rauen Geschmacksknospen und den stinkenden Speichel auf mir und versuchte, mich so ruhig wie möglich zu verhalten. Das war also die Art, wie man als Sinnträger mit dem Begleiter in die Vergangenheit reiste. Es war wirklich widerlich.

Ich bekam kaum Luft, spürte aber, wie rasant wir uns bewegten, und als die Zunge fünf Herzschläge später mit uns aus dem Boden brach und wieder verschwand, hatte ich das Gefühl, voller Schleim zu sein. Ich fuhr mir durch die Haare und spürte eine klebrige Flüssigkeit zwischen den Fingern.

„Das war echt ekelhaft", brummte Ben. Auch er hatte den Sabber der roten Riesenzunge überall, auf seinem Anzug und in den Haaren. Der Begleiter schnaubte und hob seinen Fuß, unter dem noch Spuckefäden hafteten.

„Noch immer so widerlich wie früher", sagte er. „Ich verdamme mich jedes Mal dafür, dass ich nicht einfach so etwas gesagt habe, wie ‚über meinen eigenen Schatten springen', das würde mehr Spaß machen."

Ben betrachtete ihn regungslos. „Sei froh, dass du nicht ‚nur über meine Leiche' gesagt hast", erwiderte er völlig ernst.

Ich musste schmunzeln. „Wo sind wir?", fragte ich, strich mir die Haare nach hinten und sah mich um. Wir waren im Wohnbereich einer gigantischen Luxussuite gelandet, deren Einrichtung aus Designermöbeln bestand und mit edlen hellen Teppichen und Seidenstoffen kombiniert wurde. Der Wohnbereich umfasste eine Couch, einen Flachbildfernseher, drei kunstvoll gefertigte Tische und einen Whirlpool. Zwei geöffnete Schiebetüren führten in das beeindruckende Schlafzimmer mit dem Kingsize-Bett.

„Ja. Das sieht nach meiner Vergangenheit aus", bemerkte Ben arrogant.

„Nur ruhig, wir sind noch nicht in deiner Vergangenheit angekommen", erklärte der Begleiter. „Das ist ein Ort, der dir sehr viel bedeutet hat. Aber wir sind noch in der Gegenwart. Um in die Vergangenheit zu reisen, musst du zuerst ein bestimmtes Gefühl empfinden, eines, das du besonders stark mit diesem Ort verknüpfst, denn unsere Erinnerungen sind auch immer mit unseren Gefühlen verbunden", erklärte der Begleiter.

„Und welches?", fragte Ben.

„Keine Ahnung", antwortete der Alte und verschränkte die Hände hinter dem Kopf. „Probier einfach alle aus."

„Ich soll einfach alle ausprobieren?", fragte Ben herb. „Falls du es vergessen hast, ich bin ein Sinnträger. Ich habe *ein* Gefühl, das mich bestimmt."

„Wenn sich die Sinnliche Welt seit unserem Rauswurf nicht komplett verändert hat", konterte der Alte und kratzte sich am Bart, „kannst du jedes Gefühl empfinden. Vielleicht *willst* du es nicht, aber du kannst es."

Ben ging in der Suite auf und ab und seine zerrissene Gesichtszeichnung leuchtete schwarz auf. Natürlich widerte es ihn an, einen anderen Sinn zu empfinden.

„Das wäre zu leicht", sagte der Begleiter. „Dein eigener Sinn ist es selten, der dich in die Vergangenheit führt. Wie wäre es mit Freude?"

Ich lachte laut auf.

Ben verengte die Augen.

„Also bitte", sagte ich. „Du und Freude? Vielleicht klappt es ja mit Schadenfreude."

„Benutze deine Erinnerungen als Sinnträger, um ein anderes Gefühl zu aktivieren", empfahl der Begleiter und ließ sich auf der Couch nieder. „Das ist aber bequem."

Ben blickte zu Boden und versank in seinen Gedanken. Dann spannten sich seine Gesichtszüge an, seine ganze Körperhaltung wurde aggressiv und er brüllte: „Es funktioniert nicht!"

„Okay, Wut ist es also nicht", gab der Alte gelassen von sich. „Nur weiter so."

Woran hatte Ben gedacht? An die Zeit, als er mit Sinjas Wutzauber infiziert gewesen war?

Ben tigerte im Raum auf und ab und dann sah er plötzlich mich an. Der Blick, den er mir zuwarf, hatte etwas Merkwürdiges an sich und dann spürte ich schon, wie es mir den Boden unter den Füßen wegzog und die vergangene Zeit an mir vorbeiraste.

Ich landete wieder in der Suite, an der Stelle, wo ich gestanden hatte. Der Raum sah etwas verändert aus, die Teppiche waren nicht hell, sondern dunkel, aber es war definitiv dasselbe Hotelzimmer, in das uns die Erdzunge gebracht hatte. Nur war es hier viel chaotischer, Kleidung und leere Champagnerflaschen lagen verstreut auf dem

Boden und eine Gitarre lehnte an der Wand. Ben und unser Begleiter standen neben mir und starrten die beiden nackten Frauen an, die ihre Klamotten vom Boden aufklaubten und sich aus der Suite schlichen.

„Respekt", sagte der Begleiter und pfiff durch die Zähne.

„Meine Vergangenheit eben", erklärte Ben und ich verdrehte die Augen. Langsam schritt ich durch den Raum.

Auf dem Bett lag ein dünner, nackter Typ, der sich eine Zigarette anzündete. Seine Haut war blass und er hatte ein kleines Muttermal am Hals, das mich an eine Acht erinnerte. Mein Blick schwenkte zu seinem Gesicht. Seine Augen waren tiefblau und er sah aus, als ob er die ganze Nacht durchgefeiert hätte. Sein Handy klingelte und er richtete sich auf.

„Ja, Chris", murmelte er schlaftrunken. „Was willst du?" Seine Stimme klang tief und rauchig. Der Anrufer redete auf ihn ein. „Dann schick ihr halt ein paar Blumen oder kauf ihr was. Sie ist deine Tante, wenn's um die Kohle geht … kannst du von mir haben. Nein, ich werde sie nicht besuchen, ich hab morgen wieder einen Gig. Ist mir egal." Er machte eine Pause, schenkte sich auf dem Nachttisch ein Glas Whiskey ein und schluckte den Alkohol mit ein paar Pillen hinunter. „Mach einfach, was du willst, ich will sie nicht sehen", herrschte er den Anrufer an und schmiss das Handy in die Ecke.

Ich ging etwas näher zu ihm. Sein Gesicht war jung und kantig und doch verbraucht, und seine dunklen Haare fielen ihm wild ins Gesicht. Seine blauen Augen stachen hervor und in ihnen lag eine unendliche Traurigkeit, die mich stutzig werden ließ. Der Typ hier hatte alles, aber er war nicht glücklich. Ich drehte mich zu Ben.

„Dann werden wir mal in der Zeit vorangehen", sagte der Begleiter und schnippte mit den Fingern. „In die Gegenwart zurückzukommen, ist immer einfacher", erklärte er uns, „und vielleicht sehen wir ja noch eine Erinnerung, die an diesem Ort gespeichert ist."

Die Zeit flog in etlichen Sequenzen an uns vorbei und wir landeten wieder in dem Zimmer, in dem ein großer Typ Klamotten und Wertgegenstände in eine Tasche packte. Ein zweiter mit langen Haaren half ihm dabei.

„Hier, wir nehmen das noch mit", sagte der großgewachsene Typ mit den buschigen Augenbrauen.

„Okay, Chris. Sorry, Mann, wegen deinem Cousin. War es ein Selbstmord?"

Chris zuckte mit den Schultern. „Ich weiß es nicht. Selbstmord oder Überdosis, ich glaube eher an Überdosis, die Presse stellt es nur gern als Selbstmord dar."

Er lachte flach. „Als wir Kinder waren, haben wir immer zusammen gespielt, und selbst als er den ganzen Erfolg hatte, hatten wir noch immer diese Verbindung … Auch wenn er die letzten Jahre total abgefuckt war." Er rieb sich über das Gesicht. „Komisch, aber seine ach so guten Freunde sind jetzt alle verschwunden. Ich sag's dir, so ein Leben als Rockstar ist Fluch und Segen zugleich."

„Da bin ich wohl etwas zu weit in der Zeit gesprungen", sagte der Begleiter. „Aber, ach, ein Rockstar, nicht schlecht."

Ben schnaufte und sein Blick trug eine unbekannte Traurigkeit in sich. „Ich hab genug gesehen", sagte er kalt. „Bring uns schnell wieder hier raus."

Kapitel 11

Die Reise zurück in die Sinnliche Welt verlief schweigend. Ben mied eisern meinen Blick und ich spürte, dass ihm der Besuch in seiner menschlichen Vergangenheit unangenehm war. Allerdings glaubte ich nicht, dass er sich für die Drogen oder die Frauen schämte – es war die Traurigkeit, mit der er haderte. Die Traurigkeit, die er in seinem früheren Leben empfunden hatte und die ich auch jetzt noch in seinen Augen sehen konnte.

Doch je näher wir dem Zentrum der Bruderschaft kamen, desto weiter rückte der blaue Sinn in den Hintergrund. Und als wir in der achteckigen Halle mit der gläsernen Kuppel landeten, war er schon wieder ganz der Alte.

Siegessicher trat er an eine der Wände und presste seine Handfläche auf das Symbol der Bruderschaft. Die Schlange mit den Pyramidenaugen leuchtete hell auf und ein goldgelbes Licht flutete von der Ankunftshalle durch alle acht abzweigenden Tunnel. Gleichzeitig hallte ein tiefer Gong durch das Zentrum, dessen Vibrationen mir durch den ganzen Körper fuhren.

„War das wirklich notwendig?", fragte ich leise, nachdem Ben seine Hand von dem Bruderschaftssymbol genommen hatte und sich selbstzufrieden an der Wand abstützte.

Er sah mich spöttisch an. „Wieso? Willst du lieber mit mir allein sein, wenn ich den Hinweis zum Schwarzen Buch entschlüssele?"

Ich verdrehte die Augen. „Du bist unglaublich."

Thaya taumelte verwirrt aus dem Korridor, der zur Schlafkammer führte. „Was ist passiert?", keuchte sie und sah aus, als ob sie gerade aus einem hässlichen Traum aufgewacht wäre. Ihre Haare klebten ihr verschwitzt an der Stirn und ihre Hände bebten. Als sie meinen Blick bemerkte, schlang sie rasch die Arme um ihren dünnen Körper und versteckte sie so vor mir.

„Ich habe mich mit meiner Vergangenheit als Mensch verbunden und werde den Hinweis entschlüsseln", sagte Ben beiläufig und ich musste an den Moment in der Menschenwelt denken, bevor uns der Begleiter in Bens Vergangenheit geführt hatte. Was hatte er in dem Moment gedacht, als er mich angesehen hatte?

„Wer hat den Alarm ausgelöst?", knurrte Jesper und ich sah ihn mit Edomir im Schlepptau aus einem Tunnel kommen. Als Jesper das magische Instrument in meiner Hand sah, starrte er mit einer Mischung aus Unglaube und Zorn darauf. „Ihr habt die Geige gefunden?!"

„Gut erkannt, Wutträger", erwiderte Ben kalt und sah Jesper direkt in die Augen. „Ich dachte, ihr wollt vielleicht dabei sein, wenn ich den Hinweis entschlüssele."

„Den Hinweis aus Perxes' Tagebuch?", keuchte Edomir und machte einen Schritt auf Ben zu. „Du warst in deiner Vergangenheit? Den Sinnen sei Dank!" Er schloss die Augen und atmete einmal tief durch. „Ich muss dort nicht mehr hin."

„In die andere Welt?", fragte Caprice, die lautlos wie eine Katze hinter uns aufgetaucht war.

Edomir nickte. „Es war schrecklich dort. Weil ich nicht sicher war, ob mich die Berührung mit einem Gegenstand in meine Vergangenheit bringen könnte, habe ich so viele Dinge wie möglich angefasst."

Ich musste schmunzeln und dachte an Bens Weigerung, die Sachen im Krankenhaus anzugreifen. Schnell wandte ich meine Aufmerksamkeit wieder Edomir zu.

„Und was waren das für Dinge?", fragte ich.

Der Angstträger erschauerte. „Da ich ein Tierverbundener bin, schlug Jesper vor, mich vor allem der Fauna in der anderen Welt zu widmen. Ich habe mehrere Spinnen, einen Goldfisch, eine Weinbergschnecke und einen Laubfrosch berührt. Danach bin ich über meinen Schatten gesprungen und habe auch noch eine schlafende Ringelnatter angefasst, weil er meinte, dass ich als Mitglied der Bruderschaft mit dem Schlangensymbol keine Angst davor haben dürfte." Edomir warf Jesper einen giftigen Blick zu. „Alles vergeblich", fasste er seine Bemühungen zusammen.

„Und du bist der Meinung, den Schlüssel für den Hinweis gefunden zu haben?", schnaubte Jesper höhnisch in Bens Richtung.

Der erwiderte den Blick gelassen. „Wirst du gleich sehen."

In dem Moment kam Jaron aus einem der Gänge gehetzt. Er trug eine der schwarzen Kutten der Bruderschaft und hatte beide Hände in den Taschen vergraben. „Sorry, Leute, bin ich zu spät?", keuchte er und schlitterte in unsere Versammlung.

„Ja", knurrte Jesper. „Aber dennoch früh genug, um dem Ekelträger dabei zuzusehen, wie er den Hinweis des Tagebuchs entschlüsselt – oder sich lächerlich macht."

„Okay. Und worauf warten wir dann noch?", fragte Caprice schroff. „Simeon liegt noch im Weißen Sanatorium, das heißt, wir sind vollzählig. Ich habe schließlich nicht den ganzen Tag Zeit." Sie drehte sich um und marschierte mit langen Schritten in Richtung

Hinweiskammer.

Edomir rollte mit den Augen und folgte der Vertrauensträgerin und auch der Rest von uns setzte sich in Bewegung. Eine leichte Nervosität machte sich bei mir bemerkbar und ich warf einen verstohlenen Blick hinüber zu Ben. Er schlenderte völlig entspannt den Gang entlang und strahlte eine Siegessicherheit aus, die mich ungewollt beeindruckte. Obwohl er ein unglaublicher Arsch sein konnte, beneidete ich ihn doch manchmal um sein unerschütterliches Selbstvertrauen.

„Seid bitte vorsichtig, wenn ihr die Hinweiskammer betretet. Sie ist voller seltener und wertvoller Artefakte", flüsterte Edomir uns zu, als ob schon eine zu laute Stimme die Schätze zerstören könnte.

„Mach dir mal nicht ins Hemd", sagte Ben.

„Er sagt es aus gutem Grund", erwiderte Jesper.

Ben vergrub seine Hände in den Hosentaschen. „Und zwar?"

„Du machst einfach alles kaputt." Jesper warf mir einen kurzen Seitenblick zu.

„Ah. Ich verstehe", sagte Ben selbstgerecht. „Du meinst, ich bin daran schuld, dass es zwischen euch nicht geklappt hat." Er schüttelte den Kopf. „Daran lag es wohl kaum."

Jespers blitzartige Zeichnung begann rot zu glimmen und es musste ihn viel Selbstbeherrschung kosten, nicht sofort auf Ben loszugehen.

„Mit Niederlagen kannst du wohl nicht so gut umgehen", meinte Ben spöttisch und ging an dem Wutträger vorbei. Dann schritt er zu dem Pult in der Mitte der Kammer, auf dem Edomir das aufgeschlagene Tagebuch des Hüters platziert hatte.

Gemeinsam mit den anderen betrat ich den Raum.

In der Hinweiskammer herrschte ein Dämmerlicht, wodurch die goldene Uhr, die flimmernd oberhalb des Tagebuchs in der Luft hing, noch stärker zur Geltung kam. An den Wänden standen deckenhohe Regale, die mit einer durchsichtigen summenden Magiehülle versehen waren. Ob sie die Artefakte vor uns oder uns vor den Artefakten schützen sollten, war dabei nicht ersichtlich.

Ben wartete kurz, bis alle im Raum waren, bevor er mit den Fingern über die letzte Zeile des Tagebucheintrags strich. Die Buchstaben leuchteten auf und verschoben sich, bis dort wieder jener Reim zu lesen stand:

„Nur jene, die an die Tage als Mensch sich binden, werden würdig sein, das flunkernde Buch zu finden."

Ben zögerte einen winzigen Moment lang, dann legte er seine gesamte Hand auf die Buchseite. Das Leuchten der Buchstaben griff auf ihn über, wanderte von seinen Fingern bis über den Arm und erfasste schließlich seinen ganzen Körper. Ich hielt den Atem an, während ich darauf wartete, was als nächstes geschah.

So schnell, wie das Leuchten gekommen war, verschwand es auch wieder und bis auf die große Uhr oberhalb des Tagebuchs war der Raum wieder dunkel. Unruhig trat ich einen Schritt näher. Ben runzelte die Stirn und presste seine Hand noch etwas fester gegen die Buchseite, während Jesper abschätzig die muskulösen Arme vor der Brust verschränkte. Keiner sagte ein Wort und die Spannung wurde immer unerträglicher, bis plötzlich ein lautes Ticken ertönte.

Erschrocken blickte ich nach oben.

Die leuchtende Uhr war zum Leben erwacht.

„Oh nein", stöhnte Edomir und schlug sich die Hand vor den Mund. Der helle Zeiger der Uhr bewegte sich langsam und bedrohlich auf dem dunklen Ziffernblatt.

Caprice blickte zwischen dem Angstträger und der Uhr hin und her. „Was hat das zu bedeuten?", zischte sie.

„Jedenfalls nichts Gutes", murmelte Thaya und starrte auf den sich bewegenden Zeiger.

Jaron sagte gar nichts und ließ sich nur stumm auf einen der Stühle plumpsen, die rund um einen schwarzen Steintisch angeordnet standen. Mein Blick irrte zu Ben, der völlig perplex die tickende Uhr anstarrte, während aus Jespers Brust ein tiefes Grollen drang.

„Jetzt sieh, was du angerichtet hast!", fuhr er Ben an. „Du warst nicht würdig und jetzt läuft uns die Zeit davon!"

„Mach es doch besser", erwiderte Ben kalt und seine schwarzen Zacken begannen zu glühen.

Ich wollte dem Gezanke der beiden nicht zuhören und wandte mich rasch Edomir zu, der sich die rotgelockten Haare raufte. „Wie viel Zeit bleibt uns noch?"

„Ich weiß es nicht", stöhnte er. „Aber sieh nur, die Schrift verblasst!"

Caprice drängte nach vorne und ihre Augen verengten sich zu Schlitzen. Sie stieß die Luft aus. „Die Schrift im Tagebuch verschwindet langsam, uns bleibt sicher nicht mehr viel Zeit." Einen Moment herrschte Stille, dann meldete sich Jesper zu Wort.

„Ich werde die Geige an mich nehmen und als Nächster in die Menschenwelt reisen, um Quirins Aufgabe ein für alle Mal zu erfüllen."

„Du wirst was?", wiederholte Ben und schüttelte den Kopf. „Ich habe die Geige gefunden."

„*Wir* haben die Geige gefunden", korrigierte ich ihn.

Jespers Kinn spannte sich an und er fixierte Ben. „Und was hast du bisher damit erreicht, Reisender?"

„Mehr als du – oder warst du schon in deiner Vergangenheit?", fragte Ben hart.

Jespers Fäuste ballten sich und er baute sich vor Ben auf. „Du hast das Buch kaputt gemacht."

„Ihr verschwendet Zeit", sagte in dem Moment eine schneidende Stimme hinter uns und der kahlköpfige Gestalter der Wachsamkeit betrat den Raum. Seine Arme hatte er hinter dem Rücken verschränkt und so wie er uns alle musterte, war sein Besuch nicht von erfreulicher Natur.

„Ihr verschwendet eure Zeit, ihr verschwendet die Zeit des Tagebuches", sagte er hart und seine Augenbrauen zogen sich missbilligend zusammen. „Und ihr verschwendet meine Zeit. Anstatt euch wie kleine Kinder zu streiten, solltet ihr endlich aktiv werden und euch der Bruderschaft als würdig erweisen." Er machte eine kurze Pause und sah uns nacheinander streng an.

„Ihr seid die Auserwählten, also verhaltet euch auch so. Persönliche Differenzen werde ich nicht dulden. Ich kenne jeden eurer Schritte, also erweist euren Ländern Ehre, anstatt sie zu beschämen." Er ging zum schwarzen Steintisch und blickte auf das Tagebuch. Mit seinen feingliedrigen Händen fuhr er über die blassen Seiten des Tagebuchs.

„Die Schlüsselmagie ist trickreich und wählerisch. Jetzt gilt es, jede Chance zu nutzen und so viele wie möglich in die andere Welt zu schicken." Er blickte auf die leuchtende große Uhr, deren Ticken unablässig voranschritt.

„Reisender und Beschützer, ihr werdet nächste Nacht noch einmal in die Menschenwelt reisen. Und zwar zusammen."

Ich hörte, wie Ben leise schnaubte, während Jesper anständig nickte. Ben lehnte mit den Händen in den Hosentaschen an einer Wand, sagte aber nichts. Nur in seinen dunklen Augen war zu lesen, wie sehr ihn das alles hier ankotzte.

„Nehmt die beiden Leichtesten und Empfänglichsten mit", wies Quirin sie an und deutete auf Thaya und mich.

„Ich … Ich kann nicht dorthin, ich fühle mich krank", entgegnete Thaya schwach. „Außerdem schlafe ich in letzter Zeit schlecht. Ich kann nicht verantworten, in diesem Zustand in die andere Welt zu reisen."

„Ich kann nicht verantworten, dich *nicht* in die andere Welt zu schicken", entgegnete Quirin scharf. „Es ist deine Aufgabe, Naturverbundene, und du wirst sie erfüllen. Außerdem bist du nicht krank."

Thaya reckte Quirin herausfordernd das Kinn entgegen, erwiderte aber nichts. Ich musste mich beherrschen, damit sich meine Wachsamkeitslinien nicht erhitzten, aber Quirin schien etwas zu wissen, das ich nicht wusste. Zu gerne hätte ich erfahren, wie viel der Gestalter der Wachsamkeit über uns alle wusste – und woher er sein Wissen zog.

Ein Moment der Stille brach ein und Quirin räusperte sich. „Und diesmal erwarte ich ein besseres Ergebnis von euch, Kreis der Auserwählten."

Kapitel 12

Ich stieg aus dem Wagen und sah auf die Uhr. Natürlich war ich wieder zu spät. Mein Schädel dröhnte und mein Mund schmeckte nach alten Kippen und zu viel Alkohol. Es war eine scheiß Nacht gewesen, es war ein scheiß Gig gewesen und es war eine scheiß Idee gewesen, die Groupies noch reinzulassen. Keine Ahnung, was die dabeigehabt hatten, aber es hatte mich echt weggeknallt.

Mit fahrigen Bewegungen ging ich auf den Coffeeshop neben der Bushaltestelle zu und verzog das Gesicht bei der Erinnerung an die Schwarzhaarige mit dem Arschgeweih, die das ganze Bad vollgereihert hatte. Scheiß Idee, ja wirklich.

„Fuck", murrte ich, als ich mit dem Schuh auch noch in Hundekacke trat, als wäre das irgend so ein verdammtes Gesetz, dass jeder Tag, der beschissen begonnen hatte, von Minute zu Minute noch beschissener werden musste.

Erik wartete schon eine halbe Stunde auf mich, aber scheiß drauf, zuerst brauchte ich einen Kaffee. Immerhin bezahlte ich den Idioten dafür, dass er wartete.

Die Tussi vor mir in der Schlange brauchte ewig und ich atmete genervt durch die Nase aus, während ich innerlich die Sekunden zählte. Müde fuhr ich mir mit den Fingern unter die dunkle Sonnenbrille. Meine Augen taten weh, mein Kopf tat weh, alles tat weh, und wenn sie sich nicht bald entschied, ob sie ihren Caffè Latte lieber mit Kuh- oder mit Sojamilch haben wollte, dann würde ich ihr einen Hunderter dafür geben, dass sie jetzt einfach nur verschwand und sich nie wieder blicken ließ.

Endlich. Endlich schob sie ihren dürren Hintern zur Seite und ich trat mit gesenktem Kopf an den Tresen.

„Einen doppelten Espresso. Kein Zucker", schnappte ich und kramte in meinen Jeans nach Kleingeld. Mein Handy vibrierte in der hinteren Hosentasche, aber ich ging nicht ran. War sicher Erik, der wissen wollte, wo ich steckte.

„Das macht drei vierzig", sagte die Coffeeshop-Verkäuferin in diesem Moment und ich erstarrte mitten in der Bewegung. Es war, als hätte man mir einen elektrischen Schlag verpasst.

Wow, diese Stimme. Automatisch hob ich den Kopf und sah sie an. Sie hatte sanfte braune Augen und dunkelblonde Haare, die ihr glatt auf die Schultern fielen. Eigentlich war sie überhaupt nicht mein Typ und trotzdem pochte meine Pumpe wie verrückt.

„Haben wir ..." Ich räusperte mich. „Haben wir uns schon mal irgendwo gesehen?" Mir war klar, dass es sich dabei um den abgefucktesten Anmachspruch aller Zeiten handelte, aber verdammt, ich hatte echt das Gefühl, sie zu kennen.

„Sicher nicht", antwortete sie und nahm die Münzen entgegen, die ich in der Hand hielt. Dabei berührten sich unsere Finger und ich sah, wie ihr eine leichte Röte in die Wangen schoss.

„Wollen wir das ändern ... Ich meine, ich würde das gern ändern", sagte ich und grinste sie an. Auf mein Lächeln war normalerweise Verlass und ich versuchte zu ignorieren, dass sich meine Stimme viel zu nervös für mich anhörte.

Sie blickte mir für einen Moment direkt in die Augen und ich hatte das Gefühl, nie wieder wegsehen zu können.

Verwirrt wachte ich auf. Ich hatte das Gefühl, intensiv geträumt zu haben, wusste aber nicht mehr, wovon.

Das Bild von einem Coffeeshop waberte noch wie ein Nebelfetzen durch meinen Kopf, aber je länger ich darüber nachdachte, desto schneller entglitt es mir.

„Bist du endlich so weit?", drang Bens Stimme unfreundlich durch meine Schlafzimmertür. „Der Wutträger ist schon ganz erpicht auf die Reise mit dir. Lee, komm endlich runter."

Charmant wie eh und je. Kopfschüttelnd stand ich auf, ging ins Bad und wusch mir das Gesicht mit kaltem Wasser. Dann ging ich nach unten.

Der Coffeeshop, vor dem wir landeten, sah genauso aus wie der in meinem Traum. Angestrengt starrte ich auf den Schriftzug mit dem Logo der Kaffeetasse und versuchte zu verstehen, warum mein Herz plötzlich so schnell schlug.

„Was ist los?", fragte Jesper und betrachtete mich. Seine Flügel hatten sich bereits in roten Rauch aufgelöst. Es war seltsam gewesen, mit ihm durch den Tunnel zu fliegen – und er hatte es anscheinend genossen.

„Nichts", sagte ich schnell und versuchte, mich auf die Aufgabe zu konzentrieren.

„Und, war's schön?", ätzte Ben, der mit Thaya in die andere Welt gekommen war und sie noch stützte, nachdem seine Flügel zu schwarzem Rauch geworden waren. Die Trauerträgerin stand vornübergebeugt und rang nach Luft, während ihr Körper sich erst an die Menschenwelt gewöhnen musste.

„Sei still", zischte Jesper.

„Oder was?", antwortete Ben hart.

Jespers Augen blitzten herausfordernd. „Du wirst verlieren, Ekelträger. Ich werde das Rätsel um das Tagebuch lösen und das Buch der Macht finden. Ich werde schneller sein als du."

Ben zuckte mit den Schultern. „Ich glaube, dass du es eher vergeigen wirst."

„Wir sollten hier wieder verschwinden", meinte Thaya und richtete sich keuchend auf. Als Ben sah, dass sie allein stehen konnte, ließ er sie los und schlenderte zur Außenwand des Coffeeshops, wo er sich mit verschränkten Armen dagegen lehnte.

„Du hast Quirin doch gehört", meinte Jesper. „Wir werden die Sache hinter uns bringen und wir werden die Ersten sein."

Er drückte Thaya auffordernd den magischen Bogen in die Hand. „Du startest. Du wirkst jetzt schon irgendwie … *menschlich*."

„Will nicht jemand anderer anfangen?", fragte sie trotzig und wir alle schüttelten den Kopf. Thayas Verhalten war seltsam, dachte ich, während sie widerwillig die Geige unter ihr Kinn schob und darauf zu spielen begann. Eine melancholische Musik erklang und ihre Töne wurden in die Luft getragen.

Ich ließ meine Blicke über die Einkaufsstraße schweifen, doch die Menschen reagierten nicht auf die Melodie und gingen ihren Geschäften nach.

„Es funktioniert nicht. Du musst auch die Geige kaputt gemacht haben", knurrte Jesper an Ben gewandt.

„Ich werde gleich etwas anderes kaputt machen", erwiderte der und sah bezeichnend in Jespers Gesicht, als plötzlich neben uns die Reifen eines Autos quietschten und eine dunkelhaarige Frau mit hohen Schuhen aus dem Wagen stieg. Verärgert knallte sie die Fahrertür zu.

„Ich war gerade auf dem Weg zu einem Termin", zischte die Frau und hielt sich die Hand mit den manikürten Nägeln vor den Mund, als ob sie Angst hätte, für verrückt erklärt zu werden. Dabei sah sie ganz und gar nicht verrückt aus, sie war so anders als der Typ aus dem Park. Allerdings waren die meisten Menschen auf der Straße sowieso mit ihren Smartphones oder ihren eigenen Gedanken beschäftigt und nahmen keine Notiz von ihr. Die dunkelhaarige Frau strich sich über ihr graues Kostüm, das ihren langen Beinen schmeichelte, und ging auf Thaya zu. „Was willst du?", fragte sie forsch.

„Ich will gar nichts", erwiderte Thaya.

„Doch, sie will in ihre Vergangenheit", erklärte Jesper. „Bring uns dorthin."

Die Frau warf einen genervten Blick auf ihre Uhr. „Gut. Aber ich habe nicht viel Zeit."

„Wir auch nicht", sagte Jesper.

Die dunkelhaarige Frau blickte Thaya an. „Gib mir deine Kette."

„Nein", erwiderte Thaya.

„Herrje, stell dich doch nicht so an", murrte Ben.

Trotzig löste Thaya die silberne Kette mit dem blauen Edelstein, der wie eine Träne aussah, von ihrem Hals.

„Meine Güte, machst du das zum ersten Mal?", fragte die Frau. „Wenn du dich weiter so zierst, werden wir hier alle noch ins Gras beißen, bevor du deine Vergangenheit gesehen hast." Sie griff nach Thayas Kette und schlang sie um ihre Hand. „Wen soll ich mitnehmen? Euch alle? Dafür habe ich keine Zeit. Ich kann nicht nacheinander in vier Erinnerungen reisen."

„Ich werde mitkommen", sagte Jesper, der offensichtlich auch keine Zeit verlieren wollte und nur danach strebte, vor Ben das Rätsel zu lösen.

„Gut", sagte die dunkelhaarige Begleiterin. „Wir müssen zu der Wiese dort, in Blumenhandlungen gehe ich nicht mehr, die halten mich sonst für verrückt. Folgt mir." Jesper runzelte die Stirn, marschierte aber als Erster mit großen Schritten hinter der Frau her. Thaya schloss sich zögernd an.

Ben sah ihnen mit einem fetten Grinsen im Gesicht nach. „Wetten, er wäre nicht so erpicht darauf gewesen, mit ihr mitzugehen, wenn er wüsste, dass die Magie der Begleiter über ihre meistgebrauchten Redewendungen funktioniert?"

Ich spürte, wie mein Mundwinkel zuckte, als ich mir die Begleiterin, Jesper und Thaya vorstellte, wie sie in der Wiese knieten und „ins Gras bissen".

„Lass uns den nächsten Begleiter rufen und die Sache schnell hinter uns bringen", sagte ich, als nur noch Ben und ich da waren.

„Bin dabei", meinte Ben und drückte mir den magischen Bogen in die Hand. „Aber lass uns heute mit deiner Vergangenheit anfangen."

„Mit meiner?", wiederholte ich atemlos und spürte, wie mein Puls in die Höhe schoss. Irgendwie war ich davon ausgegangen, dass wir zuerst versuchen würden, Bens Verbindung in die Vergangenheit zu stärken, bevor wir uns mit meiner auseinandersetzten. Denn obwohl ich schon so lange wissen wollte, wer ich gewesen war, machte mich die Vorstellung inzwischen nervös. Vielleicht war ich schon zu lange in der Sinnlichen Welt, um anders zu empfinden.

„Mein Trip hat ja nicht so viel gebracht", knurrte Ben und ließ seine Augen über einen jungen Mann mit schmutzig blonden Haaren schweifen, der sich im Coffeeshop einen Chai Latte bestellte.

„Okay", murmelte ich und klemmte die Geige unter das Kinn. Meine Finger zitterten, als ich den magischen Bogen hob, doch als ich damit die Saiten berührte, legte sich die Nervosität und eine bittersüße Melodie stieg in den Himmel.

Der Typ mit den schmutzig blonden Haaren erstarrte und drehte sich zu uns um. Durch die Scheiben des Coffeeshops starrte er uns an, ließ den Chai Latte an der Theke stehen und stolperte zu uns auf die Straße, als würde ihn eine unsichtbare Macht in unsere Richtung ziehen.

„Oh nein", maulte Ben. „Nicht der Irre aus der Klapse."

Ich kniff die Augen zusammen und ließ den Bogen sinken.

„Nicht aufhören!", jammerte er und kam noch näher. „Du spielst so wunderschön, euch habe ich doch im Krankenhaus gesehen – ich bin also doch nicht verrückt."

„Bist du ein Begleiter?", fragte Ben ohne Umschweife.

Er blieb stehen. „Ein … ein was?"

„Ein Begleiter. Ein Wegweiser. Einer, der uns in unsere Vergangenheit als Mensch führen kann", erklärte Ben unwillig und musterte den Typen unfreundlich.

„Keine Ahnung", murmelte er und schnupperte in der Luft. „Was riecht denn hier so?", fragte er.

„Deine Haare? Solltest sie vielleicht ab und zu waschen."

Ich warf Ben einen strafenden Blick zu.

„Wonach riecht es denn für dich?", fragte ich und wusste selbst nicht, was ich von dem Typen halten sollte. War er nun ein Begleiter oder nicht? Und selbst wenn er tatsächlich einer war – wie gut würde er den Job erledigen können, wenn er das noch nie zuvor gemacht hatte?

„Es riecht nach … Zuhause", antwortete der Typ auf meine Frage und kam mit seiner spitzen Nase immer näher. Schließlich griff er nach meiner Hand. „Mmmmh", stöhnte er wohlig und roch dabei an dem Ring, den mir

Schmotz damals in der Grenzstadt verkauft hatte. „Von hier kommt der Geruch."

„Ich denke, er ist wirklich ein Begleiter", murmelte ich an Ben gewandt und zog schnell den Ring ab, um ihn ihm zu geben. „Wir müssen in meine Vergangenheit", sagte ich. „Du musst uns dorthin bringen."

Der Typ nahm den Ring und betrachtete ihn von allen Seiten. „Aber ich weiß nichts von der Vergangenheit", sagte er langsam.

„Kennst du die Redewendung ‚vom Erdboden verschluckt werden'?", fragte ich und betrachtete ihn aufmerksam, in der Hoffnung, dass das irgendeine Art der Erinnerung bei ihm auslöste.

„‚Vom Erdboden verschluckt werden'? Nö, sagt mir nichts. Ich kenn nur ‚mit dem Kopf durch die Wand'", erwiderte er. „Das sagt mein Pa immer zu mir. *Junge*, sagt er, *du willst immer mit dem Kopf durch die Wand.*"

„Nicht dein Ernst", maulte Ben. „Da hätte ich ja noch lieber ins Gras gebissen."

„Dann mal los", sagte ich und deutete auf die Außenmauer des Coffeeshops. „Wir müssen mit dem Kopf da durch."

Ben zog eine dunkle Augenbraue hoch. „Sicher, Wächterin? Wer weiß, ob seine Magie funktioniert, wenn er es noch nie gemacht hat? Wer weiß, ob es die richtige Redewendung ist?"

„Ihr wollt durch die Wand da, seid ihr denn irre?", rief der Typ und machte einen Schritt zurück. Ich griff nach seinem Arm und hielt ihn fest.

„Langsam und vorsichtig oder schnell und stürmisch?", fragte ich Ben und obwohl er noch immer zweifelnd dreinsah, zuckte sein Mundwinkel nach oben.

„Schnell und stürmisch, was denn sonst", entgegnete

er und packte den Begleiter am anderen Arm.

„Nein!", rief der Typ und wehrte sich nach Leibeskräften. „Ich will nicht durch die Wand, ihr seid ja verrückt!"

„Vertrau uns", sagte ich. „Das ist deine Art von Magie, ich bin mir ganz sicher." Und dann rannten wir los.

Es tat weh, mit dem Kopf durch die Wand zu rennen, es tat sogar richtig weh, aber es funktionierte. Mit höllischen Kopfschmerzen taumelten wir auf der anderen Seite in eine kleine Wohnung, die einer alten Frau gehörte.

Ich sog die Luft ein und sah mich um. Die Wohnung war schäbig und der Boden hätte dringend mal wieder gewischt werden müssen. Außerdem roch es muffig.

Ben blickte sich angewidert um. „Okay, vielleicht hätten wir doch zuerst in meine Vergangenheit reisen sollen."

Ich ignorierte ihn und machte einen Schritt auf die alte Frau zu. Sie saß in einem Nachthemd am Küchentisch und starrte regungslos hinaus in den Innenhof.

„Unglaublich. Hab wirklich ich euch hierhergebracht?", fragte unser Begleiter.

Ich nickte. „Nun brauche ich nur noch das richtige Gefühl, um von hier aus weiter in meine Vergangenheit zu reisen." Der Begleiter kratzte sich verwirrt am Kopf und stieß mit dem Hintern gegen einen Stuhl. Er rutschte ein paar Zentimeter über den Küchenboden und die alte Frau sprang erschrocken auf. Sie wich rückwärts an die Spüle zurück und blieb dort stehen.

Ich betrachtete sie, sah, wie ihre Hände zitterten und ihr Blick zum Telefon irrte. Dann schlich sich Resignation in ihre Augen.

„Sie weiß nicht, wen sie anrufen soll", flüsterte ich. Die Einsamkeit der Frau schnitt mir direkt ins Herz und ich spürte, wie mir die Trauer den Boden unter den Füßen wegzog.

Als die Zeit aufgehört hatte zu rauschen, öffnete ich die Augen. Wir standen noch an derselben Stelle, doch die Wohnung hatte sich verändert. Überall lagen Bücher herum, auf den Tischen, auf den Kommoden, sogar auf dem Boden. Bunte Teppiche bedeckten das schäbige Laminat und die Fenster waren geputzt.

Bens Mundwinkel zuckte abfällig, als er die ganzen Bücher sah. „Hier sieht es ja aus wie früher bei Simeon", murmelte er.

In dem Moment kam eine junge Frau aus dem winzigen Badezimmer. Sie war nur mit einem langen T-Shirt bekleidet und war auf dem Weg in die Küche. Als ich ihre braunen Augen und die dunkelblonden Haare sah, die ihr glatt auf die Schultern fielen, hatte ich das Gefühl, sie schon mal irgendwo gesehen zu haben.

„Gar nicht so übel", meinte Ben und betrachtete mein früheres Ich. „Nur ein bisschen langweilig."

„Das bist du?", fragte unser Begleiter interessiert und rieb sich am Nacken, während er den Hals reckte, um mehr von meinen nackten Oberschenkeln zu sehen.

„Reiß dich zusammen", sagte Ben an ihn gewandt. Mein früheres Ich ging in der Zwischenzeit in die Küche, um sich einen Tee zu machen. Dabei klingelte das Handy auf dem Tisch. Sie legte ihr Buch zur Seite und hob ab.

„Hey Süße, was machst du gerade?", ertönte eine weibliche Stimme gutgelaunt durch das Telefon.

„Kamillentee", sagte sie und lächelte, als wüsste sie bereits, was gleich kam.

„Kamillentee?!", schrie ihre Freundin. „Du weißt, wie man den besten Chai Latte der Welt kocht, und machst dir einen langweiligen Kamillentee?"

Die junge Frau lachte. „Wie oft soll ich dir noch sagen, dass ich meine Arbeit nicht gern mit nach Hause nehme, Flo?"

„Blödsinn", meinte Flo am anderen Ende der Leitung. „Das ganze Zeug, das du für die Uni büffelst, nimmst du dir ja auch mit nach Hause. Aber heute Abend verordne ich dir eine Zwangspause. Du brauchst unbedingt mal wieder einen Kerl, sonst vertrocknest du noch wie die ganzen Kakteen, die du auf deinem Küchenfenster sammelst."

„Ich hab schon einen Kerl", sagte die junge Frau ausweichend und öffnete das Fenster, damit der schwarze Kater, der ihr um die Beine strich, in den Hof hinaus konnte.

„Ich meine einen ohne Fell. Einen, mit dem du mehr als nur kuscheln kannst", entgegnete Flo.

Mein früheres Ich hob die Augenbrauen. „So einen brauchst vielleicht du. Ich habe heute schon ein Rendezvous mit meinen Büchern."

Flo seufzte. „Ich weiß, dass du Anwältin werden willst, und ich finde das auch sehr lobenswert, aber das Leben besteht aus mehr als nur aus Lernen, Esther. Was ist mit Spaß, wo bleibt die Freude? Du bist jung, mein Gott, du könntest schon morgen vom Bus überfahren werden!"

Esther verdrehte die Augen und ich schluckte, als ich daran dachte, dass das vielleicht wirklich ihr letzter Morgen war.

„Ich muss das Projekt fertig bekommen. Du weißt doch, meine These über den Rassismus?", sagte sie und goss kochendes Wasser in eine Teetasse.

„Jaja, dass Rassismus nur dann verschwindet, wenn auch die sozialen und blablabla Unterschiede zwischen den einzelnen Gruppen beseitigt werden – das ist total langweiliges Zeug, Esther. Echt jetzt. Aber wenn wir heute ausgehen, darfst du es irgendeinem Typen erzählen, na, wie klingt das?"

Esther lachte und fuhr sich mit der Hand durchs Haar.

„Stopp!", rief ich laut. Der Begleiter erschrak so sehr, dass die Zeit tatsächlich einfror.

„Ich weiß gar nicht, wie ich das gemacht habe", murmelte er und runzelte die Stirn.

Ich trat mit ein paar Schritten ganz nah an mein menschliches Ich heran und betrachtete das Muttermal auf ihrem Handgelenk. Es sah aus wie eine liegende Acht und meine Augen flogen zu Ben. „Wir haben das gleiche Muttermal."

Ben runzelte die Stirn. „Ernsthaft, Lee? Du vergleichst Körperteile?"

Ich warf Ben einen kühlen Blick zu und presste die Lippen aufeinander. „Es hatte die Form einer Acht. Genauso wie ihres." Ich deutete auf das Muttermal auf Esthers Handgelenk.

„Und was sagt uns das?", fragte Ben gelangweilt und kratzte sich an seinem Dreitagebart.

„Das weiß ich auch nicht", gab ich genervt zurück. „Vielleicht ist es das Zeichen der Sinnträger." Rasch wandte ich mich dem jungen Mann zu. „Kannst du uns noch in eine andere Episode meines Lebens bringen?"

„Ich … Keine Ahnung", stammelte er. „Muss das denn sein?"

„Ja", sagte ich. „Das muss sein."

Er atmete stockend aus. „Du willst also wieder mit dem Kopf durch die Wand?"

„Glasklar erkannt", sagte ich und Ben seufzte, während wir uns für den nächsten Sprung durch die Zeit bereit machten. Ich atmete noch einmal tief durch, und dann rannten wir mit Anlauf durch die Küchenwand, während der Begleiter meinen Ring hielt.

„Hier?", stieß der Begleiter mit kippender Stimme hervor und riss die Augen auf. „Ich will hier nicht sein!"
Zitternd wich er bis an die Wand des Krankenhausflures zurück.

„Beruhige dich", sagte ich und griff nach seinem Arm. Er zuckte unter der Berührung zusammen und zog ihn weg. „Ich will mich nicht beruhigen. Hier haben sie mich eingesperrt, weil sie dachten, ich sei verrückt."

„Nun, so ganz Unrecht hatten sie damit ja nicht", murmelte Ben und betrachtete zwei Krankenschwestern, die plaudernd durch den Gang schlenderten.

„Okay, dann lass es uns so schnell wie möglich hinter uns bringen. Ich habe dich hierher gebracht. Alles Weitere muss von dir kommen", sagte der Begleiter und zupfte nervös an seinem Daumennagel.

Ich atmete tief durch und versuchte, das richtige Gefühl zu empfinden, das mich aus der Gegenwart in meine Vergangenheit brachte. Dies war ein Ort des Todes. Menschen starben, Familien wurden getrennt.

Traurigkeit überschwemmte mich. Doch diesmal klappte es nicht.

„Komm schon, das nächste", bat der Begleiter. „Ich will echt wieder nach Hause." Seine Quengelei nervte mich und ich ließ mich in das Gefühl hineinfallen, doch auch dieses war es nicht.

„Soll ich dir bei Wut behilflich sein?", fragte Ben zuvorkommend und ich musste kurz grinsen.

„Weiter", drängte der Begleiter. „Freude ist es auch nicht."

„Hör auf, mich so anzutreiben", fauchte ich ihn an und ließ die Wut durch mich hindurchfließen.

„Vielleicht funktioniert dieses Vergangenheitsding nur *einmal?*", stellte Ben in den Raum und ich blickte besorgt zu ihm hoch. Im selben Moment lösten sich die Krankenhauswände um uns herum auf und wir sprangen in der Zeit zurück.

Esther kniete auf dem Boden und beugte sich über den Körper eines jungen Mannes, der zuckend am Boden lag. Er hatte ganz kurz geschnittene Haare und mehrere Piercings im Gesicht. Seine Hand tastete verzweifelt über den Krankenhausflur und er schnappte immer wieder nach Luft.

„Kann uns hier mal jemand helfen?!", brüllte Esther durch den leeren Flur und griff nach der Hand des Mannes, der sich wie ein Ertrinkender an ihr festklammerte.

„Es wird gleich jemand kommen, meine Cousine arbeitet hier als Ärztin, machen Sie sich keine Sorgen", redete Esther wie ein Wasserfall auf den Mann ein und drückte seine Hand.

Ich sah die Angst in ihrem Blick und verstand, dass mich dieses Gefühl hierhergebracht hatte. Langsam ging ich neben ihr in die Hocke und betrachtete aufmerksam die Situation.

Was wollte mir diese Erinnerung zeigen?

Esther strich dem Mann beruhigend über den Handrücken und gab tröstende Laute von sich, während ein Pfleger angelaufen kam und sich neben ihr auf den Boden kniete. Innerhalb von dreißig Sekunden war der Flur voll mit Menschen, die sich um den jungen Mann scharten, der inzwischen das Bewusstsein verloren hatte.

„Ich kenne ihn nicht", sagte sie nun schon zum dritten Mal auf die Frage einer Krankenschwester. „Ich bin nur hier, um meine Cousine zu besuchen. Sie ist Ärztin. Er ist vor mir zusammengebrochen, ich kenne ihn nicht."

Ihr Gesicht war bleich und sie kniete noch immer auf dem Boden.

„Ich will mir das nicht ansehen", stotterte unser Begleiter kreidebleich und wich an die Wand zurück. „Ich hasse Krankenhäuser." Kaum hatte er das gesagt, begann die Szene vor unseren Augen zu verschwinden und wir rauschten durch die Zeit.

„Stopp!", schrie ich unseren Begleiter an. „Ich war noch nicht fertig, ich muss mich mit meinem alten Leben verbinden!" Ich riss an seinem Arm und der Zeitfluss stoppte.

„Verdammt beschissenes Timing", murmelte Ben, und erst jetzt wandte ich mein Gesicht wieder der Szene im Krankenhaus zu und sah, wohin uns der Begleiter gebracht hatte.

Mein früheres Ich wurde auf einem Krankenhausbett durch den Flur geschoben. Esther war bewusstlos und so blass, dass man die blauen Äderchen unter ihrer Haut sehen konnte. Neben ihr lief eine Schwester mit einem Beatmungsbeutel und eine Ärztin mit dunkelblonden Haaren schrie, dass ich sofort in den OP müsse. Ich folgte meinem alten Körper durch das Krankenhaus, sah die Verzweiflung auf dem Gesicht der Ärztin und fragte mich, ob das meine Cousine war.

Im nächsten Moment bemerkte ich, wie ein einzelner Lichtpunkt aus dem Brustkorb meines früheren Ichs in die Höhe schwebte.

„Seht ihr das auch?", fragte der Begleiter ängstlich

und ich nickte, während ich mit angehaltenem Atem zusah, wie meine Seele immer höher schwebte. Doch statt durch die Decke zu verschwinden, wie ich es schon einmal gesehen hatte, verharrte dieser Punkt zitternd in der Luft, als würde er auf etwas warten.

Ben griff nach meinem Arm und zog mich ein Stück zurück, aber ich wollte nah dran sein, ich wollte es ganz genau sehen. In dem Moment erschienen die Farben.

„Es sind alle acht", flüsterte ich, während ich zusah, wie die acht Sinnesfarben aus Esthers Brust stiegen und den Lichtpunkt – meine Seele – wie in einem Wirbel umflossen. Der Strudel schwoll an und ich konnte sehen, wie die einzelnen Farben immer schneller umherwirbelten, sich gegenseitig verfolgten und spielerisch miteinander rangen. Mal war das Blau dominant, dann gewann das Grün, im nächsten Moment triumphierte das Orange, und so ging es immer schneller und schneller weiter, während die Ärzte, die noch immer um mein Leben kämpften, davon nichts mitbekamen. Schließlich leuchtete das Gelb so hell auf, dass es alle anderen Farben überstrahlte.

Kapitel 13

Nach meinem Tod als Mensch weigerte sich der Begleiter standhaft, uns noch irgendwo hinzubringen, und so blieb Ben und mir nichts anderes übrig, als zurück in die Sinnliche Welt zu reisen. Auf dem Weg zum Hinweisraum beschäftigte mich das, was ich gesehen hatte, und ich hoffte, dass ich mich stark genug mit meiner Vergangenheit verbunden hatte, um den Hinweis in Perxes' Tagebuch zu entschlüsseln. Dabei hörten wir schon von weitem Jespers wutentbrannte Stimme.

„Es funktioniert nicht!", schrie Jesper, als wir den Hinweisraum betraten. „Daran bist du schuld!", herrschte er Thaya an. „Wenn du nicht vor deinem Menschenleben davongelaufen wärst, wüssten wir jetzt, wie wir an das Schwarze Buch der Macht kommen!"

„Und wenn du irgendeinen Gegenstand aus deinem früheren Menschenleben bei dir gehabt hättest, hättest du ja selbst versuchen können, in deine Vergangenheit zu reisen!", konterte Thaya aufgebracht. Jesper stand neben dem aufgeschlagenen Tagebuch und verkrampfte die Finger, während Thaya sich abrupt abwandte und die Arme um ihren dünnen Körper schlang.

Ein Lächeln schlich sich in Bens Gesicht und ich konnte sehen, wie sich seine Körperhaltung entspannte. „Große Worte ohne Taten", sagte er spöttisch.

Jesper warf Ben einen tödlichen Blick zu und seine rote Zeichnung begann zu glimmen. „Leg dich nicht mit mir an, Ekelträger!", schrie er und seine Faust schlug auf den schwarzen Steintisch. Neben ihm tickte der helle Zeiger der schwebenden Uhr unerbittlich weiter.

Vielleicht klappt es bei mir, dachte ich, als ich zum Buch rannte. Mit klopfendem Herzen stellte ich mich neben Jesper und führte die Finger zum Buch, doch bevor ich die Seiten berühren konnte, ertönte ein ohrenbetäubender Knall.

Ich fuhr herum. Die Uhr hatte sich aufgelöst.

„Nein!", schrie ich und starrte auf das Tagebuch, dessen Schrift vollkommen verschwunden war. Ich nahm es in die Hände und blätterte es durch, aber es waren nur noch weiße Seiten zu sehen.

„Du hast die Uhr doch tatsächlich kaputt gemacht", meinte Ben trocken und lehnte sich gegen die Wand.

„Ich habe sie nicht kaputt gemacht!", fauchte Jesper. „Aber ich werde dich kaputt machen." Jesper machte einen bedrohlichen Schritt auf Ben zu, und es war mir egal.

„Es war alles umsonst", hauchte ich. „Alles umsonst." Ohne den Hinweis aus Perxes' Tagebuch hatten wir keine Chance, das Schwarze Buch der Macht zu finden, und der Gedanke an die Konsequenzen ließ meinen Mund trocken werden.

„Hey, was macht ihr denn für einen Krach?", fragte eine altbekannte Stimme und ich drehte mich zur Tür um.

„Simeon!", rief ich und rannte auf den grinsenden Magiebegabten zu. Simeon gesund und munter zu sehen, schob alle meine Sorgen für den Moment zur Seite und ich war einfach nur froh, ihn endlich wieder hier bei uns zu wissen.

Glücklich fiel ich ihm in die Arme.

„Was für eine stürmische Begrüßung", meinte er, nachdem ich mich wieder von ihm gelöst hatte. „Jetzt du?", fragte er Ben feixend.

„Niemals." Bens Mundwinkel zuckte.

„Wir müssen Quirin informieren", presste Jesper hervor.

„Quirin? Dass ich wieder da bin? Der weiß das sicher doch schon längst, der weiß doch immer alles", meinte Simeon.

„Die Uhr", erklärte ich, „die Uhr ist verschwunden. Und mit ihr die Schrift im Tagebuch."

„Oh. Das ist gar nicht gut, das hat Edomir nicht gut gemacht", sagte Simeon und wirkte unruhig, nicht jedoch wegen dem Verschwinden unseres besten Hinweises. In Simeons Blick lag eine Art freudiger Aufregung.

„Kann man euch denn nicht einmal kurz alleine lassen?", fragte er lächelnd und machte eine bedeutungsvolle Pause. „Aber während ihr nur schlechte Nachrichten habt, habe ich eine gute."

Er hob seine Hand und ein paar Einladungskarten aus Eis erschienen, deren Schrift wie Feuer brannte.

„Hiermit lade ich euch offiziell zu den Magischen Magiespielen ein, die morgen stattfinden. Ich freue mich schon darauf, euch dort zu sehen." Dabei grinste er bis über beide Ohren.

Kapitel 14

Auf dem Weg zu Erik schielte ich immer wieder auf die Serviette in meiner Hand, auf der ihre Nummer stand. Dabei hatte ich so ein dämliches Grinsen im Gesicht wie die Idioten, die immer total happy durch die Gegend rennen. Mann, jetzt reiß dich mal zusammen, ermahnte ich mich selbst. Sie war nicht die erste Tussi, die mir ihre Nummer gegeben hatte, und sie würde auch nicht die letzte sein. Doch noch während ich das dachte, hätte ich mir am liebsten selbst eine verpasst.

Tussi traf es nun wirklich gar nicht. Wie ging das nochmal mit der ganzen Scheiße von „Liebe auf den ersten Blick"? Mit einem schiefen Grinsen nahm ich einen Schluck von meinem Espresso und wurde im nächsten Moment so hart auf die Schulter geklopft, dass ich mir den Kaffee übers T-Shirt schüttete.

„Fuck", fluchte ich, während der Schulterklopfer von hinten den Arm um mich legte.

„Hey, Mann, was für eine Überraschung, dich hier zu sehen!", rief der Typ enthusiastisch und strahlte mich an.

„Keine Ahnung, wer du bist, aber du hast meinen Kaffee auf dem Gewissen", knurrte ich.

Der Typ bekam rote Ohren. „Oh, sorry, ich hab dich verwechselt, war keine Absicht." Er hob entschuldigend die Arme und kramte in seiner Hosentasche nach Kleingeld. „Der Kaffee geht natürlich auf mich."

Genervt biss ich die Zähne zusammen. „Nicht nötig", fauchte ich und warf zum ersten Mal einen Blick auf die vom Kaffee triefende Papierserviette mit ihrer Nummer. Bis auf eine einzelne 7 war keine einzige Zahl mehr zu erkennen. Ich ballte meine Hand mit dem leeren Kaffeebecher zu einer Faust. Am liebsten hätte ich dem Typen eine reingehauen.

„Alles okay?", fragte der Schulterklopfer verunsichert und ich gestand mir zum ersten Mal seit langem ein, dass in meinem Leben ganz und gar nichts okay war.

Verwirrt wachte ich aus dem Traum auf. Eine bleierne Schwere drückte auf mich nieder und ich brauchte ein paar Augenblicke, um das seltsame Gefühl abzuschütteln. Was war nur los mit mir, wieso träumte ich ständig so seltsames Zeug?

Langsam stand ich auf und schob den Pflanzenvorhang in meinem Schlafzimmer zur Seite. Draußen stand die Sonne schon hoch am Himmel und das leuchtende Gelb erinnerte mich an den Zeiger der abgelaufenen Uhr von Perxes' Tagebuch. Ein hässliches Gefühl des Versagens durchströmte mich, als ich an die leeren Seiten dachte, doch ich wusste, dass wir jetzt nach vorne schauen mussten. Zumindest hatten wir noch den magischen Kompass, auch wenn es derzeit der einzige Hinweis war, der uns zu einem Buch der Macht führen konnte. Seufzend strich ich mir die Haare nach hinten. Wie es aussah, würden Ben, Thaya und ich wieder auf Schatullensuche gehen müssen, auch wenn ich mir wirklich schönere Beschäftigungen vorstellen konnte.

***

„Ich hasse dieses Land", murrte Ben und fuhr sich angewidert mit der Hand durch die Haare, die binnen weniger Sekunden voller funkelnder Eiskristalle hingen.

„Was für eine Überraschung", erwiderte ich spöttisch

und machte einen vorsichtigen Schritt weg von dem magischen Portal, das uns ins Land des Erstaunens gebracht hatte. Die Eisplatte, auf der wir standen, schaukelte sanft auf den Wellen des Ozeans und ich atmete tief die klirrend kalte Luft ein. Dies war unser insgesamt siebter Versuch gewesen, durch ein magisches Portal zur Bruderschaft ins Wachsamkeitsland zu reisen. Doch egal, wie intensiv ich mir das Zentrum der Bruderschaft vorstellte – wir landeten doch immer wieder nur im Erstaunensland, wo gerade die Magischen Magiespiele stattfanden.

Seufzend zog ich meinen Kommunikationskristall aus der Tasche und versuchte, Thaya zu erreichen.

„Dich nervt es nicht, dass die Portale verrücktspielen und uns immer wieder hierher bringen?", fragte Ben und ließ seine Augen voller Missmut über die riesige Gletscherlandschaft schweifen, die sich vor uns im orangefarbenen Licht der untergehenden Sonne ausbreitete.

Der Anblick war zugegebenermaßen zauberhaft. Glitzernde Eisschollen trieben ruhig durch die türkisgrüne See und brachten kleinere Gruppen von Sinnträgern von den magischen Portalen zu den acht großen Eisinseln, auf denen die Spiele stattfanden.

„Da ich es nicht ändern kann, bringt es auch nichts, mich darüber zu ärgern", antwortete ich und hob den Kommunikationskristall an meinen Mund, als er hell aufleuchtete. Doch statt Thayas Stimme drang die von Gestalter Coel, dem Minister des Erstaunens, aus dem Kristall: „*Willkommen bei den 88. Magischen Magiespielen der Sinnlichen Welt! Verpassen Sie nicht den erstaunlichen Einzug der ersten acht begabtesten Magiebegabten, die für Gold ausgewählt wurden!*"

Ich hob eine Augenbraue. „Wie es aussieht, steckt die Magie der Gestalter hinter den Fehlfunktionen der Portale."

Ben verschränkte die Arme vor der Brust. „Und weil die Magischen Magiespiele stattfinden, können wir nicht nach den Schatullen suchen. Aber statt meinen freien Tag zu genießen, muss ich hier sein?"

„Ganz genau so sieht es aus", erwiderte ich und trat an den Rand unserer Eisplatte, um auf die nächste freie Scholle zu warten. „Aber Simeon wird sich freuen, uns zu sehen."

„Wahrscheinlich war es seine Idee, dass alle Portale nur noch zu den Magiespielen führen", sagte Ben kühl und steckte die Hände in die Hosentaschen. Pastellfarbene Schneeflocken tanzten durch die Luft und setzten sich auf seinen Haaren und seiner schwarzen Kleidung ab. Angewidert betrachtete er die bunten Flocken, und obwohl mich sein schwarzer Sinn nervte, musste ich mir eingestehen, dass er heute wieder mal verdammt gut aussah. Schnell schob ich den Gedanken zur Seite.

Der Nebel in dem magischen Portal hinter uns wallte hellgrün auf und ein junger Vertrauensträger mit einem Korb voller Gewürze stolperte auf die Eisplatte.

„Oh nein", murmelte er nach einem kurzen Rundumblick und riss die Augen auf. „Wo bin ich denn hier gelandet?"

„In der Hölle", erwiderte Ben trocken, als eine Scholle mit einem Rumms gegen die Eisplatte stieß, auf der wir standen. „In der weißen Hölle. Aber ihr Vertrauensträger mögt ja Weiß."

„Grundsätzlich schon, aber ich muss dringend in die Grenzstadt", gab der weiße Träger zur Antwort und presste seinen Korb mit den Kräutern enger an sich, als ihm ein kalter Wind durch die Haare fuhr. „Giera bringt mich um, wenn ich ihr die Zutaten nicht rechtzeitig bringe."

„Wer ist Giera?", fragte ich neugierig und schlang die Arme um mich. Es war ganz schön kalt hier.

„Eine weiße Trägerin, die sich auf alte Magie und Flüche versteht", antwortete der Kräutertyp abgelenkt, als neben uns ein funkelnder Eisberg in die Höhe wuchs. „Sie hat erst vor kurzem ihr Geschäft an der Stelle eröffnet, wo früher Yolanders Zelt gestanden hat."

Bei der Erwähnung von Yolander zuckte ich unwillkürlich zusammen und auch Bens Rücken versteifte sich.

„Ich schätze, dein Treffen mit Giera kannst du dir in die Haare schmieren", konstatierte Ben brüsk und der Vertrauensträger erbleichte.

„Vielleicht funktionieren die magischen Portale auf den großen Eisinseln", sagte ich beruhigend.

„Kann ich mir nicht vorstellen", meinte Ben.

„Also *ich* kann es mir total gut vorstellen", entgegnete der Kräutertyp und seine weißen Gesichtslinien leuchteten vertrauensvoll auf. „Eine Scholle wird kommen, sie wird uns zur Insel bringen, dort werden die Portale funktionieren, ich werde rechtzeitig meine Kräuter abliefern und alles wird gut."

„Heute schon ein paar davon geraucht?", fragte Ben und deutete auf die bunten Kräuter. Ich stieß ihm leicht mit dem Ellbogen in die Seite. In diesem Augenblick kam wirklich eine Scholle vorbei und ich stieg vorsichtig auf die langsam vorbeitreibende Eisfläche. Sie bot genug Platz für uns drei, sodass Ben und der Vertrauensträger mir folgten. Dann ließen wir uns von ihr über den türkisgrünen Ozean tragen, der sich bis zum Horizont erstreckte. In der Ferne sah ich weiße Wunderrobben mit smaragdgrünen Augen durch das Wasser tollen und lauschte dem Knirschen der hellblauen Eisberge, die vor unseren Augen in die Höhe wuchsen und mit leisem Plätschern wieder im Meer versanken. Nach einigen Minuten Fahrt näherten wir uns der ersten großen Eisinsel, auf der eine Art winterlicher Souvenirmarkt in den Farben Rot und Weiß errichtet worden war.

Der Wind wehte die Klänge einer festlichen Fanfare und das Stimmengewirr vieler Sinnträger heran. Kurz darauf stieß unsere Eisscholle gegen die Insel und wir traten in pudrig weichen Pulverschnee, der von orangeroten Feuern erhellt wurde. Die Flammen loderten im Abstand weniger Meter direkt aus dem Schnee in die Höhe und sorgten dafür, dass die Besucher nicht froren. Der Vertrauensträger mit dem Kräuterkorb verabschiedete sich rasch und Ben blickte sich suchend nach einem magischen Portal um, als ich Simeons Stimme hörte.

„Lee! Ben! Ihr seid gekommen!", jauchzte der Magiebegabte und stürmte freudestrahlend auf uns zu. Er trug eine aus weißen Eiskristallen gefertigte Robe, die bei schnellen Bewegungen einen Feuerstreifen hinter sich herzog.

„Nicht freiwillig", murrte Ben, was Simeon jedoch zu überhören schien.

„Wow", hauchte ich, „das ist die coolste Robe, die du je getragen hast, Simeon."

„Ja, nicht wahr?", grinste der Magiebegabte und drehte sich einmal im Kreis, sodass die Flammen sichtbar wurden. „Ich habe sie selbst entworfen. Natürlich sollte sie zum Motto ‚Feuer und Eis' passen, und da die Magischen Magiespiele nur alle acht Jahre stattfinden, wollte ich natürlich etwas ganz Besonderes ..." Er unterbrach sich. „Aber wie seht ihr denn aus?"

Bens dunkle Augenbraue rutschte in die Höhe. „Wie sehen wir denn aus?"

Simeon zog einen Stab aus seiner Robe, dessen eine Hälfte rot und die andere weiß war. „Natürlich seht ihr fantastisch aus, so wie immer, aber das meinte ich nicht. Ich meine eure Kleidung."

„Was ist damit?", fragte Ben skeptisch und ich ließ meinen Blick kurz über die anderen Sinnträger gleiten.

„Wir tragen nicht die Mottofarben", erklärte ich.

„Ganz genau", nickte Simeon und legte Ben den Arm um die Schulter. „Rot oder weiß, was willst du sein?"

Ben machte automatisch einen Schritt zur Seite und schüttelte Simeons Umarmung ab. „Auf diese Frage gibt es keine Antwort", knurrte er.

„Ich weiß", seufzte Simeon und fuhr sich durch die wuscheligen hellblonden Haare. „Rot wie Jesper oder weiß wie Caprice … beides keine schönen Aussichten. Aber so kann ich dich nicht rumlaufen lassen, sorry." Er machte eine beiläufige Handbewegung mit seinem Stab, die rote Spitze leuchtete auf und Bens Klamotten wurden rot eingefärbt.

„Mach das sofort rückgängig", fauchte Ben.

„Das kann ich leider nicht", antwortete Simeon vergnügt. „Aber die Magie verschwindet, sobald du die Magischen Magiespiele verlässt."

„Das würde ich ja gerne", knurrte Ben, „aber alle magischen Portale führen zu den schwimmenden Eisplatten auf dem Meer."

„Tja, dann sollst du wahrscheinlich heute hier sein und mir dabei zusehen, wie ich in *Erfindungsreichtum* brilliere", gluckste Simeon und färbte meinen Wasserperlenanzug genauso beiläufig weiß ein, wie er Bens Kleidung vorher rot gefärbt hatte. Fasziniert betrachtete ich meine Perlen, die jetzt aussahen, als wären sie aus Eis.

„Wie viele Disziplinen gibt es denn?", fragte ich.

„Nun, es gibt vier Silber- und vier Golddisziplinen", erklärte der Magiebegabte stolz und ignorierte Bens gelangweilten Gesichtsausdruck. „Als Magiebegabter habe ich mich selbstverständlich für eine Golddisziplin qualifiziert. Zu den Golddisziplinen zählen: Erfindungs-reichtum, Elementarmagie, Verwandlungsmagie und experimentelle Magie."

„Experimentelle Magie?", wiederholte ich fragend.

„Oh, da dürfen alle antreten, die irgendetwas Neues, Cooles beherrschen, das sonst in keine Kategorie passt", sagte Simeon leichthin.

„Das heißt, *Erfindungsreichtum* ist gar nicht die coolste Disziplin?", ätzte Ben.

Simeon holte tief Luft und ich stellte mich auf einen längeren Redeschwall ein, doch der blonde Magiebegabte lächelte nur und klopfte Ben auf die Schulter.

„Erfindungsreichtum ist sogar die allercoolste Disziplin, denn wo wäre die Sinnliche Welt ohne die magischen Errungenschaften von hochtalentierten Sinn-trägern wie mir?"

„Apropos hochtalentiert: Bist *du* für die Fehlfunktion der Portale zuständig?", fragte Ben, während ich eine Gruppe Wutträgerinnen in roten Flammenkleidern beobachtete, die ausgelassen um ein magisches Feuer tanzten.

„Ich?", schnaufte Simeon entrüstet. „Wo denkst du hin?! Es war die Macht der Acht höchstpersönlich, die die kleine Umleitung möglich gemacht hat. Allerdings", fuhr er fort und reckte stolz die Brust, „habe *ich* Quirin auf die Idee gebracht, nachdem ich gelesen hatte, dass der Besuch der Magischen Magiespiele in den letzten Dekaden kontinuierlich abgenommen hat."

„Ich wusste es", sagte Ben.

„Du kennst mich und meine Genialität eben schon gut", entgegnete Simeon mit einem Augenzwinkern. „Ihr feuert mich doch an?"

„Kannst du vergessen", murrte Ben.

„Klar feuern wir dich an", sagte ich schnell und Simeon strahlte.

„Mann, bin ich aufgeregt", gab er zu. „Verpasst nicht meinen Einzug auf der mittleren Eisinsel, denn ich bin schon bei der ersten Gruppe dabei. Und wünscht mir Glück."

„Viel Glück", sagte ich und Ben grunzte mit einem Blick auf sein rotes Outfit. „Er hat Glück, dass ich ihm seinen rot-weißen Zauberstab nicht weggenommen habe", murrte er, als Simeon zwischen den Iglus des Souvenirmarktes verschwand. „Hoffentlich war das der Letzte aus dem Kreis der Auserwählten für heute."

„Bei einer Veranstaltung dieser Größe ist Jesper wahrscheinlich in seiner Funktion als Beschützer hier", sagte ich und sog den Duft nach gebrannten Nüssen und Beerenpunsch tief ein.

„Und Jaron? In welcher Funktion ist der hier? Als Vielfraß?", fragte Ben und deutete auf den pummeligen Freudeträger, der mit einer Wolke Zuckerschnee über seinem Kopf vor einer Eisskulptur stand. Jaron drehte bei der Erwähnung seines Namens den Kopf und strahlte uns an.

„Hallo ihr zwei!", rief er gut gelaunt. „Ist es nicht fantastisch hier?"

„Total fantastisch", sagte Ben trocken.

„Bist du schon lange hier?", fragte ich.

Jaron nickte froh. „Da alle magischen Portale heute nur ins Erstaunensland führen, habe ich den Nachmittag hier verbracht und mir die Teilnehmer angesehen, die bei den Silberdisziplinen antreten."

Ich runzelte die Stirn. „Was unterscheidet denn die Silber- von den Golddisziplinen?"

Der Freudeträger fing etwas Zuckerschnee in seiner Hand und leckte ihn ab. „Nun ja, bei den Silberdisziplinen steht der sportliche Gedanke im Vordergrund, so wie bei *Magischer Akrobatik* oder *Magie und Ballsport*. Und im Gegensatz zu den Golddisziplinen darf jeder, der sich in der Vorrunde qualifiziert, daran teilnehmen. Bei *Magie und Nahkampf* zum Beispiel darf jeder antreten, der meint, ein guter Kämpfer zu sein. Womit ich schon mal ausscheide", fügte er lachend hinzu und Ben zog eine Augenbraue hoch.

„Weißt du eigentlich, wo die anderen aus unserem Kreis sind?", fragte ich den Freudeträger. „Ich wollte vorhin Thaya erreichen, aber mein Kommunikationskristall hat verrücktgespielt."

Jaron schüttelte den Kopf. „Ich weiß nur, dass Edomir sich wie immer in der Bruderschaft verkrochen hat, aber da sogar Jesper hier ist, nehme ich an, dass auch Quirin es gut findet, wenn wir mal ein bisschen Freizeit haben."

Das konnte ich mir zwar nicht vorstellen, wollte ihn aber auch nicht aus seiner Euphorie reißen. Fasziniert ließ ich meinen Blick zu der lebensgroßen Eisskulptur neben Jaron schweifen, die einen verwegen aussehenden Sinnträger darstellte.

„Wer ist das?", fragte ich.

Jaron zuckte mit den Schultern. „Irgendeiner der Teilnehmer. Aber wartet noch kurz, das Coole kommt erst."

„Verwandelt sich die Skulptur in ein magisches Portal und bringt mich ins Ekelland?", fragte Ben.

Jaron runzelte die Stirn. „Äh, nein …"

„Dann ist es nicht cool."

In dem Moment ging die Eisfigur in Flammen auf und schmolz mit einem schrillen Schrei zu einer Pfütze zusammen, aus der in Sekundenschnelle eine neue Statue hervorwuchs.

„Das ist ja Simeon", entfuhr es mir überrascht.

Jaron nickte stolz, als ob er für dieses Wunderwerk verantwortlich wäre. „Wie gesagt zeigen die Skulpturen abwechselnd alle Teilnehmer. Und am Ende werden hier nur noch die Gewinner der Magischen Magiespiele stehen."

„Wow", sagte Ben und sah sich suchend um. Offenbar hatte er die Hoffnung auf ein funktionierendes magisches Portal noch immer nicht aufgegeben.

„Möchtest du auch eine Wolke Zuckerschnee?", fragte Jaron freundlich und gab der Wolke über seinem Kopf, die rote und weiße Zuckerkristalle schneite, einen Schubs in Richtung Ben.

„Nein danke."

„Verstehe, du willst auf deine Figur achten." Jaron rieb sich schmunzelnd über seinen gewölbten Bauch. „Wart ihr schon bei den Magiehandwerk-Iglus?"

Ich schüttelte den Kopf. „Wir sind gerade erst angekommen." Jaron streckte die Zunge heraus, fing damit eine gezuckerte Schneeflocke auf und bedeutete uns, ihm zu folgen.

„Hier gibt es total viel Zeugs aus der Menschenwelt", sagte er über die Schulter, während wir uns durch das Gewimmel an rot und weiß gekleideten Sinnträgern schoben. „Das meiste davon ist mit Magie belegt und entsprechend teuer, aber wozu hat man denn Blätter, wenn man sie nicht ausgibt." Er lächelte und seine orangefarbenen Linien begannen zu glimmen.

Ein Stück entfernt brandete Applaus auf und ich erblickte hinter den Iglus einen ovalen Eislaufplatz, auf dem ein Trauerträger zu einer gefühlvollen Musik seine Kreise zog.

„Da könntet ihr auch antreten", meinte Jaron beiläufig. Ben und ich warfen ihm zeitgleich einen ungläubigen Blick zu.

„Ich mein ja nur. Das sind die Vergnügungswettkämpfe für das gemeine Volk, da kann jeder mitmachen. Seht mal, dort drüben." Er deutete auf eine schneebedeckte Fläche, wo einige Sinnträger hektisch den Schnee zu Kugeln rollten, die ständig vor ihnen davonhüpften.

„Sie bauen Schneemänner", sagte ich.

Jaron grinste. „Ja, aber es ist verzauberter Schnee. Ganz schön schwierig, einen Kopf auf den Bauch zu setzen, wenn dein Schneemann ständig vor dir davonhüpft." Lächelnd beobachtete er, wie die Sinnträger sich abmühten, die einzelnen Körperteile der Schneemänner und –frauen miteinander zu verbinden. Doch je kompakter der Schneemann wurde, desto besser konnte er sich auch gegen das Zusammensetzen wehren.

„Siehst du die Trägerin mit der weißen Pudelmütze dort?", fragte Jaron glucksend. „Sie hat ihrem Schneemann Hände gegeben. Schwerer Fehler." Er kicherte, als der Schneemann sich bückte und mit den neugewonnenen Händen tief in das pudrige Weiß griff, um seine Erbauerin damit abzuschießen.

„Das Schneemannbauen scheint aber immer noch besser zu sein, als beim Eisstockschießen zu verlieren", bemerkte ich, als wir weiterschlenderten. Neben uns befand sich eine Eisbahn, und so wie es aussah, wurde der schlechteste Spieler so lange in eine Eisstatue verwandelt, bis ihn jemand anderer mit dem niedrigsten Punktestand ablöste.

Jaron nickte. „Da wird einem ja schon vom Zuschauen kalt. Wenn ihr später übrigens was Heißes haben möchtet, geht zu Gosch."

„Zu Gosch?", wiederholte Ben zweifelnd.

Jaron nickte ernsthaft. „Er hat seinen Stand auf der anderen Seite der Eisinsel. Gosch bietet den besten Schmorosch aus den Angsthöhlen an, aber ihr müsst euch auf lange Wartezeiten einstellen, denn die Leute lieben seine Köstlichkeiten."

Ich erinnerte mich an meine Wächterprüfung zurück, wo ich meinen ersten Schmorosch gesehen hatte. Es waren große, wabbelige Klumpen aus den Angsthöhlen, die von begabten Magiern in leckere Speisen verwandelt werden konnten.

„Was ist so besonders an *Gosch*?", fragte Ben und spuckte den Namen aus, als ob es sich um etwas Dreckiges handeln würde.

„Gosch ist ein Schmoroschkünstler und hat vor acht Jahren in der Golddisziplin *Verwandlungszauber* gewonnen. Seitdem ist er ein 5-Sterne-Magier und zaubert das leckerste Essen, das man in der ganzen Sinnlichen Welt kriegen kann", erklärte Jaron. „Aber die hier finde ich noch viel toller als jedes Essen", flüsterte der Freudeträger und betrat ein halboffenes Iglu, in dem auf einem Eisblock zweiundvierzig Plastikfiguren ausgestellt waren.

„Du stehst auf Superhelden?", meinte Ben zweifelnd und nahm eine Comicfigur in einem schwarzen Anzug hoch, bevor er sie wieder zurückstellte.

„Ich glaube schon", gestand Jaron und strahlte beim Anblick der vielen Figuren. „Sieh mal, der sieht aus wie Jesper." Er zeigte auf Superman und Bens Miene fror ein. „Ich finde, der hier passt viel besser zu dem elendiglichen Wuträger", sagte Ben und deutete auf den grünen Hulk.

Jaron gluckste. „Ich finde Batman und Robin cool." Seine Finger strichen zärtlich über die Figur des freundlich aussehenden Robins, bevor er dem Verkäufer winkte. „Ich nehme die beiden."

Zur gleichen Zeit erscholl von draußen eine Fanfare und die Insel, auf der wir uns befanden, erzitterte.

„Ah, es geht los", freute sich Jaron und verstaute Robin in seiner Hosentasche. „Für dich, passt irgendwie zu dir", sagte er auf dem Weg nach draußen und steckte Ben die Batman-Figur zu.

Ein Strom von Sinnträgern zog durch die Straßen und wir reihten uns darin ein, als wir aus dem Iglu kamen. Die Sonne war inzwischen untergegangen und am Himmel leuchteten die Sterne noch heller als sonst und bildeten den Schriftzug: „Herzlich willkommen zu den 88. Magischen Magiespielen!"

„Da haben sie sich ja ganz schön ins Zeug gelegt", murrte Ben, dem das Gedränge eindeutig zu viel war.

Die Menge walzte an den Rand der schneebedeckten Insel, wo schon hunderte Eisschollen darauf warteten, bestiegen zu werden. Ich sah im Schein der flackernden Feuer, wie die Leute sich nacheinander auf die schwimmenden Eisflächen drängten, und war überrascht, dass es dabei zu keinen ungewollten Tauchgängen kam.

Jaron, Ben und ich bestiegen gemeinsam eine Scholle, und als der Freudeträger stolperte, dehnte sich das Eis knirschend aus, um seinen Sturz ins Meer zu verhindern.

„Erstaunlich", flüsterte Jaron, bevor sich die Scholle sanft in Bewegung setzte.

Wieder schaukelten wir über das Meer, das von fliegenden Feuerkugeln erhellt wurde. Doch diesmal bewegten wir uns auf die mittlere Gletscherinsel zu, die von einem funkelnden Eisberg dominiert wurde. Auf der Spitze des Berges loderte das magische Feuer der Spiele und ringsum waren die winzigen Gestalten der Macht der Acht zu erkennen.

Schließlich stoppte unsere Scholle knapp vor der Insel neben hundert anderen. Ein einzelner, lang gezogener Ton erklang und schwebte über das Wasser. Er verschmolz mit dem leisen Plätschern der Wellen und schwoll immer weiter an, bis sich auf meinem Körper eine Gänsehaut bildete. Ergriffen lauschte ich dem Beginn der Eröffnungsmusik, die feierlich über die Gletscherlandschaft schallte.

Als der letzte Ton verklungen war, trat der grauhaarige Gestalter Coel auf dem Eisberg nach vorne. Er trug eine weiße Tunika mit einer schimmernden meergrünen Schleppe und sein grünes Gesichtsmuster leuchtete hell durch die Nacht.

„Träger aller acht Sinne!", rief der Minister des Erstaunens und seine magisch verstärkte Stimme übertönte mühelos das leise Knirschen des Eises. „Wir, die Macht der Acht, heißen euch zu den 88. Magischen Magiespielen willkommen!" Er machte eine Pause, die vom Publikum mit begeistertem Beifall gefüllt wurde. Coel lächelte mild und machte eine weit ausholende Armbewegung. „Nachdem sich am Nachmittag die Teilnehmer der Silberdisziplinen präsentiert haben, kommen wir nun zu den Golddisziplinen, für die man sich nicht selbst qualifizieren kann – für Gold muss man *ausgewählt* werden." Er lächelte und die Träger ringsum jubelten frenetisch, bis er ernst fortfuhr: „Wir, die Macht der Acht, sind sehr dankbar, dass so viele von euch heute gekommen sind, auch wenn die schweren Anschläge auf den Illusionsirrgarten nicht nur unter den Trägern meines Landes für ungläubiges Entsetzen gesorgt haben." Er machte eine Pause. „Doch der Terror wird unser Handeln nicht bestimmen, er wird nicht über uns obsiegen. Diese Magischen Magiespiele", seine Stimme schwoll an, „geben uns die Gelegenheit, Einigkeit zu zeigen, denn einig sind wir!" Er reckte die Hand in die Luft und am Himmel erschien das Zeichen der Magischen Magiespiele, das durch acht Kreise in den Sinnesfarben symbolisiert wurde. „Und nun lasst uns den Einzug der ersten Gruppe von Magiebegabten zelebrieren, die dank ihrer erstaunlichen Fähigkeiten für die Golddisziplinen erwählt wurden!" Ein grünes Feuerwerk schoss in den nächtlichen Himmel und ich merkte, wie ich unbewusst den Atem anhielt, als die Lichtfunken über das Firmament zuckten.

Die Fanfaren ertönten wieder und ein schweres, zweiflügeliges Tor aus Eis öffnete sich im unteren Teil des Berges. Zum Klang der feierlichen Musik trat ein junger Magiebegabter hinaus auf die Eisinsel. Er trug eine schlichte weiße Robe und hob grüßend die Hand. Die Sinnträger jubelten und applaudierten, als er die Insel abschritt und sich der Gletscher unter seinen Füßen in fruchtbare Erde verwandelte. Während er den Berg umrundete, wuchsen bunte Blumen und Sträucher auf seinem Weg und der Duft blühender Pflanzen vermischte sich mit dem frischen Geruch nach Schnee.

„Ein Erdmagier. Der tritt sicher bei *Elementarmagie* an", sagte Jaron überzeugt und leckte sich eine Zuckerschneeflocke vom Handrücken.

In diesem Moment kam der nächste Magiebegabte aus dem Eisberg geschossen. Er fuhr einen Streitwagen mit einem Gespann von vier flammenden Pferden und das Publikum jubelte noch lauter, als die brennenden Rösser über das Eis galoppierten und ihre Mähnen und Schweife wie Kometen hinter sich herzogen.

„Feuermagier", sagten Jaron und ich gleichzeitig. Der Magiebegabte parkte seinen Streitwagen neben dem Eingang des Eisberges und neigte huldvoll das Haupt. Als Nächstes kam ein älterer Magiebegabter heraus. Er hatte dichtes graues Haar und faltige Hände, die er graziös in der Luft bewegte. Statt den Berg zu umrunden, blieb er nach wenigen Schritten auf der Eisfläche stehen und schloss konzentriert die Augen. Nebel wallte von der Wasseroberfläche des Meeres empor und verdichtete sich immer mehr.

„Was macht er da?", fragte Ben und ich kniff die Augen zusammen. „Ein Boot", murmelte ich und tatsächlich ballte sich der Nebel zu der Form eines Wolkenschiffes, das vor dem grauhaarigen Sinnträger haltmachte und ihn sanft um die Insel trug.

Kaum hatte er seine Runde unter Applaus beendet, marschierte eine selbstbewusste Sinnträgerin aus dem Eisberg auf die Insel. Sie trug das schwarze Haar streng zurückgebunden und hatte wilde, funkelnde Augen. Die Musik ebbte zu einem leisen Trommelwirbel ab und sie steckte zwei Finger zwischen die Lippen, wobei sie einen schrillen Pfiff ausstieß. Augenblicklich erzitterte der Berg hinter ihr und ein gewaltiger Brocken Eis löste sich krachend von der Seite. Doch bevor er auf der Insel einschlug, veränderte er seine Form und wurde zu einem funkelnden Eisdrachen mit einem langen, schuppigen Körper. Die Magiebegabte lächelte zufrieden, nahm Anlauf und schwang sich auf den Rücken ihres Eisdrachen, der sie mit schnellen Schritten einmal rund um den Berg trug.

Die Zuschauer klatschten begeistert und ich reckte neugierig den Kopf, als der nächste Magiebegabte aus dem Berg gelaufen kam. Er hatte ein fröhliches Gesicht und rannte bis zur Kante der Insel, wo er winkend ins Meer sprang und mit einem lauten Platschen von den Wellen verschluckt wurde.

„Das war einer aus deinem Land, richtig?", sagte Ben trocken zu Jaron, der unsere Eisscholle gefährlich zum Wanken brachte, als er besorgt nach dem Magiebegabten Ausschau hielt.

„Da", sagte ich und deutete auf einen aufgewühlten Fleck im Wasser, wo der Magiebegabte wieder auftauchte. Er lachte aus vollem Hals und reckte beide Arme in die Höhe, während er durch das Meer pflügte. Seine Füße standen sicher auf den Rücken zweier Wunderrobben und die Tiere trugen ihn so schnell einmal um die Insel, dass das Wasser zu beiden Seiten nur so wegspritzte.

„Das ist so fantastisch, wie die das machen", meinte Jaron.

Die sechste Magiebegabte verwandelte sich bei jedem Schritt. Aus dem Berg trat sie als hübsche, schlanke Frau, doch schon beim nächsten Schritt wurde sie zu einem alten Mann, dann zu Gestalter Coel und schließlich zu einem wuscheligen Yeti. Einige Sinnträger schrien auf, andere applaudierten und wieder andere starrten sie - oder ihn - einfach nur stumm an. Als er oder sie ihre Runde beendet hatte, blieb der androgyne Körper gleich, nur das Gesicht wechselte alle paar Sekunden sein Aussehen.

„Wenn das ein Totaa ist, würde ich ihm lieber nicht begegnen", murmelte Ben und ich nickte zustimmend. Und dann - endlich - kam Simeon.

„Simeon!", schrie Jaron und hüpfte vor Begeisterung auf unserer kleinen Eisscholle auf und ab, sodass die Wellen uns die Füße nass machten.

Simeons Gesicht war von ungewohntem Ernst erfüllt und er bewegte die Hände durch die Luft, als würde er einen Türrahmen zeichnen.

„Was macht er da? Pantomime?", fragte Ben und ich musste schmunzeln, obwohl mein Herz vor Aufregung schneller schlug. Nun war dort, wo Simeon seine Bewegungen vollführt hatte, ein schimmernder Rahmen zu sehen, der die Größe eines Ganzkörperspiegels hatte. Simeon ließ die Hände sinken und lächelte zum ersten Mal, bevor er durch den Rahmen trat. Dann winkte er dem Publikum zu und ich riss erstaunt die Augen auf, als ich sah, dass es nun zwei Simeons gab. Einen, der noch immer vor dem schimmernden Rahmen stand, und einen, der bereits hindurchgegangen war.

„Ist das eine Illusion?", fragte Jaron.

„Ich hoffe es", erwiderte Ben trocken. „Noch mehr Versionen von ihm halte ich nicht aus." Ich warf Ben einen Seitenblick zu und sah das leichte Mundwinkelzucken, das seine Worte begleitete.

Simeon stand in der Zwischenzeit noch immer vor dem Rahmen und eine Kopie nach der anderen stieg hindurch und trat ihre Reise rund um den Eisberg an. Es war inzwischen eine ganze Armee von Simeons - ich zählte bislang 37 - und ich lächelte stolz, als die Sinnträger ringsum immer lauter klatschten und jubelten. Schließlich hatte der vorderste Simeon den Körper des Simeons erreicht, der ursprünglich den

Rahmen erschaffen hatte. Er tippte sich selbst leicht auf die Schulter und mit einem lauten Ploppen schnalzten alle 88 Simeons wieder zu einer Person zusammen.

Das Publikum applaudierte begeistert und ich stimmte jubelnd mit ein.

„Oh Mann, war das nicht toll?", rief Jaron.

„Einfach großartig", sagte ich und fixierte die letzte Magiebegabte, die aus dem Berg kam und vor den Augen aller Anwesenden immer weiter verblasste, bis sie vollständig unsichtbar geworden war.

Dann passierte lange Zeit gar nichts und ich spürte, wie die Anwesenden immer unruhiger wurden.

„Meint ihr, sie marschiert noch um den Berg herum?", fragte Jaron vorsichtig, und in dem Moment wurde sie wieder sichtbar und die Musik setzte ein.

„Die sollte an ihrem Spannungsbogen arbeiten", meinte Ben hart.

Dann trat Coel vor und schickte die acht Magiebegabten zu den verschiedenen Inseln, die über lange Gletscherstege miteinander verbunden waren.

Während die Kandidaten zu ihren Inseln gingen, setzten sich die Eisschollen wieder in Bewegung und brachten die Zuschauer dorthin, wo sie es am interessantesten fanden. Dabei fielen Erinnerungskugeln aus Glas wie Schneeflocken vom Himmel. Ich fing eine in der Luft und schaute hinein. Die Kugel zeigte noch einmal den Einzug der ersten Gruppe Magiebegabter und ich steckte sie lächelnd in meine Tasche.

„Ich hoffe, das dauert nicht mehr lange", murrte Ben, als wir vor der Insel mit der Flammenschrift „Beste Erfindung" haltmachten.

Simeon rollte in diesem Augenblick eine große, schwere Kugel durch den Schnee, die mir verdammt bekannt vorkam. Es war dieselbe, die er nach unserer Mission in den Höhlen der Kratzer in die Bibliothek gerollt hatte, weil in seinem Labor nicht mehr genug Platz dafür gewesen war.

„*Disziplin: Beste Erfindung*", ließ sich eine tiefe Stimme vernehmen. „*Simeon aus dem Land des grünen Erstaunens tritt an gegen Fernanda aus dem Land der gelben Wachsamkeit.*"

Interessiert stellte ich mich auf die Zehenspitzen, als ich hörte, dass die Verwandlungskünstlerin, die sich zuvor im Körper eines Yetis gezeigt hatte, auch eine gelbe Trägerin war und ihre beste Erfindung präsentieren würde.

„*Der Beifall der Zuschauer entscheidet. Der grüne Träger Simeon beginnt*", sagte die tiefe Stimme und ein Gong ertönte.

Simeon atmete tief durch und ich merkte an seiner Körpersprache, wie nervös er war.

„Hallo", lächelte er und hob grüßend die Hand. „Ich präsentiere euch heute die Hilf-mir-Kugel." Er deutete auf die schwere Kugel neben sich im Schnee. „Die Hilf-mir-Kugel ist die ideale Begleitung für jede Reise, bei der man in gefährliche Situationen geraten kann. Sie kann je nach Wunsch Wärme oder Kälte abgeben, absorbiert feindliche Magie und kann ihre Größe verändern. Man kann damit schwimmen, man kann darin rollen und man kann darin schlafen."

Er schnippte mit den Fingern und die Kugel rollte los und wurde dabei immer größer.

„Kugel! Kugel mir was zu essen", rief Simeon und die Hilf-mir-Kugel kullerte über die Insel, hüpfte ins Wasser, trieb auf unsere Eisscholle zu und zog Jarons Zuckerschneewolke an. Die Zuschauer lachten, als Jaron nach der Wolke griff, die plötzlich Simeons Kugel folgte und von ihr zum Magiebegabten gebracht wurde.

„Sehr gut", sagte Simeon wie zu einem Hund und strich seiner Erfindung über die Oberfläche. „Und jetzt kugel mal nach frischem Wasser." Die Kugel begann zu dampfen und der Schnee rund um sie schmolz zu einer Pfütze zusammen. Einige Sinnträger applaudierten und Simeon verbeugte sich.

Auf den anderen Inseln ringsum waren die Magischen Spiele ebenfalls in vollem Gange und ich sah, wie die Magiebegabten mit den verschiedenen Elementen experimentierten.

Simeon führte nun vor, wie man die Kugel öffnen und darin ein Nickerchen einlegen konnte, während Ben neben mir vernehmlich gähnte.

Als Nächstes trat Fernanda, die gelbe Verwandlungskünstlerin, vor, die einen Maximierungshandschuh erfunden hatte.

„Ein Fingerzeig", zischte sie mit heiserer Stimme, „und alles, was klein ist, wird groß." Sie deutete mit dem Handschuh auf ein vorbeischwebendes Feuer und die Flammen loderten wild in die Höhe. Simeon prallte überrascht zurück und stieß dabei gegen seine schwere Kugel, die langsam auf Fernanda zurollte. Die Magiebegabte sprang erschrocken zur Seite und richtete ihren Handschuh dabei versehentlich auf das Meer. Im nächsten Moment wuchs ein riesiger Kopf aus den Fluten und die Sinnträger auf den Eisschollen schrien entsetzt auf.

„Was ist das?", rief Jaron und wich bis an den Rand unserer Eisscholle zurück.

„Eine Wunderrobbe", antwortete ich gepresst. „Besser gesagt, eine Riesenwunderrobbe."

Fernanda quiekte beim Anblick des riesenhaften Kopfes und drückte hektisch auf ihrem Maximierungshandschuh herum.

„Wir müssen hier weg", schrie Ben, als die Robbe, die nun die Größe eines Wales hatte, untertauchte und das Wasser damit so aufwühlte, dass die Eisschollen wild aneinander krachten. Simeon sprang in seine Hilf-mir-Kugel und rollte damit ins Meer, um einen Schiffbrüchigen zu retten. Das Nächste, was ich sah, war eine riesige Welle, die auf uns zurollte und über uns zusammenschlug.

Das Wasser drückte mich von der Eisscholle und ich bemühte mich, nicht komplett die Orientierung zu verlieren, während mich die Welle von Ben und Jaron trennte.

Hektisch strampelte ich mit den Beinen und versuchte, an die Wasseroberfläche zu kommen, als ich eine neue Eisscholle spürte, die sich unter mich schob und wie ein Rettungsfloß zur nächsten Eisinsel brachte.

Das Land des Erstaunens war wirklich erstaunlich hilfsbereit und ich krabbelte erleichtert in den Schnee, wo ich mir die nassen Haare aus dem Gesicht strich und für einen Moment keuchend liegen blieb. Ein Blick über das Meer und zu den anderen Inseln zeigte mir, dass die Riesenrobbe inzwischen wieder auf normale Wunderroben-Größe geschrumpft war und die Eisschollen dabei waren, die schiffbrüchigen Sinnträger wieder aus dem Wasser zu fischen.

Wo war ich gelandet? Über mir leuchtete die Flammenschrift „Magie und Nahkampf" und ich hörte, wie jemand über einen der Verbindungsstege auf die Insel kam und neben meinem Kopf stehen blieb.

„Wächterin. Sag bloß, du bist hier, um mich anzufeuern?", fragte eine rauchige, weibliche Stimme und ich verdrehte innerlich die Augen. „Na klar", murmelte ich und kam auf die Beine.

Tara stand mir in einem roten Outfit gegenüber und lächelte tiefgründig, als sie ihre Augen über meinen Aufzug schweifen ließ. Zugegeben, mit meinen nassen Haaren und den schlotternden Knien war ich aktuell wirklich keine ernst zu nehmende Gegnerin.

Langsam beugte sie sich etwas vor, sodass mir der Duft ihrer blonden Haare in die Nase stieg. „Dann sieh mal, wie ich Trägerinnen, die sich mir in den Weg stellen, aus dem Weg räume", raunte sie mir zu, bevor sie sich umdrehte und hüftschwingend zum Kampfplatz marschierte.

Dort stand Lydia, mit der ich damals zur Wächterprüfung angetreten war. Die rote Wächterin mit dem schmalen, hart geschnittenen Gesicht und dem sportlichen Körperbau zeigte kein Erkennen, als sie mir direkt in die Augen blickte. Stattdessen schien sie ganz auf den Kampf fokussiert zu sein, der sie nun erwartete.

Immer mehr gestrandete Sinnträger krabbelten währenddessen von ihren Rettungsschollen auf die Insel und wärmten sich an den magischen Feuern. Ich ging ebenfalls zu einer Flamme, die aus dem Eis emporloderte, und hielt die Hände darüber.

Gerade als ich Ben entdeckte, der ebenfalls zur „Magie und Nahkampf"-Insel gebracht worden war, begann der Kampf zwischen Tara und Lydia.

Ich hatte eigentlich keine Lust, den beiden zuzusehen, aber die Neugier siegte. Lydia hatte die Magie genutzt, um ihre Reflexe zu erhöhen, und ihre Bewegungen waren so schnell, dass ich sie nur als wirbelnden Schemen wahrnahm. Tara hingegen hatte einen magischen Schutzschild erschaffen, der die meisten Angriffe der Wutträgerin wirkungslos abprallen ließ. Als es so aussah, als ob keine der beiden einen Vorteil erringen könnte, nutzte Tara eine Lücke in Lydias Verteidigung für einen gut platzierten Tritt. Die Wutträgerin taumelte nach hinten und Tara setzte ihre schwarze Fähigkeit ein, um Lydias Magie zu stören. Ab da war es für sie ein Kinderspiel, den Kampf für sich zu entscheiden, und sie schrie triumphierend, als der Kampfrichter verkündete: „Der Sieg geht an die schwarze Trägerin Tara. Sie erringt 8 Punkte und qualifiziert sich für die nächste Runde in *Magie und Nahkampf*."

Tara strahlte über das ganze Gesicht und blickte sich suchend um. Als sie Ben unter den Zusehern entdeckte, lief sie direkt auf ihn zu, schlang beide Arme um seinen Hals und küsste ihn auf den Mund. Ich stand noch immer neben meinem Feuer und starrte die beiden an. Und obwohl mir eine Stimme sagte, dass es besser wäre, woanders hinzusehen, tat ich es nicht.

„Wunderbare Nacht, nicht wahr?" Die Ironie in der Stimme war unverkennbar und ich riss meinen Blick von Tara und Ben los und richtete meine Aufmerksamkeit auf die Sinnträgerin hinter mir. Thaya stand auf einer Eisscholle, die sanft im Meer schaukelte, und hielt den magischen Kompass fest umklammert. Die Trauerträgerin sah erschöpft aus und ich streckte ihr die Hand entgegen, um sie auf die Insel zu ziehen.

„Thaya", sagte ich besorgt, „ich habe vorhin versucht, dich zu erreichen. Geht es dir nicht gut?"

Sie sah wirklich nicht gut aus. Ihre Haut wirkte wächsern und bleich und sie hatte tiefe Ringe unter den

Augen.

Thaya schüttelte den Kopf. „Nein, Lee, es geht mir nicht gut", flüsterte sie und sank direkt neben dem Feuer, das mich gewärmt und getrocknet hatte, in den Pulverschnee.

„Was hast du?", fragte ich und dachte, dass es ihr schon länger nicht wirklich gut zu gehen schien.

Thaya zuckte mit den Schultern. „Ich kann nicht schlafen. Und deshalb bin ich die meiste Zeit so unerträglich müde. Als ihr nicht in die Bruderschaft gekommen seid, wollte ich einfach nur nach Hause, um mich auszuruhen, aber die magischen Portale haben mich stattdessen hierher transportiert. Und als ich dann hier war", sie lächelte mich bitter an, „hat der hier ausgeschlagen." Thaya streckte mir den Kompass entgegen.

Die Nadel zeigte direkt auf Tara, die soeben vom Kampfrichter eine Kugelfackel mit dem magischen Feuer der Spiele überreicht bekam, um sie weiterzutragen.

Irritiert drehte ich den Kompass um und fuhr mit den Fingerspitzen über die feine Gravur. *Ihr habt euer Ziel erreicht*, stand da.

„Wir haben unser Ziel erreicht? Was soll das heißen? Ist hier bei den Magischen Spielen eine Schatulle versteckt?", flüsterte ich Thaya zu, die anscheinend nur mit Mühe die Augen offen halten konnte.

„Ich weiß es nicht", flüsterte sie und befeuchtete sich die trockenen Lippen mit der Zunge. „Ich weiß nur, dass es mir nicht gut geht. Ich kann mich nicht weiter um den Kompass kümmern, mir ist das alles zu viel. Verstehst du? Ich habe das Gefühl, es ist wie dam…"

„Es ist wie … was?", hakte ich nach.

Thaya fuhr sich mit den feingliedrigen Fingern über

die Augen. „Nichts", sagte sie schnell. „Ich brauche einfach eine Pause, das ist alles."

Tara lief in der Zwischenzeit mit einem entrückten Lächeln im Gesicht über den Verbindungssteg zur nächsten Insel und ich beobachtete, wie die Kompassnadel ausschlug und weiterhin die Ekelträgerin fixierte.

„Verdammt", murmelte ich und setzte mich in Bewegung. „Kann ich dich hier alleine lassen?", fragte ich rasch über die Schulter.

Thaya nickte schwach. „Ich bin gern allein", flüsterte sie und diesmal war ich mir nicht sicher, ob sie es ironisch meinte oder nicht.

Mit dem Kompass in der Hand pirschte ich mich näher an Tara heran. In Wahrheit war die Reisende so ziemlich der letzte Sinnträger, bei dem ich sein wollte, aber der Kompass zeigte so unbeirrbar auf die Ekelträgerin, dass mir keine andere Wahl blieb.

In meinem Kopf ratterte es. Der einzige Ort, an dem die Schatulle versteckt sein konnte, war die brennende Kugelfackel, die am magischen Feuer der Spiele entzündet worden war. Soviel ich wusste, waren die acht Kugelfackeln nur während der Magischen Spiele in Verwendung, was bedeutete, dass heute die Gelegenheit war, die Schatulle zu bergen.

Tara hatte den eisigen Verbindungssteg zur Insel mit dem Souvenirmarkt schon beinahe überquert, als ich mir ein Herz fasste und sie an der Schulter antippte.

Berauscht drehte sie sich zu mir um und meine geschenkten Erinnerungen verrieten mir, dass die Kugelfackeln ihre Träger an dem Glücksgefühl aller vorangegangen Sieger teilhaben ließen. Vielleicht konnte ich mir ihre ungewohnt gute Stimmung ja zunutze machen.

„Hey", sagte ich und schielte auf das magische Feuer der Spiele in ihrer Hand. „Ich wollte dir nur zu deinem Sieg gratulieren."

Tara lachte laut auf und ich fühlte bei dem gehässigen Tonfall eine starke Welle der Antipathie über mich rollen.

„Darf ich die Kugelfackel auch mal halten?", meinte ich trotzdem freundlich und nickte auf das magische Feuer in ihrer Hand. Ich hasste es, sie das zu fragen, aber die Bücher der Macht waren wichtiger als meine Abneigung.

Tara zog den Arm automatisch zurück und schüttelte den Kopf.

„Bist du wahnsinnig? Gewinn du erst mal einen Kampf – was nie passieren wird."

„Ich bitte dich nochmal", sagte ich mit meiner besten Deeskalationsstimme. „Ich möchte nur einen kurzen Blick auf die Feuerkugel werfen, du bekommst sie danach sofort zurück. Es ist wichtig."

Taras schwarz geschminkte Augen huschten von ihrem magischen Feuer zu meinem Wächterstab und zurück.

„Vergiss es", sagte sie mit ihrer rauchigen Stimme.

„Wenn du meinst", erwiderte ich und wusste nicht, was ich tun sollte – außer spontan nach meinem Wächterstab zu greifen. Mit einem summenden Geräusch schloss ich eine Wächterkugel um das magische Feuer in Taras Hand und bewegte beides in meine Richtung.

„Hey!", schrie Tara und versetzte mir einen Stoß vor die Brust. Damit hatte ich nicht gerechnet und meine Wächterkugel zerplatzte. Tara schnappte sich das Feuer, machte auf dem Absatz kehrt und rannte über den Verbindungssteg zur Insel.

Es war irgendwie absurd, Tara hinterherzurennen, die

eine Feuerkugel vor mir beschützte, als wollte ich ihr das Kind wegnehmen, aber ich tat es. Wir rannten durch den Souvenirmarkt, an den schreienden Eisskulpturen und den Schneemännern vorbei, an den Iglus und den Zuckerwolken-Verkäufern vorbei, bis zu dem Eislaufplatz.

Ein paar Mal hatte ich versucht, Tara in eine Wächterkugel zu sperren, aber sie war so schnell in der Menge untergetaucht, dass ich jedes Mal einen fremden Sinnträger erwischt hatte, und da ich mir vorstellen konnte, dass das nicht Quirins Auffassung einer „unauffälligen Vorgangsweise" entsprach, steckte ich meinen Stab zurück an die Hüfte. Tara schlitterte gerade um eine Kurve, stolperte über eine Schneeverwehung und fiel der Länge nach hin. Ich sah, wie ihr die magische Kugelfackel aus den Händen glitt und über den Eislaufplatz kugelte, auf dem gerade ein Pärchen einen gemeinsamen Tanz darbot. Taras und meine Augen trafen sich für den Bruchteil einer Sekunde, bevor wir uns gleichzeitig auf die Eisfläche stürzten.

Ich hatte damit gerechnet, dass es rutschig werden würde. Ich hatte damit gerechnet, dass wir von den Zuschauern eventuell ausgepfiffen werden würden. Womit ich nicht gerechnet hatte, waren die einsetzende Musik und das Bedürfnis, zu tanzen.

„Fuck!", schrie Tara und drehte dazu eine anmutige Pirouette.

Ich versuchte, zu der Feuerkugel zu gelangen, die noch immer über das Eis kullerte, aber meine Beine wollten mir nicht gehorchen. Denn statt so schnell wie möglich über das Eis zu sprinten, zwang mich die Magie der Eisfläche dazu, zu tanzen. Der einzige Trost bestand darin, dass es Tara nicht besser ging.

„Und hier haben wir zwei Sinnträgerinnen, die es offenbar gar nicht erwarten konnten, aufs Eis zu kommen!", hallte eine sympathische Stimme magisch verstärkt über den Platz. „Kommt, Leute, lasst sie uns mit einem herzlichen Applaus willkommen heißen!"

Die Zuschauer klatschten und ich breitete die Arme aus und hob das linke Bein mit gestrecktem Knie an, während ich mit dem rechten Fuß über das Eis glitt. Taras Augen blitzten mich hasserfüllt an, und sie wirbelte in einer Grazie über das Eis, dass ich die Zähne zusammenbiss. Das Publikum jubelte ihr zu und ich fand es einfach nur furchtbar, dass sie nicht nur kämpfen, sondern auch noch eistanzen konnte. Das klassische Orchester passte sich unseren Bewegungen an, wurde drängender und stürmischer, und ich ließ mich einfach von der Musik tragen, ließ die Magie des Eislaufplatzes durch mich hindurch fließen und gab mich ganz dem Tanz hin. Meine Arme streckten sich graziös nach oben, meine Beine glitten über die schimmernde Fläche und ich tanzte und sprang über das Eis, wie ich es mir niemals zugetraut hätte. Die Menge klatschte und johlte und es begann, mir Spaß zu machen. Mit jeder Drehung und jedem Sprung rückte die magische Kugelfackel der Spiele näher in meine Reichweite, und als ich sie schon fast erreicht hatte, flammte Taras schwarze Gesichtszeichnung auf und sie erschuf einen Mondlichttunnel mitten über dem Platz. Lauter Jubel brach in den Zuschauerreihen los, als sich ihre nachtschwarzen Schwingen entfalteten und sie wie ein dunkler Engel in die Lüfte schoss. Ich beobachtete, wie sie zuerst hoch in den Himmel schraubte, dann die Flügel eng anlegte und im Sturzflug zurück auf die Eislauffläche schoss. Das Publikum hielt den Atem an, als sie im letzten Moment ihre Schwingen entfaltete, den Sturz damit abfing und die leuchtende Feuerfackel mit beiden Händen aufhob und eng an ihren Körper presste.

Begeisterter Beifall brandete auf und Tara hielt feierlich die Arme in die Höhe, während ich frustriert und ohne Feuerfackel vom Eis glitt.

„Scheint nicht dein Tag zu sein", sagte eine tiefe Stimme hinter mir und ich hatte genug davon, diese Stimme zu hören, ich hatte genug davon, mich mit ihm zu unterhalten, ich hatte einfach genug.

„Deine Freundin ist in Besitz einer silbernen Schatulle", sagte ich brüsk und hielt Ben den magischen Kompass unter die Nase. „Siehst du?"

Tara war inzwischen auf der anderen Seite des Eislaufplatzes gelandet und betrachtete mich voller Genugtuung.

Im nächsten Moment spürte ich einen eisernen Griff um meinen Oberarm. Verärgert fuhr ich herum und blickte in Jespers stahlblaue Augen, die mich verdammt wütend anblitzten.

„Stimmt es, dass du hier vor wenigen Minuten wahllos Sinnträger in deine Wächterkugel gesteckt hast?", zischte er mir zu, ohne seine Finger zu lockern. „Hast du überhaupt eine Ahnung, was es heißt, sich unauffällig zu verhalten?"

Ich schüttelte ihn mit einer heftigen Bewegung ab und funkelte nicht minder wütend zurück.

„Sie hat eine Schatulle", fauchte ich. „Und so nah wie heute Nacht kommen wir ihr erst wieder in acht Jahren!"

„Spar dir die Worte", meinte Ben zu mir und musterte Jesper abfällig von oben bis unten. „Der Wutträger scheint heute etwas Besseres vorzuhaben."

Jesper, dessen Beschützeruniform hochpoliert war und der wirkte, als wäre er auf einer anderen Mission, ballte die Fäuste. „Hüte deine Zunge, Reisender. Ich habe mich als Wutgestalter beworben und wenn ich erst zur Macht der Acht zähle, wirst du es bereuen, mich herausgefordert zu haben."

In dem Moment blinkten unsere Notfallbroschen weiß auf. Caprice? War sie in Gefahr? Ohne lange zu überlegen, drückte ich auf die Brosche und wurde direkt zu Caprice befördert. Jesper folgte mir einen Herzschlag später. Wir befanden uns auf derselben Insel, auf der Tara gegen Lydia gekämpft hatte, und Thaya lag im Schnee. Ihr ganzer Körper zitterte und ihre geschlossenen Augen zuckten wie wild. Neben ihr kniete Caprice und sah verwirrt zu uns auf.

„Was hat sie?", fragte Jesper barsch und ließ seine Augen über die Umgebung schweifen, als ob jeden Moment ein Totaa von einer Eisscholle springen würde.

„Keine Ahnung", antwortete Caprice. „Ich habe sie hier im Schnee sitzend gefunden. Sie war desorientiert, und als ich sie fragte, was los sei, wurde sie besinnungslos und ich habe das Notsignal abgesetzt."

In diesem Augenblick hörte Thaya zu zittern auf und öffnete die Augen. „Wo bin ich?", flüsterte sie leise und blickte sich verwirrt um.

„Noch immer bei den Magischen Magiespielen", antwortete ich ruhig und half ihr, sich aufzusetzen. Thaya verzog das Gesicht und griff sich an die Stirn.

„Du hast Schmerzen", stellte ich fest.

„Nein, es ist nichts", widersprach sie unwirsch, aber ihre Stimme verriet sie. Ich kannte die Anzeichen, ich wusste, wie es sich anfühlte, nach einigen Momenten der Bewusstlosigkeit mit quälenden Kopfschmerzen zu erwachen.

„Thaya." Ich sah ihr direkt in die Augen. „Ich kenne diese Symptome. Hast du etwas gesehen?"

Ihre Augen füllten sich mit Tränen und ihre feinen Linien begannen blau zu glimmen. „Kannst du mich nicht einfach in Ruhe lassen?", fauchte sie mich an.

Ich schüttelte den Kopf. „Du hast Visionen, gib es zu."

Jesper sah mich ganz seltsam an und wandte dann schnell den Blick ab. Ich wollte mir über ihn nicht auch noch Gedanken machen und konzentrierte mich auf die Trauerträgerin.

Thaya schluckte. „Ich weiß nicht, ob es Visionen sind. Ich habe keine Ahnung, was es ist. Aber ich habe eine weiße Vertrauensträgerin gesehen. Ich habe das Gefühl, dass sie eine Spionin ist, aber ich weiß nicht, woher ich dieses Gefühl habe. Ich …", sie schloss kurz die Augen, „ich habe keine Ahnung, was das bedeuten soll."

Jaron reagierte nun mit einiger Verspätung auch auf das Signal und schleckte sich die fettigen Finger ab. „Alles okay bei euch?", fragte er.

Ich ignorierte ihn und nahm Thaya bei den Schultern. „Hast du sonst noch etwas gesehen? Bitte denk nach. Wenn du Visionen hast, kann jedes Detail wichtig sein, sie könnten uns in unserer Buchsuche auch weiterhelfen."

Thaya zögerte und senkte den Blick in ihren Schoß. Dann sagte sie stockend und leise:

Nur jene, die an die Tage als Mensch sich binden,
werden würdig sein, das flunkernde Buch zu finden."

Trag diese Seiten in dein früheres Leben,
und du findest das Schwarze Buch von Eden.

„Was sagst du da?", flüsterte ich.

Thaya schaute mich mit einem leichten Anflug von Trotz in ihrem hübschen Gesicht an. „Das habe ich in meiner Vision gesehen. Diese Zeilen." Ihre Atemfrequenz beschleunigte sich beinahe unmerklich, als sie das sagte, und ich hatte das untrügliche Gefühl, dass sie log.

Jespers Augen leuchteten auf.

„*Trag diese Seiten in dein früheres Leben, und du findest das Schwarze Buch von Eden*", wiederholte er. „Du sagst damit, wir müssen das Tagebuch von Perxes in die andere Welt bringen, um das Schwarze Buch der Macht zu finden!"

Thayas Augenlider flattern. „Ich weiß es nicht", erwiderte sie heftig. „Ich habe nur diese Zeilen gesehen, ich verstehe ihre Bedeutung nicht. Und ich sehe immer nur diese weiße Spionin", fuhr sie erschöpft fort. „Sie war eine schöne Frau, entschlossen, für ihr Land zu kämpfen. Ihre grauen Augen waren kalt und sie war sich sicher, das Richtige zu tun, als sie den dürren Angstträger betrog. Sie wusste, was sie tat, und sie tat es aus tiefster Überzeugung … Ich bewunderte sie, hatte aber auch Angst vor ihr. Ihr Gesicht war schmal, ihre Augen kalt …"

Mit diesen Worten fielen ihr die Augen zu und sie verlor abermals das Bewusstsein. Caprice schüttelte den Kopf und zog ihren weißen Würfel hervor.

„Ich lasse sie zur Beobachtung ins Weiße Sanatorium bringen", murmelte sie und berührte drei Flächen des Würfels. Kurz darauf verschwand Thaya in einem weißen Blitz.

„Die Trauerträgerin mag ihre eigene Vision nicht verstanden haben, aber ich verstehe es", knurrte Jesper. „Und ich erledige das jetzt." Der Beschützer sah sich suchend um. „Du!" Sein ausgestreckter Finger zeigte auf

Jaron. „Wir beide holen jetzt das Tagebuch und folgen dem letzten Hinweis."

„Ich?" Jarons Gesicht begann zu strahlen und seine orangefarbenen Linien leuchteten hell auf. „Ich wollte schon immer in die Menschenwelt!"

„Dann lass uns keine Zeit verlieren." Ohne uns anderen eines Blickes zu würdigen, packte er den Freudeträger und verschwand mit langen Schritten zum nächsten magischen Portal.

„Die funktionieren doch nicht!", rief ich ihm nach.

„Für einen Beschützer schon", knurrte Jesper über die Schulter.

„Der hat's aber plötzlich eilig", erklang Bens dunkle Stimme neben uns, der ebenfalls über das Notsignal der Brosche hierher gereist war.

„Thaya hat den letzten Hinweis aus Perxes' Tagebuch entschlüsselt", informierte ihn Caprice mit zusammengekniffenen Augen. „Wo warst du überhaupt? Und was hast du da hinter deinem Rücken?"

Ben zuckte mit den Achseln. „Ach nichts. Nur die magische Kugelfackel von Tara."

Ich glaubte, meinen Ohren nicht zu trauen. „Sie hat sie dir einfach so gegeben?"

Bens Mundwinkel zuckte. „Ich habe nett gefragt. Vielleicht hättest du das auch tun sollen, statt dich mit ihr beim Eistanzen zu battlen."

Ich schnaubte, weil ich nicht daran denken wollte.

„Hier", sagte Ben und warf mir die Kugelfackel in den Schoß. Das magische Feuer verbrannte mich nicht und ich spürte ein unbändiges Gefühl des Erfolgs durch mich rauschen. Selbstsicher tastete ich die Kugelfackel sorgfältig ab, bis ich eine kleine Vertiefung gefunden hatte. Ich drückte dagegen und sie klappte auf. Im

Inneren lag eine winzige silberne Schatulle, und als ich sie hervorzog, wuchs sie in meiner Hand, bis sie die Größe der anderen Schatullen erreicht hatte.

Lächelnd drückte ich sie an mich. Danach verschloss ich die Kugel wieder und gab sie Ben zurück.

„Danke", murmelte ich und stand rasch auf. „Bringst du die Schatulle bitte zur Bruderschaft?"

„Und was machst du?"

„Ich werde ins Vertrauensland reisen", erklärte ich und machte eine kurze Pause, in der ich an meine Visionen dachte. „Thaya hat eine weiße Spionin in ihrer Vision gesehen - und das nicht zum ersten Mal. Hier steckt mehr dahinter, die Visionen wollen uns etwas sagen."

Erstaunlich, phantastisch und verrückt – die Einzüge und Wettkämpfe der magischen Athleten waren wieder einmal nicht nur überraschend, sondern absolut magisch!

Meine Freunde, die 88. Magischen Magiespiele sind nun leider zu Ende gegangen.
Und was soll ich sagen?

Es war ein Event der Spitzenklasse, mit überraschend hoher Zuschauerquote! Die Crème de la Crème an Magiebegabten durfte sich in einem zauberhaften Setting beweisen, denn unter dem Motto „Feuer & Eis" hatte Gestalter Coel zu den Magischen Magiespielen aufgerufen. Trotz Terrordrohungen der Totaa verliefen die Spiele in gewohnt fantastischer Manier – und natürlich mit dem einen oder anderen Zwischenfall.
Aber was wären die Magischen Spiele, wenn nicht Riesenwunderrobben, feuerspeiende Eisdrachen und Schneebomben für Überraschung sorgten? Richtig!
Es wären nicht die Magischen Magiespiele.

Bei den 88. Magischen Magiespielen konnten in den Golddisziplinen folgende Magiebegabte ihrem Land Ehre und Ruhm einbringen und den Zusehern überraschend magische Momente bescheren:

Disziplin experimentelle Magie:
schwarze Trägerin mit dem Namen Zara
Disziplin Elementarmagie:
blaue Trägerin mit dem Namen Paradia
Disziplin Verwandlungsmagie:
gelber Träger mit dem Namen Adrian
Disziplin Erfindungsreichtum:
grüner Träger mit dem Namen Simeon

Aus: Oktaeder-Beitrag des grünen Trägers Mayan, „Die 88. Magischen Magiespiele – Magie, was sonst?"

Kapitel 15

Caprice warf mir einen feindseligen Blick zu, als sie auf die gläserne Brücke trat. „Wir sollten uns um die Bücher der Macht kümmern, wir sollten nicht irgendwelchen Visionen hinterherrennen."

„Die Visionen haben ihre Berechtigung", entgegnete ich müde und rieb mir über die Augen.

„Aber wieso?", fragte sie streng und entfernte mit spitzen Fingern ein dunkles Haar von ihrem weißen Anzug, als würde sie sich eines Parasiten entledigen. „Nur weil Thaya irgendwelche Halluzinationen hat, müssen wir von unserer Mission ablassen und ins Ministerium reisen."

Meine Augen verengten sich. „Ich dachte, es würde dir Freude bereiten, dein Ministerium zu besuchen."

Sie schnaubte. „Es würde mir Freude bereiten, wenn wir endlich unsere Aufgabe erfüllen würden. Meine Dienste werden im Weißen Sanatorium gebraucht, *ich* habe nicht die Zeit, irgendwelchen Hirngespinsten nachzujagen."

„Die Visionen sind keine Hirngespinste", gab ich zurück. „Ich hatte selbst welche. Und sie haben Ben und mir geholfen, die Totaa dingfest zu machen."

Caprice warf mir mit ihren grauen Augen einen Blick zu, als müsse sie mich gleich ins Weiße Sanatorium einliefern lassen.

Es nervte mich. Es nervte mich, mich vor ihr wegen meiner Visionen zu rechtfertigen. Es nervte mich, dass Thaya Visionen hatte und ich keine mehr. Es nervte mich, dass ich gegen Tara verloren hatte. Es nervte mich, dass sie Ben hinstellte, als wäre er ein Halbgott. Und es nervte mich, jetzt mit Caprice durch das weiße Land zu reisen, nur weil sie besondere Beziehungen zum Ministerium des Vertrauens unterhielt und sich hier am besten auskannte.

Alles nervte mich.

Ich ließ meinen Blick über die gläserne Brücke schweifen. Unter unseren Füßen sprangen Fische mit silbrig glitzernden Schuppen in die Luft und drehten sich einmal um ihre eigene Achse, um dann wieder im Wasser unterzutauchen. Der weiße Fluss führte direkt zur Stadt der Zuversicht und teilte sich dann in zwei Ströme, die die Stadt rechts und links umflossen.

Das Mondlicht brach sich in den funkelnden Dächern der mehrstöckigen Häuser, die durch gläserne, tunnelartige Röhren verbunden waren. Sinnträger konnten so problemlos von einem Anwesen zum nächsten gelangen, denn sie verliefen wie Brücken von den oberen Etagen zu den gegenüberliegenden Stockwerken der anderen Häuser und bildeten so ein weitläufiges Netzwerk über die ganze Stadt.

Im Zentrum der Stadt ragte ein riesiger weißer Berg in die Höhe, auf dem das Ministerium des Vertrauens thronte. Es erinnerte mich an ein Märchenschloss aus der anderen Welt. Das Bauwerk wurde von zahlreichen Lichtsteinen sanft beleuchtet und bestand aus vielen weißen Türmchen und Zinnen mit zarten Balkonen und filigranen Skulpturen.

„Die gläsernen Übergänge, die du vor dir siehst, bilden ein Netzwerk innerhalb der Stadt. So kann man auf schnellstem Weg zu jedem einzelnen Bau gelangen", erklärte Caprice und strich sich ihre dunklen, kinnlangen

Haare zurecht, die im Licht des blauen Mondes bläulich schimmerten. „Natürlich können sie auch verschlossen werden. Nicht jeder Vertrauensträger ist derart gutherzig, dass er jederzeit irgendwelche Bekannte und Unbekannte bei sich begrüßen möchte."

Das glaubte ich ihr gern und ging davon aus, dass Caprice' Tür immer verschlossen blieb.

„Wir müssen einmal quer durch die Stadt, um das Ministerium zu erreichen", fuhr sie fort. „Am schnellsten ist es, wenn wir die Straßen nehmen. Auch wenn du die Behausungen der Vertrauensträger sicherlich interessant findest, haben wir keine Zeit, sie uns genauer anzusehen."

„Keine Sorge, mein Interesse für die Behausungen der Vertrauensträger hält sich in Grenzen", entgegnete ich und fragte mich, wie Caprice auf so eine Idee kam. Schließlich hatte ich auf der Suche nach den Lichtsteinen schon genug Zeit im Vertrauensland verbracht.

Caprice marschierte mit schnellem Schritt durch die verwinkelten Gassen und ich folgte ihr. Es hielten sich tatsächlich kaum Sinnträger auf den Straßen auf, weil fast alle weißen Träger die Übergänge benutzten. Deshalb kam es in den durchsichtigen Röhren über unseren Köpfen auch zu dem einen oder anderen Stau, den die Vertrauensträger friedlich lächelnd regelten.

„Ich dachte, jetzt, wo du auf der Suche nach einer neuen Unterkunft bist", bemerkte Caprice beiläufig und bog nach links ein, „sind die Häuser hier sicher von Interesse für dich."

Ich hob eine Augenbraue. „Wie kommst du zu dieser Annahme?"

„Nachdem der Ekelträger und du nicht mehr zusammen seid, wirst du wohl ausziehen wollen." Unmerklich huschte ein kleines Lächeln über ihre dünnen Lippen.

Ich runzelte die Stirn. Woher kam Caprice' plötzliches Interesse an meinem Privatleben? Oder lag es an Ben? Ging es um ihn?

„Wie du schon festgestellt hast, wollen wir *alle* die Aufgabe der Bruderschaft so schnell wie möglich erledigen und die Bücher finden. Keiner von uns hat also die Zeit, sich eine neue Unterkunft zu suchen", erklärte ich knapp und als ihr Mund sich kurz verzog, huschte ein knappes Lächeln über meine Lippen.

Ein magischer Lift brachte uns vom Fußende des Berges nach oben auf das Plateau, auf dem das weiße Ministerium lag. Es war wunderschön anzusehen. Seine Türme waren mit funkelnden Metallen vergoldet und auf den Dachspitzen flatterten die weißen Fahnen mit dem Symbol der heilenden Hand.

Es wunderte mich nicht, dass keine Wachen am Eingang postiert waren. Die Vertrauensträger vertrauten wahrscheinlich darauf, dass ihnen nichts Böses widerfahren würde. Ich schmunzelte leicht.

Caprice bedachte mich mit einem kurzen Seitenblick und straffte dann die Schultern. „Natürlich sind im Ministerium der Wachsamkeit überall Wächter postiert. Aber nur, weil das weiße Ministerium nicht über Torposten verfügt, heißt es nicht, dass es Feinden gegenüber schutzlos ausgeliefert ist", sagte sie, als wäre ich ihr irgendwie auf die Füße getreten. „Das Ministerium des Vertrauens verfügt über die mächtigsten Zauber, was Schutz und Sicherheit anbelangt."

„Was für Zauber?"

„Das wirst du schon noch sehen", erwiderte sie vielversprechend und wir gingen durch ein riesiges Tor mit weißen ornamentähnlichen Verzierungen und traten in einen langen weißen Arkadengang, auf dem uns einige Sinnträger entgegenkamen. Hauptsächlich waren es weiße Träger, deren Gesichtszeichnungen vertrauensvoll glommen.

„Die Abteilung, in die wir müssen, ist die Spionageabteilung", erklärte Caprice, als wir durch eine prunkvolle Tür in einen langgezogenen Saal gelangten, in dem sich die Träger nur so tummelten – es schien sich um einen Knotenpunkt des Ministeriums zu handeln. Von hier aus führten etliche weiße Marmortreppen in höher- und tieferliegende Geschosse.

Caprice schielte auf ein gläsernes Schild, das in der Mitte des Raumes schwebte und auf dem zahlreiche Namen und Stockwerke der verschiedenen Abteilungen aufleuchteten, die sich wie bei einer Fluganzeigetafel ständig änderten. Da gab es die Behörde für Wirtschaft und Integration im Stockwerk 4, Gang 3, die Abteilung für Wissenschaft, Forschung und Gleichstellung befand sich im Stockwerk -2, Gang 5, die Behörde für Stadtentwicklung und Wohnen war im Stockwerk 1, Gang 0 anzufinden, die Kulturbehörde war im Stockwerk -3, Gang 6, die Abteilung für Umwelt und magische Energie …

Mir begann der Kopf zu schwirren, als ich die unzähligen Namen der Abteilungen las, und war erstaunt – denn irgendwie hatte ich mir das Vertrauensministerium weniger bürokratisch vorgestellt.

„Ich weiß", sagte Caprice selbstgerecht, als könne sie meine Gedanken lesen, „Außenstehende sind immer wieder überrascht, wie korrekt und umfassend das Ministerium des Vertrauens arbeitet. Die meisten gehen davon aus, dass die weißen Träger nur darauf vertrauen, dass sich alles von alleine regelt. Das ist ein weitverbreiteter

Irrtum." Sie nickte einem dürren Vertrauensträger zu, der hektisch eine weiße Treppe nach unten rannte.

„Joost ist ein sehr gewissenhafter Sinnträger, der weiß, dass Vertrauen nicht mit Naivität gleichzusetzen ist. Vertrauen muss nicht bedeuten, jeder noch so zwielichtigen Gestalt alles abzukaufen und planlos durchs Leben zu treiben, Vertrauen bedeutet vor allem Stärke und den Glauben an sich selbst. Natürlich gibt es einige Spinner, die sich in Wäldern vom Baum schmeißen und darauf vertrauen, dass sie jemand auffängt. Aber diese Spinner gibt es in jedem Land. Auch im Land der Wachsamkeit." Sie lächelte mir kurz zu.

„Wie gut bist du mit Gestalter Joost bekannt?", fragte ich.

„Wieso willst du das wissen?" Ihre grauen Augen verengten sich und ich musste mich beherrschen, damit sich mein Wachsamkeitslicht nicht aktivierte. Warum reagierte sie derart auf meine Frage?

„Du hast ihn doch gerade selbst erwähnt."

„Ich kenne ihn, wie man den Gestalter seines Landes eben kennt", erwiderte sie und strich sich ihren schwarzen Bob zurecht. Dann warf sie einen Blick auf die schwebende Anzeigetafel.

„Die Spionageabteilung befindet sich heute im 3. Stock", sagte sie. „Lass uns also keine weitere Zeit vergeuden und folge mir."

Wir liefen die Treppen hinauf, durch einen kurzen Gang, bis wir an eine Wand mit acht weißen Türen gelangten, die vollkommen identisch aussahen. Caprice ging zielstrebig auf die dritte von rechts zu, aus der ein Sinnträger mit einer weißen Kapuze trat, die er sich tief ins Gesicht gezogen hatte.

„Woher weißt du, welche von den Türen die richtige ist?", fragte ich und sah unwillkürlich dem Sinnträger hinterher, wie er über die weiße Treppe nach unten verschwand.

„Vertrau mir", sagte Caprice und ich folgte ihr, obwohl mich plötzlich ein seltsames Gefühl beschlich.

Wir betraten einen länglichen weißen Saal, an dessen rückseitigem Ende sich acht geschlossene weiße Türen befanden, die jener, die wir soeben benutzt hatten, bis ins letzte Detail glich.

Auf der linken Seite zog sich ein meterlanger weißer Tisch durch den Raum, an dem acht Sinnträger saßen, die sehr beschäftigt wirkten. Drei von ihnen strichen mit den Fingern über die Tischplatte, als könnten sie dort etwas sehen, zwei weitere studierten einen Bericht und die restlichen unterhielten sich mit drei Sinnträgern, die alle weiße Kapuzenumhänge trugen und sich in ihrer Größe und ihrem Körperumfang exakt glichen. Sofort musste ich an die Totaa denken und ein schwerer Klumpen landete in meinem Magen. Die Nacht im Illusionsirrgarten drängte mit Gewalt vor mein inneres Auge, die Nacht, in der Simeon beinahe gestorben wäre und viele andere Sinnträger ihr Leben gelassen hatten.

Mein ganzer Körper spannte sich an. War der Typ, der eben den Raum verlassen hatte, auch ein Totaa gewesen? Wo war ich hier gelandet?

Ich drehte mich zu Caprice um, doch die Vertrauensträgerin stand nicht mehr neben mir. Automatisch wich ich einen Schritt zurück und griff nach meinem Wächterstab. Mein Herz hämmerte gegen meine Brust. Neben mir stand eine Gestalt in einem weißen Umhang, doch als ich in ihr Gesicht blickte, sah ich ins blanke Nichts.

„Es ist nur eine Sicherheitsmaßnahme", hörte ich Caprice' selbstzufriedene Stimme aus dem gesichtslosen Etwas dringen, das vor mir stand. „Die Identität der Spione muss natürlich geschützt werden, deshalb erhält jeder Besucher diese Tarnung."

Ich schluckte. „Und deshalb verschwinden ihre Gesichter?"

Sie nickte. „Und ihre Körper. Es ist ein Einheitskörper."

Mit den Fingern betastete ich mein Gesicht, das sich noch immer nach mir anfühlte.

„Ja, du siehst auch so aus wie ich", bestätigte mir Caprice. „Auch wenn du es nicht fühlen kannst. Habe ich dir nicht gesagt, dass die Schutzmechanismen des Ministeriums nicht zu verachten sind?"

„Und was ist mit den Vertrauensträgern?", fragte ich und wies auf jene, die an dem langen weißen Tisch arbeiteten.

„Sie erledigen nur bürokratische Aufgaben", erklärte Caprice. „Ihre Identität ist nicht von Belang."

„Woher weißt du das alles, Caprice?", fragte ich, weil es mir auf einmal seltsam vorkam, wie sicher sie sich hier bewegte.

„Selbstverständlich habe ich mich vorbereitet, ich bin immer vorbereitet", entgegnete sie. „Und außerdem ist dieser Raum für alle zugänglich. Natürlich kenne ich alle frei zugänglichen Büros des Ministeriums für Vertrauen."

„Selbstverständlich", wiederholte ich und war mir nicht sicher, ob ich ihr die Antwort glauben sollte.

„Zu wem müssen wir gehen?", fragte ich, da ich keine Ahnung hatte, wie man sich in der Abteilung für Spionage im Ministerium des Vertrauens zu verhalten hatte.

„Es ist nicht von Belang, wen wir kontaktieren", sagte Caprice und wandte sich einem freien Schalter zu. „Wir benötigen Informationen", sagte sie zu dem weißgekleideten jungen Sinnträger mit den schwarzen Haaren.

„Welche Informationen?", fragte er und sah sie abwartend an.

„Informationen über den Verbleib von weißen Spionen aus dem Zweiten Sinnlichen Krieg."

Die hellen Augen des jungen Sinnträgers huschten von Caprice zu mir und es wunderte mich ein wenig, da er kaum etwas sehen konnte, außer zwei gesichtslosen Wesen.

„Diese Informationen sind geheim", antwortete er kühl.

„Wir haben die Befugnis, diese Informationen einzusehen", sagte Caprice in einem Ton, der nicht an dem Gesagten zweifeln ließ. Doch der junge Sinnträger blieb betont ruhig. „Diese Befugnis muss ich zuerst sehen."

Caprice nickte und zog einen weißen Brief aus ihrer Kutte. Der Vertrauensträger entfaltete das Papier und las in Ruhe über Quirins Zeilen. Als seine Augen am unteren Rand des Schreibens angekommen waren, machte es „PUFF" und das Papier in seinen Händen explodierte zu weißem Schnee, der über den Tisch rieselte.

„Ein Selbstzerstörungsmechanismus", murmelte ich anerkennend.

„Nun ja", sagte der junge Vertrauensträger genervt und wischte mit dem Handrücken über seinen Platz, um die dicken Schneeflocken vom Tisch zu fegen. „Es wäre schön, wenn sich die Abteilung für Wissenschaft, Forschung und Gleichstellung mal einen Zauber ausdenkt, der keine Spuren auf meiner Arbeitsstelle hinterlässt."

„Können wir nun endlich die uns zustehenden Informationen erhalten?", fragte Caprice ungeduldig.

Der junge Sinnträger straffte die Schultern. „Selbstverständlich. Die zweite Tür von links."

Caprice schritt als Erste durch die Tür und wir betraten ein großes weißes Büro. Automatisch wanderte mein Blick von den weißgestrichenen Wänden zu dem riesigen Rundbogenfenster, das eine atemberaubende Sicht auf die Stadt der Zuversicht gewährte. Von hier oben erschien das Tunnelsystem, das von unten so beliebig wirkte, als folge es einer gewissen Ordnung.

„Wo sind wir hier?", fragte ich Caprice. Das Büro war bis auf wenige Möbelstücke leer. Ein weißer Schreibtisch stand an der linken Wand und eine weiße Couch befand sich gegenüber.

„Sie wird gleich kommen", sagte Caprice und strich sich über ihre weiße Kutte.

„Natürlich wird sie das", sagte in dem Moment eine harsche Frauenstimme hinter uns. Ich drehte mich um und konnte eine leichte Bewegung auf der weißen Mauer hinter dem Schreibtisch wahrnehmen. Einen Augenblick später schälte sich eine weiße Kapuzengestalt aus der Wand, die ebenso gesichtslos war wie wir selbst.

„Diesen Zauber benötigen wir nicht", fuhr sie fort und vollführte eine Handbewegung, als würde sie sich etwas aus dem Gesicht wischen. Schlagartig war die weiße Kutte verschwunden und eine Vertrauensträgerin mit grauen Haaren, die sie streng zu einem Knoten gebunden hatte, kam zum Vorschein. Sie musterte uns über die schmalen Gläser ihrer Brille hinweg.

Ich warf Caprice einen Seitenblick zu, die ebenfalls ihr normales Aussehen angenommen hatte.

„Ich habe gehört, ihr benötigt Informationen", sagte die Sinnträgerin mit autoritätsgewohnter Stimme und setzte sich auf ihren Schreibtischstuhl. Dabei ließ sie uns für keine Sekunde aus den Augen; ihr kalter Blick war beinahe unheimlich.

„Wir benötigen den Namen und Aufenthaltsort einer weißen Spionin aus dem Zweiten Sinnlichen Krieg", sagte ich.

„Wozu?"

„Das ist vertraulich", antwortete ich und lächelte in mich hinein, denn es bereitete mir eine kleine Freude, der strengen Frau diesen Satz entgegensetzen zu können.

„Dann kann ich euch leider nicht helfen. Das müsstest du wissen, Vertrauensträgerin Caprice."

„Und Sie müssten wissen", erwiderte Caprice ebenso distanziert, „dass wir die Berechtigung dazu haben, Fragen zu stellen, ohne Antworten zu liefern."

Eine kleine Falte erschien auf der Stirn der Vertrauensträgerin. Es missfiel ihr offensichtlich, nicht diejenige zu sein, die Antworten einfordern konnte. Mit ihren dünnen Fingern strich sie unwillig über die Platte ihres Arbeitsplatzes. „Die Spionagearbeiten während des Zweiten Sinnlichen Krieges sind streng vertraulich, aber ich weiß von dem Papier, das ihr mitgebracht habt."

Caprice nickte, als plötzlich Simeons Notfallbrosche auf meiner Brust rot aufleuchtete.

„Jesper scheint unsere Hilfe zu benötigen", sagte ich zu Caprice, obwohl es mir schwerfiel, das zu glauben, so unbesiegbar, wie er sich immer gab.

Caprice nickte. „Ich werde alleine gehen. Bleib du da."

„Bitte?", fragte ich überrascht.

„Diese Räumlichkeiten verfügen über einen speziellen Schutzzauber, wir können uns von hier aus nicht teleportieren. Ich finde schneller ohne dich hinaus. Außerdem wissen wir, was das letzte Mal passiert ist."

„Ich werde sicher nicht hierbleiben, wenn es sich um einen Notfall handelt", antwortete ich schroff.

„Willst du die Verantwortung übernehmen, wenn wir wegen dir zu spät kommen?", fuhr mich Caprice an und ich erkannte, dass ich sie tatsächlich noch unsympathischer finden konnte als bisher.

„Gut", knirschte ich durch zusammengepresste Zähne. „Sende jedoch ein zusätzliches Signal, falls ihr noch Hilfe benötigt."

„Das mache ich", sagte sie und war schon bei der Tür draußen.

„Dann sind wir also nur noch zu zweit", sagte die Vertrauensträgerin und ein Lächeln zog über ihr Gesicht, das ihre strengen Augen nicht erreichte. „Um welchen Notfall handelt es sich denn?"

„Das tut nichts zur Sache."

„Ich habe mich noch gar nicht vorgestellt, mein Name ist Victoria", sagte Victoria. „Und wie heißt du?"

„Lee."

Sie stand auf und steuerte auf das große Fenster zu, das den Raum mit Mondlicht erfüllte. „Was weißt du über die Spionagefälle im Zweiten Sinnlichen Krieg, Lee?"

„Nicht viel", antwortete ich wahrheitsgemäß.

Victoria strich sich eine graue Haarsträhne aus dem Gesicht und nickte zufrieden. „Das ist auch gut so. Sonst hätten wir unsere Arbeit nicht gut gemacht." Sie hielt einen kurzen Moment inne. „Die Informationen, die du wünschst, werde ich dir geben. Aber ich möchte, dass du den Kontext verstehst."

„Welchen Kontext?"

„Spionage hat ihren Ursprung in den dunklen Zeiten der Sinnlichen Welt - die Agententätigkeit fand statt, als die Sinnlichen Kriege geführt wurden. Jedes der acht Länder hatte seine eigene Art, mit der Bedrohung umzugehen.

Gerade eine Gemeinschaft, in der Vertrauen das wichtigste Gut war und ist, muss sich dafür wappnen, nicht jedem zu vertrauen. Spionage war für die Vertrauensträger notwendig, um zu prüfen, wem sie Glauben schenken konnten und wem nicht. Waren es Freunde oder Feinde, mit denen sie verhandelten? Würden ihnen ihre Freunde bald in den Rücken fallen?" Sie verschränkte die Hände hinter dem Rücken und blickte aus dem Rundbogenfenster auf die nächtliche Stadt.

„Natürlich wäre es schöner gewesen, auf solche Mittel zu verzichten, aber im Krieg ist das Brechen von Gesetzen und Vorsätzen eine Notwendigkeit, um zu überleben."

Irritiert zog ich die Augenbrauen zusammen. Warum erzählte sie mir das?

„Wir alle haben Dinge getan, auf die wir nicht stolz sind", sagte sie und starrte durch das Fenster, als würde es ihr den Blick in die Vergangenheit öffnen. „Das musst du verstehen. Egal, weshalb du die weiße Spionin suchst und was sie deiner Meinung nach getan hat, übe Nachsicht."

„Zuerst muss ich sie finden", sagte ich.

„Gut. Dann werde ich dir die Liste all jener geben, die im Zweiten Sinnlichen Krieg für uns im Einsatz waren. Die Ausbildung ist hart und nur wenige kommen für die Agententätigkeit in Frage. Denn man muss nicht nur über besondere körperliche und geistige Fähigkeiten verfügen – man muss auch bereit sein, das eigene Leben einer größeren Sache zu opfern." Sie drehte sich mit einer ruckartigen Bewegung um und ging zu ihrem Schreibtisch. „Doch Erfahrung wird unterschätzt und man wird schnell durch jüngere Versionen ersetzt", sagte sie und der resignierte Unterton in ihrer Stimme machte klar, dass sie von sich selbst sprach.

Dann legte sie ihre Handfläche auf ihren Arbeitsplatz und die Umrisse ihrer Hand leuchteten kurz auf. In der Mitte des Raumes erschien eine durchsichtige Tafel, ähnlich der in der Eingangshalle des Ministeriums.

Auf dem Bildschirm erschienen die Gesichter von acht weißen Trägerinnen unterschiedlichen Alters.

„Das sind jene Agentinnen, die im Zweiten Sinnlichen Krieg im Einsatz waren", erklärte mir Victoria und schritt zu der Tafel. „Berührst du eines der Bilder, erfährst du den Namen und Aufenthaltsort."

Ich rief mir Thayas Worte in Erinnerung.

„Sie war eine schöne Frau, entschlossen, für ihr Land zu kämpfen. Ihre grauen Augen waren kalt und sie war sich sicher, das Richtige zu tun, als sie den dürren Angstträger betrog. Sie wusste, was sie tat, und sie tat es aus tiefster Überzeugung … Ich bewunderte sie, hatte aber auch Angst vor ihr. Ihr Gesicht war schmal, ihre Augen kalt …"

Ich prägte mir die Gesichter der verschiedenen Frauen ein, die ich nacheinander intensiv betrachtete. Auf alle von ihnen traf Thayas Beschreibung irgendwie zu, aber als ich das letzte Bild anwählte, wusste ich, dass ich die Spionin bereits gefunden hatte.

„Sie waren selbst im Sinnlichen Krieg aktiv", sagte ich.

Victoria nickte. „Wir haben alle getan, was wir tun mussten."

„Aber Sie haben etwas getan, auf das Sie nicht stolz

sind", erwiderte ich und beschloss, es einfach darauf ankommen zu lassen. „Sie bereuen etwas."

„Nein. Ich bereue keine meiner Entscheidungen. Man muss Entscheidungen nicht gutheißen, kann sie aber dennoch für richtig halten. Ich stehe zu meinen Taten, muss aber mit niemandem darüber sprechen – vor allem nicht mit einer jungen Wächterin."

„Welchen Angstträger haben Sie betrogen?"

Victoria lächelte bitter. „Das willst du also wissen. Es geht um die Bücher."

Sie legte die Handfläche auf ihren Tisch und die schwebende Tafel verschwand.

Sie sog die Luft ein. „Im Zweiten Sinnlichen Krieg hatten die Angstträger es geschafft, die Welt mit ihrem Sinn zu überfluten. Damit meine ich nicht nur die Sinnliche Welt, ich meine auch die Welt der anderen. Kannst du dir vorstellen, was passiert, wenn nur noch Angst in der anderen Welt herrscht, wenn Angst das Handeln und Denken der Menschen und Tiere bestimmt? Wenn Angst ihre Taten leitet, wenn die Angst sie andere fürchten und ausgrenzen lässt, die gar keine Bedrohung darstellen, und sie nur noch durch die Angst angetrieben werden?" Sie ließ sich wieder auf ihren Stuhl sinken. „Angst ist gefährlich, das sage ich dir."

Ich dachte an meine letzte Mission im Angstland, ich erinnerte mich an den Park der Besorgnis, Viktor und die Hecke. Dass Angst zu Fürchterlichem fähig war, war mir bewusst.

„Damals waren die Angstträger in den Besitz des Violetten Buches gekommen und sie haben seine Kraft genutzt", fuhr sie fort, „um ein Angstportal zu erschaffen, das die Reisen in die andere Welt blockierte. Nur noch den Angstträgern war es möglich, zu den Menschen und

Tieren zu gelangen, und sie fanden einen Weg, um dort ihr Gefühl zu streuen und Furcht und Schrecken zu säen." Sie schluckte und hielt inne, als würden vor ihrem geistigen Auge all die schrecklichen Bilder auftauchen, die sie an diese Zeit erinnerten.

„Die Konsequenz war nicht nur, dass das Angstland an Größe gewann, sondern auch, dass die anderen Länder zu schrumpfen anfingen. Aber das war noch nicht alles. Da die Angst auch in der anderen Welt tobte, wurden nur noch violette Träger in der Sinnlichen Welt erweckt.

Es war eine kalte, furchtbare Zeit und ein violettes Licht lag über unserer Welt. Irgendwann gab es dann Angst-Bündnisse mit Ekel, Wut und Trauer und die Alliierten auf der hellen Seite: Vertrauen, Erstaunen, Wachsamkeit und Freude. Wir wussten, dass wir dem Untergang nah waren und die einzige Chance darin bestand, das Buch der Angst in die Hände zu bekommen - das war mein Auftrag."

Sie verschränkte die Arme hinter dem Rücken. „Wir hatten uns zu zweit in das Netzwerk der führenden Angstträger eingeschleust."

„Aber wie … Ihr seid doch Träger des Vertrauens?", hakte ich nach.

„Es gibt Mittel und Wege, Wächterin. Sagen wir: Wir haben einen Weg gefunden, um nahe an die Drahtzieher des Krieges zu gelangen. Mein Partner fand heraus, wo sie das Buch der Angst versteckt hielten, doch die Sicherheitsmaßnahmen der violetten Träger waren natürlich gewaltig. Und dann enttarnten sie meinen Partner und töteten ihn." Sie presste die dünnen Lippen aneinander.

„Und dann? Seid Ihr an das Violette Buch der Macht gelangt?"

„Ich hatte Kontakt zu einem Angstträger, der überlaufen wollte. Tom war ein schüchterner, verhaltener Kerl, der Gewissensbisse hatte – denn er war derjenige, der das Buch damals unwissentlich den Kriegsherren in die Hände gespielt hatte, da nur eine reine Seele fähig war, das Buch zu finden. Wir schlossen einen Deal: Er half mir dabei, das Buch der Macht zu entwenden und das Angstportal zu schließen, aus dem die violetten Träger ihre Macht zogen, dafür würde ich ihm das Buch überlassen."

„Das Buch überlassen?"

„Es war nur ein Deal. Tom war gutgläubig und leicht zu lenken und es stand Größeres als seine Verliebtheit zu dem Buch auf dem Spiel", sagte sie und ließ sich auf ihren Arbeitsstuhl zurückfallen. „Er hat mir das Buch übergeben und wir konnten das Portal schließen und eine entscheidende Wendung im Krieg herbeiführen."

„Und Tom?", drängte es mich, zu wissen.

„Er war zornig und wütend auf mich, aber was sollte er tun? Er war ein einfacher Träger und er schwor Rache, aber was konnte er schon anrichten?", flüsterte sie und ihre Augen schlossen sich für einen kurzen Augenblick. „Doch damals wusste ich noch nichts von dem Fluch."

Mein Puls beschleunigte sich. „Von welchem Fluch?"

„Von dem Fluch der Bücher. Sobald du dich mit dem Buch vertraut machst, es berührst und liest, sobald du zulässt, dass es eine Verbindung zu dir aufbaut, wird der Fluch über dich kommen. Das Buch wird dich einnehmen und dich verändern, es wird dich zu einem anderen Sinnträger machen."

Sie starrte mich an und ein kalter Schauer rann mir über den Rücken. „Sei also vorsichtig, Wächterin, wenn du eines von ihnen findest."

Kapitel 16

Ich blieb ruhig sitzen, während die Gedanken durch meinen Kopf ratterten. Wenn Jaron und Jesper in der Menschenwelt Erfolg hatten und das Buch der Macht fanden, brachte sie das in Gefahr. Hatte Jespers Alarm damit zu tun? War es schon zu spät?

„Ich muss aufbrechen", sagte ich zu Victoria und erhob mich von meinem Platz. „Danke für das Gespräch."

Sie betrachtete mich aus schmalen Augen und nickte knapp, bevor sie ebenfalls aufstand. Damit war ich entlassen.

Kaum hatte ich den Raum verlassen, griff ich nach meinem Kommunikationskristall und dachte an Ben, während ich ihn mit meinen Fingern fest umschloss. Der Kristall leuchtete hell auf und es dauerte so lange, bis ich den Saal mit den weißen Tischen durchquert hatte, bis er sich meldete.

„Wer stört?", drang seine tiefe Stimme durch den Kristall und ich war gleichzeitig erleichtert, dass er ranging, und verärgert über die Art, wie er es tat.

„Ich bin es", sagte ich rasch. „Wir müssen so schnell wie möglich in die Menschenwelt, und du bist leider der Einzige, der mich hinbringen kann."

„Leider?", wiederholte Ben trocken. „Hat dich Tara nicht nur besiegt, sondern auch mit ihrem Sinn angesteckt?"

Ich schluckte die Antwort, die mir auf der Zunge lag, mühsam hinunter. „Wir haben nicht viel Zeit, Ben", presste ich hervor.

259

„Nicht wir, DU hast nicht viel Zeit. Ich bin im Moment beschäftigt." Im Hintergrund hörte ich das Klirren von Eiswürfeln in einem Glas und ein leises Lachen, das verdammt nach Tara klang.

Meine Hand krampfte sich um den Kommunikationskristall und ich fragte mich, warum ausgerechnet Ben der einzige Reisende in unserer Gruppe sein musste.

„Hör zu, es ist dringend", zischte ich. „Die Bücher sind verflucht und Jesper ist mit Jaron in der Menschenwelt. Wir müssen sie warnen. Hast du vorhin auch Jespers Notsignal empfangen?"

„Nein", antwortete Ben gelangweilt und ich hörte am leisen Klirren der Eiswürfel, dass er an seinem Getränk nippte.

„Wirklich nicht?"

„Denkst du, ich lüge?" Seine Stimme klang barsch.

Ich trat durch das große Eingangsportal des Vertrauensministeriums hinaus auf die Straße. Die Nacht war mild und die Sterne funkelten am wolkenlosen Himmel. Kontrolliert sog ich die Luft ein. „Wo bist du?"

Er zögerte für einen Moment und ich stellte mir Tara vor, die sich lasziv auf einer schwarzen Liege rekelte und ihn in diesem Moment mit dem Zeigefinger zu sich lockte. Wahrscheinlich trug sie nichts am Körper und ich musste mich dazu zwingen, das Kopfkino auszuschalten.

„Im Ekelland", kam seine leicht verspätete Antwort.

Natürlich. Wo sonst, dachte ich mit einem Anflug von Bitterkeit, während sich Tara und ihre blonde Haarpracht gewaltsam zurück in meine Vorstellung drängten.

„Hast du noch die Comicfigur, die Jaron dir geschenkt hat?" Ich wechselte den Kristall in die andere Hand und rückte mir den Schultergurt meiner Umhängetasche zurecht.

Er seufzte. „Gibst du denn nie auf, Wächterin? Muss ich denn wirklich Jesper retten?"

„Es geht auch um Jaron. Wo ist seine Comicfigur?"

„Da, wo sie hingehört. Im Müll."

Ich lief zu dem magischen Lift des Vertrauensberges und gab einem weißen Stein auf dem Weg einen so festen Tritt, dass meine Zehen schmerzten.

„Und? Kannst du sie wieder aus dem Müll rausholen oder hast du sie im Abfluss des ewigen Gestanks versenkt?", fauchte ich und fühlte, wie meine Selbstbeherrschung mit jedem Satz, den ich ihm aus der Nase ziehen musste, weiter schwand. Kurz kam mir der Gedanke, dass „aus der Nase ziehen" auch keine schöne Art war, in die Vergangenheit zu reisen - und hoffte inständig, niemals auf einen Begleiter zu treffen, der diese Redewendung verwendete.

„Die Comicfigur ist hier, reg dich ab", meinte Ben widerwillig.

Erleichtert schloss ich die Augen. „Gut. Welches magische Portal ist bei dir in der Nähe? Ich komme dahin."

Im Hintergrund hörte ich Tara genervt stöhnen und konnte mir ein kleines Lächeln nicht verkneifen.

Bens Seufzen hingegen klang nach Kapitulation.

„Na gut. Das nächste magische Portal ist am Abgrund des Abscheus."

Ich zog eine Augenbraue hoch, während ich auf ein weißes Wegweiserschild zusteuerte. „Abgrund des Abscheus? Nachdem du im Trauerland so über die Höhlen des Selbstmitleids gelästert hast, hätte ich mir vom Ekelland etwas mehr erwartet."

„Du solltest nicht zu sehr in der Vergangenheit leben", sagte Ben und der Klang seiner Stimme ließ mich zusammenzucken.

„Keine Sorge, das tue ich nicht", erwiderte ich kühl. „Bis gleich."

Ben grunzte und das Licht des Kommunikationskristalls erlosch. Ich steckte ihn zurück in meine Tasche und versuchte, das seltsame Gefühl abzuschütteln, das mich jedes Mal überkam, wenn ich mit ihm redete. Fest stand, es fühlte sich nicht gut an. Beinahe so, als ob jedes Gespräch mit ihm ein Fehler wäre. Vielleicht, überlegte ich, während ich mit schnellen Schritten zum nächsten magischen Portal ging, das laut Beschilderung nur noch eine Unze Vertrauen von mir erforderte, vielleicht lag es daran, dass Casimir uns damals aneinander gebunden hatte. Vielleicht hätten wir uns sonst nie ineinander verliebt und vielleicht war genau das der Grund, warum ich jetzt dieses seltsame Gefühl hatte.

Ich straffte die Schultern und drückte den Rücken durch. Ein Schritt nach dem anderen, sagte ich mir selbst vor. Immer ein Schritt nach dem anderen.

Als ich durch den dichten Nebel des magischen Portals ins schwarze Land taumelte, traf mich ein heißer Wind, der nach Schwefel roch. Vor mir lag der Abgrund des Abscheus und ich befand mich nur wenige Schritte von der Kante entfernt, einem schwarzen, schroffen Felsen, der senkrecht in die Tiefe abfiel. Automatisch blieb ich wie angewurzelt stehen und versank mit den Füßen in einem weichen, glibberigen Zeug, das unter meinem Gewicht zerplatzte und widerlich warm über meine Haut floss. Dabei bombardierte mich meine Fantasie mit den ekelhaftesten Vorstellungen, worin ich gerade stehen könnte. Von beheizten Darmschlingen über gequirltes Hirn und noch lebenden Feuernacktschnecken war alles dabei.

Angestrengt atmete ich durch die Nase tief ein und aus, was ich im nächsten Moment bereute. Der Wind hatte gedreht und stank jetzt nach Verwesung. Rasch presste ich mir den Handrücken gegen den Mund. Ich hasste dieses Land.

„Schön hier, nicht wahr?", sagte eine rauchige Frauenstimme und mein Ekelfaktor schoss noch weiter in die Höhe. Langsam drehte ich mich um.

Tara lehnte an einem verkrüppelten Baum hinter mir und grinste mich selbstzufrieden an. Der blaue Mondschein glänzte auf ihren hellblonden Haaren, und obwohl die Lichtverhältnisse nicht ideal waren, konnte ich sehen, wie die feine schwarze Gesichtszeichnung, die sich um ihr rechtes Auge schlang, bei meinem Anblick aufleuchtete.

Neben ihr trat Ben aus dem kleinen Waldstück und musterte mich mit unergründlichem Gesichtsausdruck. Ein Ekelsauger, der Fledi verdammt ähnlich sah, hatte sich auf seiner Schulter niedergelassen und flatterte nun enthusiastisch hoch, als er mich erblickte. Ich musste von uns drei den stärksten Ekel ausstrahlen.

„Hast du die Comicfigur dabei?", fragte ich Ben und machte einen Schritt auf ihn zu. Dabei versanken meine Füße wieder in dem undefinierbaren Glibberboden und ich schluckte schwer.

„Ja, hab ich." Er warf sie mir zu und ich steckte den Plastik-Batman in meine Umhängetasche. „Hast du die Geige dabei?"

Ich schüttelte den Kopf. „Die hat Jesper mitgenommen. Wir müssen es so versuchen."

Tara schnaubte abfällig. „Du stehst wohl auf aussichtslose Unternehmungen", zischte sie in meine

Richtung und ich war sicher, dass sie damit nicht nur die Mission meinte.

„Wir sollten aufbrechen", sagte ich zu Ben und ignorierte die Ekelträgerin. „Wir haben schon genug Zeit verloren."

„Dann nichts wie los", murmelte er und streckte die Hand aus. Binnen eines Herzschlags sprang ein Funken magischer Energie aus seinen Fingerspitzen in die Luft und verdichtete sich zu einem tosenden Wirbel, aus dem der knisternde Mondlichttunnel erwuchs. Gleichzeitig brachen seine schwarzen Flügel mit dem charakteristischen Reißen aus seinem Rücken.

Fasziniert beobachtete ich, mit welcher Leichtigkeit Ben den magischen Tunnel inzwischen erschuf, und fragte mich, woher der starke Ekel kam, der ihn dabei unterstützte. Rührte er von seinem Aufenthalt im schwarzen Land oder lag es an mir und seinem Widerwillen, mit mir in die andere Welt zu reisen?

„Du hast da was", sagte Ben in dem Moment und ich zuckte erschrocken zusammen, als ich den pelzigen Flügel bemerkte, der mir halb über die Schulter hing und von Sekunde zu Sekunde größer wurde. Mit einem leisen Schrei schlug ich nach Fledi, der sich an meinem Rücken festgeklammert hatte und sich leise schmatzend von meinem Ekel nährte, bevor er keckernd davonflog. Tara kicherte höhnisch und ich blitzte sie an.

Der Sinn des Landes überschwemmte mich und am liebsten hätte ich mich gebückt und eine Handvoll von dem warmen Darmschlingen-, Hirn- oder Feuernacktschnecken-Brei auf die grinsende schwarze Trägerin geschmissen. Stattdessen ging ich zu Ben und stellte mich so knapp vor ihn, dass nicht mal eine seiner mattschwarzen Federn zwischen uns gepasst hätte.

Ihr Lächeln verschwand von ihrem Gesicht, als ich meine Arme um Bens Nacken schlang und er mich mit Leichtigkeit hochhob. Auch wenn unsere Gefühle füreinander verschwunden waren - die Vertrautheit in unseren Bewegungen war geblieben. Ich hatte mich schon so oft an ihn geschmiegt, dass es mich keinerlei Überwindung kostete, meinen Körper an seinen zu pressen, und obwohl ich wusste, dass ich mich etwas kindisch benahm, konnte ich mein Lächeln nicht zurückdrängen, da sich Taras verkniffener Gesichtsausdruck so köstlich anfühlte.

Freundlich nickte ich der Ekelträgerin zum Abschied zu und dann spürte ich auch schon den Wind, den Bens Schwingen verursachten, bevor er mit einem kraftvollen Sprung vom Boden abhob und mit mir in den funkelnden Tunnel hineinflog.

Während der Reise durch den Mondlichttunnel sprach Ben kein Wort und alles, was ich von ihm hörte, war das schnelle Pochen seines Herzens. Nach einer Zeitspanne, die sich irgendwie kurz und lang zugleich anfühlte, flogen wir schließlich ins helle Licht und landeten unter einer ausladenden Eiche in einem kleinen Park.

Im Gegensatz zur Sinnlichen Welt war es hier sonniger Tag und ich atmete tief den Duft nach Gras und Bäumen ein, der nach dem Gestank im Ekelland eine echte Wohltat war.

„Wir sind in demselben Park, in dem wir den ersten Begleiter gefunden haben", sagte ich erleichtert.

Ben vergrub die Hände in den Hosentaschen, während sich seine Flügel in schwarzen Rauch auflösten.

„Und?"

„Was und?", fragte ich und trat unter der Eiche hervor

auf den Kiesweg.

„Wie wäre es mit etwas Dankbarkeit?"

„Danke, Ben, dass du uns hierher gebracht hast", sagte ich und blickte mich suchend um.

„Und?"

Ich sah ihn fragend an. „Dass wir noch leben?"

Er schüttelte den Kopf und streckte mir seine Hand entgegen, die er langsam öffnete. Der Plastik-Batman lag darin.

Ich stockte. „Wie …?"

„Die Comicfigur ist dir während der Reise aus der Tasche gefallen, aber du warst so erpicht, dich an mich zu schmiegen, dass du es nicht bemerkt hast."

„Danke, Ben", sagte ich und überging den letzten Teil seines Satzes, während mir ein Geruch in die Nase drang.

„Riechst du das auch?", fragte ich und schnupperte nach der leichten Alkoholfahne in der Luft. Meine Wachsamkeitslinien erwärmten sich und ich folgte meinem Sinn, der mich tiefer in den verwunschenen Park hineinführte. Nach etwa 82 Metern entdeckte ich eine zusammengekauerte Gestalt, die nur mit einem Mantel zugedeckt auf einer Parkbank schlief.

„Der Penner", seufzte Ben.

„Sei still", zischte ich und berührte den alten Mann sanft an der Schulter. „Entschuldigung. Hallo! Wir brauchen deine Hilfe."

Der Begleiter öffnete ein Auge und sah Ben und mich irritiert an, bevor Erkennen in seinem Blick aufleuchtete.

„Ihr schon wieder", herrschte uns der alte Mann an und ich trat einen Schritt zurück, weil er dabei auch etwas spuckte.

„Wir schon wieder", bestätigte ich und setzte mein freundlichstes Lächeln auf. „Wir brauchen deine Hilfe."

Der alte Mann richtete sich auf der Bank auf und fuhr sich mit der Hand durch seinen krausen Vollbart.

„Ich hab euch schon geholfen. Einmal reicht", schnaufte er.

„Wir würden dich nicht stören, wenn es nicht wirklich wichtig wäre", versuchte ich es erneut und warf Ben einen auffordernden Blick zu, den er mit einem stoischen Gesichtsausdruck beantwortete. Von seiner Seite war also keine Hilfe zu erwarten.

„Ich hab keine Lust, schon wieder mit euch in der Vergangenheit herumzutingeln", murrte der Begleiter, hustete und spuckte einen Klumpen Schleim auf den Boden.

„Glaub mir, ich habe auch keine Lust, vom Erdboden verschluckt zu werden. Aber sie bildet es sich ein", sagte Ben kühl.

Ich funkelte ihn an. „Ich bilde mir das ein? Willst du vielleicht, dass Jaron das Buch der Macht findet und sich verändert?"

Ben zuckte mit den Schultern. „Ein bisschen Veränderung würde ihm ganz guttun."

„Das ist kein Spaß, Ben", sagte ich schroff. „Gibst du mir bitte die Comicfigur?"

Ben zog den Plastik-Batman aus seiner Hosentasche und ich griff danach. Dann hielt ich dem Begleiter die Comicfigur hin. „Das gehört unserem Freund. Kannst du uns damit in seine Vergangenheit bringen?"

Der alte Mann stieß seinen alkoholgeschwängerten Atem aus und kniff die Augen zusammen. „Ihr wollt nicht mal in eure eigene Vergangenheit? Geht's euch noch gut?"

„*Sie* will dorthin", korrigierte ihn Ben.

„Was willst du dafür?", fragte ich einem Impuls

folgend und hielt den Plastik-Batman noch immer vor den Begleiter.

Der alte Mann stutzte und kratzte sich am Kopf.

„Ich will etwas aus der Sinnlichen Welt", sagte er dann mit einer hörbaren Wehmut in der Stimme.

„Ich hätte dir einen Ekelsauger mitbringen können", antwortete Ben. „Dem hätte es bei dir sicher gefallen."

„Was ist damit?", fragte der Alte und deutete auf meinen Wächterstab. Automatisch wich ich einen Schritt zurück. „Den kann ich dir nicht geben."

„Dann kann ich euch nicht helfen." Er griff unter die Parkbank, kramte eine beinahe leere Schnapsflasche hervor und nahm einen großen Schluck.

„Warte! Ich hab etwas, das dir gefallen könnte", sagte ich verzweifelt und kramte in meiner Tasche nach der Erinnerungskugel, die ich bei den Magischen Magiespielen bekommen hatte. Triumphierend zog ich sie hervor und hielt sie dem Begleiter vor die Nase. „Siehst du? Die Kugel zeigt den Einzug und die Höhepunkte der Magischen Spiele", flüsterte ich. „Ein Stück aus unserer Welt - und dafür bringst du uns in die Vergangenheit unseres Freundes."

Der Alte griff mit seinen schmutzigen Händen nach der schneeweißen Kugel und drückte sie wie einen Schatz an sich.

„Das ist ...", er räusperte sich und ich sah, wie seine Augen verdächtig zu glänzen begannen, „das ist eine faire Bezahlung. Gib mir die Figur."

Erleichtert drückte ich ihm den Plastik-Batman in die Hand.

„Sieht dem Ekelträger sogar ein bisschen ähnlich, findest du nicht?", fragte der Begleiter und ich seufzte, als Ben mich triumphierend anlächelte. „Dann lassen wir uns mal vom Erdboden verschlucken. Ach, und wundert euch nicht, wenn es rasanter wird als letztes Mal", sagte der Alte noch und dann schoss schon die riesengroße, fleischige Zunge aus dem Boden, wand sich geschmeidig um unsere Körper und riss uns in die Erde hinab.

Die Reise mit der Zunge war tatsächlich noch schrecklicher als beim letzten Mal, und ich versuchte ganz stillzuhalten, während sie mich wie bei einer wüsten Achterbahnfahrt mal hierhin, mal dorthin riss. Während es bei dem Sprung in Bens Vergangenheit relativ geradlinig funktioniert hatte, schlugen wir diesmal ständig Haken und ich fühlte, wie mir von der Kombination aus stinkendem Speichel und ruckartigen Richtungswechseln übel wurde.

Immer wieder hielt der Begleiter unsere Fahrt kurz an, schnüffelte in der Luft, wie ein Hund, und schickte uns dann weiter. Als ich dachte, mich jeden Moment übergeben zu müssen, wurden wir endlich aus der Erde katapultiert und in einen hellen Raum mit bunten Fensterbildern geschleudert.

Mir war so schwindelig, dass ich mich an der Wand abstützen musste, und selbst Ben sah etwas grün im Gesicht aus.

„Ich hoffe, wir sind hier richtig", knurrte er und atmete tief ein und aus.

Der Begleiter, dem die Reise scheinbar am wenigsten ausgemacht hatte, strich sich die grauen Haare zurück und verteilte die Spucke dabei noch intensiver auf seinem Kopf. Dann hielt er wieder die kleine Batman-Figur unter seine Nase und schnüffelte in der Luft.

„Ja, wir sind hier richtig", sagte er, während eine bunt bemalte Tür aufging und eine Horde Kleinkinder den

Raum stürmte. „Aber wir sind in der Gegenwart. Jetzt müssen wir nur noch in die Vergangenheit springen."

„Glückwunsch. Du hast uns direkt in die Hölle befördert", sagte Ben, während sich vor unseren Füßen das blanke Chaos abspielte. Wir waren offenbar in der Turnhalle einer Kita gelandet. Und nun tobten fünfundzwanzig Drei- und Vierjährige mit dreizehn Schaumgummibällen um uns herum und quietschten dabei in einer Lautstärke, die eine normale Unterhaltung nicht mehr möglich machte.

„Ihr seid genau da, wo ihr sein wolltet", brüllte der Begleiter, der von den Kindern genauso wenig wahrgenommen werden konnte wie wir.

„Müssen wir jetzt wieder etwas fühlen, um in Jarons Vergangenheit zu kommen?", fragte ich schreiend und duckte mich unter einem Schaumgummiball weg, da es sehr komisch ausgesehen hätte, wenn er in der Luft abgeprallt wäre.

Unser Begleiter nickte. „Spielt mal alle Gefühle durch, das richtige wird schon irgendwann dabei sein!"

„Genervtsein ist es schon mal nicht", meinte Ben und sprang zur Seite, um einem rotwangigen Knirps auszuweichen. Dabei streifte er ein blondes Mädchen, das sich umdrehte und ihn mit großen Augen ansah.

Ben schaute zurück und hob eine Augenbraue.

„Wie heißt du?", fragte das blonde Mädchen und runzelte die Stirn.

„Sie kann dich sehen", hauchte ich und machte einen Schritt auf die Kleine zu.

„Erstaunen bringt euch offensichtlich auch nicht zurück", konstatierte der Alte.

„Ich bin bloß Einbildung", sagte Ben zu dem Mädchen

und streckte den Arm aus, um einen Schaumgummiball abzuwehren, der sie sonst direkt im Gesicht getroffen hätte. Erschrocken blickte sie zur Seite und beobachtete, wie der Ball zu dem rotwangigen Knirps von vorhin zurückprallte, der darüber so überrascht war, dass es ihn auf den Hosenboden setzte.

Ben und die Kleine grinsten gleichzeitig und plötzlich spürte ich, wie es mir den Boden unter den Füßen wegzog und die vergangene Zeit an uns vorbeiraste.

„Sag kein Wort", knurrte Ben in meine Richtung, als wir uns an demselben Ort, aber in einer anderen Zeit wiederfanden. „Das war Freude", flüsterte ich lächelnd. „Du hast uns mit Freude zurückgebracht."

„Das war keine Freude", schnaubte Ben. „Wenn überhaupt, war es Schadenfreude."

„Auch eine Art der Freude", meinte unser Begleiter lakonisch und blickte sich um. Das, was in der Gegenwart ein Turnsaal war, hatte in der Vergangenheit ganz anders ausgesehen. Es war noch immer Teil der Kita, aber diesmal war es ein Gruppenraum mit einer Kuschelecke, einer Bauecke und einigen Tischen mit winzigen Stühlen.

In einer Ecke saß ein junger Mann mit einer Gitarre und sang gemeinsam mit einer Gruppe von Kindern ein Geburtstagslied.

„Da! Dort ist Jaron!", rief ich und spürte einen Fels von meiner Brust kullern, als ich den pummeligen Freudeträger am Rande der Szene entdeckte. Er hielt Perxes' Tagebuch in seinen Händen und blickte lächelnd auf die Szene.

„Und da hinten ist auch unser Wutträger", murrte Ben und ich konnte regelrecht sehen, wie seine gute Laune beim Anblick des Beschützers verflog, der ungeduldig hinter Jaron hin und her tigerte. Die magische Geige hielt er so fest umklammert, dass ich Angst hatte, er würde sie zerbrechen.

„Und wer ist der blutüberströmte Kerl da?", fragte Ben und deutete auf einen schmächtigen, alten Mann neben Jesper, der erschöpft an der Wand lehnte.

Unser Begleiter schürzte abfällig die Lippen. „Das ist Bert", schnaubte er. „Er sagte immer, das Reisen läge ihm im Blut. Deshalb fängt er bei jeder Reise in die Vergangenheit unkontrolliert zu bluten an."

„Widerlich", meinte Ben.

„Ist das nicht gefährlich?", fragte ich, während ich mich Jaron mit schnellen Schritten näherte.

„Klar ist es gefährlich. Die Geige hat ihn wahrscheinlich gezwungen", sagte unser Begleiter und zog die Nase hoch.

„Jaron!", rief ich und überwand die letzten Meter zum Freudeträger. „Den Sinnen sei Dank, ich bin noch nicht zu spät!"

Jaron riss seinen Blick von der Szene aus seiner Vergangenheit los und strahlte mich an. „Lee, du bist auch hier? Sieh nur, das war ich!" Er deutete auf den Kindergärtner mit der Gitarre in der Hand, der einen blonden Bart hatte und ganz anders aussah als Jaron. Jaron griff nach meiner Hand. „Ich habe David geheißen und ich habe hier gearbeitet." Sein Gesicht bekam einen entrückten Ausdruck und ich fühlte, dass etwas mit ihm geschah. Es war, als würde er plötzlich von innen leuchten, und in seinen Augen lag plötzlich die Erfahrung eines ganzen Lebens.

„Ich weiß es wieder", flüsterte Jaron, der noch immer meine Hand hielt, und dann stürmten die Bilder auf mich ein.

Ich sah einen kleinen blonden Jungen auf einer Schaukel. Seine kleine Schwester weinte und er griff in seine Hosentasche und hielt ihr ein Gummibärchen hin.

Ich sah David an seinem ersten Schultag und sein Sitznachbar grinste ihn verschwörerisch an. Dabei schob er die Zungenspitze durch seine Zahnlücke und David musste so lachen, dass er fast vom Stuhl kippte.

Ich sah David zu Hause am Esstisch mit seinen Brüdern und Schwestern eine Kartoffelbrei-Schlacht veranstalten.

Ich sah seinen ersten Kuss mit Zahnspange.

Ich sah den Moment, als er die Führerscheinprüfung bestand und seinem Fahrlehrer um den Hals fiel.

Ich sah ihn auf seinem Fahrrad zur Kita fahren und mit den Kindern Kekse ausstechen.

Ich sah, wie er seiner Freundin einen Ring an den Finger steckte und ihren Schleier hob, um sie zu küssen.

Ich sah, wie er ein Zimmer, in dem eine Wiege stand, hellblau anmalte. Ich sah, wie er ein winziges Baby mit roten Fäustchen im Arm hielt und ihm zart über das Köpfchen strich. Ich sah, wie er mit seinen Kindern im Garten Fußball spielte.

Ich sah sein ganzes Leben.

„Ich war Vater", hauchte Jaron und eine Träne puren Glücks rann über seine Wange. „Ich weiß wieder, wer ich als Mensch gewesen bin."

In diesem Moment verwandelte sich das aufgeklappte Buch in seiner Hand. Die ehemals leeren Seiten waren plötzlich mit einer engen schwarzen Schrift beschrieben. Der staubige dunkelbraune Ledereinband wurde glänzend schwarz und eine goldene Gravur erschien darauf.

„Nicht lesen!", schrie ich und schlug ihm das Buch vor der Nase zu.

Jesper drängte sich nach vorne und riss Jaron das Buch

aus der Hand. „Endlich!", stieß er hervor und hielt es wie eine Trophäe in die Höhe. „Hier ist es! Das Schwarze Buch der Macht - und ich war es, der ihn hierher geführt hat!", rief er triumphierend. Gleichzeitig schnippte unser Begleiter mit den Fingern und die Zeit rauschte an uns allen vorüber, bis wir wieder in der Gegenwart gelandet waren.

„Ich bin raus", sagte der Alte schroff und strich sich über seinen Bart. „Mit irgendwelchen Büchern der Macht will ich nichts zu tun haben." So schnell er konnte, wandte er uns den Rücken zu und der blutüberströmte Bert folgte ihm nach draußen.

Ich ignorierte die beiden und rüttelte Jaron sanft an der Schulter. „Hey. Ist alles in Ordnung bei dir?"

Der Freudeträger blickte mit glasigen Augen auf die Stelle, wo das Buch in seinen Händen gelegen hatte. Obwohl Jesper es ihm schon lange weggenommen hatte, hielt er die Handflächen noch immer nach oben ausgestreckt, so als ob es darauf läge.

„Es geht mir gut", antwortete Jaron etwas verspätet und sah mich an. Dabei war sein Blick immer noch seltsam starr.

„Hast du ... Hast du in dem Buch gelesen?", fragte ich und versuchte, die Angst beiseitezuschieben. Ich hatte es doch sofort zugeklappt - war ich trotzdem zu langsam gewesen?

Jarons Blick klärte sich und er sah mir direkt in die Augen. „Hast du in dem Schwarzen Buch gelesen?", fragte ich ein zweites Mal heftiger.

„Nein", antwortete er ruhig. „Du hast es doch sofort zugeklappt."

Erleichtert atmete ich aus und ließ seine Schulter los.

„Das ist gut ... Ich dachte schon ... Ach, egal."

„Was soll das Theater?", fragte Jesper barsch, als ob ich ihn persönlich angegriffen hätte.

„Die Bücher sind gefährlich", erklärte ich so ruhig wie möglich. „Ein Fluch lastet auf ihnen, deshalb dürfen wir sie unter keinen Umständen lesen. Am besten bringen wir das Buch sofort zu Quirin."

„Wieso ist Perxes' Tagebuch zu dem Schwarzen Buch der Macht geworden?", fragte Ben stirnrunzelnd und ich schüttelte ratlos den Kopf.

„Ich nehme an, dass es nie wirklich Perxes' Tagebuch war", sagte ich. „Wahrscheinlich hat es sich nur getarnt, genauso, wie es das Rote Buch der Macht getan hat."

„Das heißt, das echte Tagebuch müsste irgendwo noch existieren?", hakte Ben nach. „Da wird sich Edomir aber freuen."

„Können wir jetzt endlich zurück?", fragte Jaron in diesem Moment und ich wunderte mich ein wenig über den forschen Tonfall.

„Mit Vergnügen", antwortete Jesper und grinste Ben überheblich an.

„Hast du vorhin eigentlich ein Notsignal abgesetzt?", fragte ich, während Jesper schon dabei war, einen roten Mondlichttunnel zu erschaffen.

Der Beschützer straffte die Schultern und warf mir einen irritierten Blick von der Seite zu. „Sehe ich so aus, als ob ich Hilfe bräuchte?"

In dem Moment wirkte er noch aufgeblasener als sonst. Ich schüttelte den Kopf. Es war also ein Fehlalarm gewesen.

Dann schnappte Jesper sich Jaron, wartete einen Augenblick, bis seine gewaltigen dunkelroten Schwingen sich entfalteten, und flog mit stolzgeschwellter Brust zurück in die Sinnliche Welt.

Kapitel 17

„Das Schwarze Buch wurde übergeben", sagte Jesper selbstgefällig, als wäre es sein alleiniger Verdienst gewesen, das Buch der Macht ausfindig gemacht zu haben. Ich schnaubte. Hätten wir Thayas Visionen nicht aufgeklärt, wäre Jesper niemals mit Jaron in die andere Welt aufgebrochen.

„Quirin war sehr zufrieden mit der Arbeit, die Jaron und ich geleistet haben." Er bedachte den Freudeträger mit einem kurzen selbstgerechten Nicken, das Jaron erwiderte.

Der Fund des Buches schien auch Jarons Selbstvertrauen gestärkt zu haben. Es war seltsam, aber irgendwie wirkte er größer und schlanker, wie er hier neben mir im Kommunikationsraum stand.

„Die Arbeit, die du und Jaron geleistet haben? Ist das nicht etwas übertrieben?", fragte Caprice mit anklagendem Unterton. „Wir alle haben uns in die Menschenwelt begeben, um die Bücher der Macht zu finden. Du bist nicht der Einzige."

„Aber ich bin der Einzige, der eines zurückgebracht hat", erwiderte Jesper und ein grimmiges Lächeln huschte über sein Gesicht.

Caprice' graue Augen verengten sich. „Und du kannst dir sicher sein, dass es bei diesem Glückserfolg bleiben wird", sagte sie harsch.

„Das werden wir noch sehen", antwortete Jesper und sandte einen wütenden Blick in ihre Richtung.

„Ja, das werden wir sehen", wiederholte sie bekräftigend.

Ich streckte meine Beine auf dem dunkelgrauen Sitzpolster des Kommunikationsraumes aus.

„Nur ruhig Blut, ihr beiden", mischte sich Simeon ein. „Es ist doch egal, wer das Buch gefunden hat. Der Kreis der Auserwählten hat seinen ersten Erfolg zu verzeichnen. Das muss gefeiert werden!" Er zog eine grüne Flasche mit einer dampfenden Flüssigkeit hinter seinem Rücken hervor. „Grünwurzelschnaps, genau das Richtige für den Anlass. Eigentlich hatte ich mir die Flasche ja dafür aufgehoben, wenn ich als großer Magiebegabter endlich das Geheimnis des achten Raums gelöst hätte, aber ein Buch der Macht zu finden, ist auch nicht schlecht."

Unwillkürlich dachte ich an den achten Raum, jenen Durchgang, der immer verschlossen blieb. Was bewahrte die Bruderschaft darin auf?

„Alkoholische Getränke sind zum jetzigen Zeitpunkt nicht angebracht", meldete sich Edomir zu Wort. „Wir konnten das Schwarze Buch der Macht sicherstellen und das Gelbe Buch wurde von der Bruderschaft schon vor der Gründung unseres Kreises geborgen. Das bedeutet, uns fehlen noch sechs Bücher. Vom Roten Buch fehlt jede Spur – wer auch immer Gestalterin Sinja getötet hat, scheint es an sich genommen zu haben. Casimir würde sicher nicht meinen, dass dies ein Grund zum Feiern ist."

„Casimir ist auch nicht da", hielt Simeon dagegen und schwenkte die Flasche in seiner Hand. „Oder etwa doch? Könnte es sein, dass du dich immer mehr in diesen griesgrämigen Typen verwandelst?"

Edomir schüttelte den Kopf und seine roten Locken wippten.

„Ich wollte nur sagen, dass ich keinen Anlass zum Feiern sehe. Zum einen sind schon wieder mehrere Pergamentrollen spurlos verschwunden. Und zum anderen", er zog ein sehr dickes Buch genauso hinter seinem Rücken hervor, wie es zuvor Simeon getan hatte, „habe *ich* mich nicht bei den Magischen Magiespielen vergnügt. *Ich* bin stattdessen dem Hinweis einer Prophezeiung gefolgt und habe das *echte* Tagebuch von Perxes gefunden." Edomir hielt einen Moment inne und sah uns nacheinander an. „Damit habt ihr nicht gerechnet, stimmt's? Und? Wer möchte sich nun auf die Suche nach dem Orangefarbenen Buch begeben?"

***

„Ich hasse dieses Land", knurrte Ben, als wir durch das rote Wasser wateten.

„Ach, was ganz Neues", erwiderte ich.

„Der Kompass, er weist geradeaus. Und seine Inschrift verändert sich", sagte Thaya und blickte auf das Instrument.

„Lass mich raten: *Ihr habt euer Ziel bald erreicht*", brummte Ben und ich fühlte, wie sich mein Körper bei jeder Silbe anspannte.

Diesen Satz hatten wir inzwischen acht Mal gehört, acht Mal, als wir zuerst durch den donnernden Wald, durch die ärgerlichen Dörfer, die Ebene der Empörung und die grimmigen Täler mussten. Ich wusste nicht, ob es an dem Sinn des roten Landes oder der Tatsache lag, dass wir dem Kompass einfach schon zu lange gefolgt waren, aber ich empfand eine tiefe Abneigung gegen ihn. Es machte mich wahnsinnig, ständig von einem Ort zum nächsten geschickt zu werden und im besten Fall doch nur wieder eine silberne Schatulle zu finden.

Ich konnte nur hoffen, dass sich das Rätsel der Schatullen aufklären würde, sobald wir die achte Schatulle gefunden hatten, und nicht erst, sobald wir die zwanzigste sicherstellen würden.

Wütend fixierte ich Ben und Thaya, die vor mir durch das rote Wasser stampften. Warum musste ich schon wieder mit den beiden unterwegs sein? Ausgerechnet mit Ben, der einfach nur ekelhaft war, und Thaya, die irgendetwas vor uns geheim hielt.

Hätten Caprice und Jesper sich nicht darauf gestürzt, dem ach so vielversprechenden Hinweis zum Orangefarbenen Buch zu folgen, dem sich natürlich auch Jaron als Freudeträger angeschlossen hatte, müsste ich nicht mit Thaya und Ben durch die rote Flüssigkeit waten, die mich viel zu sehr an dünnes Blut erinnerte.

An den Seiten des Flusses ragten großblättrige grüne Pflanzen aus dem Wasser.

„Sind wir überhaupt sicher, dass der Kompass wieder voll funktionsfähig ist?", murrte Ben und schob eine rote Liane zur Seite, die ihm den Weg versperrte.

„Immerhin konnten wir eine Schatulle bei den Magischen Magiespielen sicherstellen", entgegnete ich kühl. „Wie hätte das sonst gelingen sollen?" Es nervte mich, dass Ben immer wieder die Magie des Kompasses in Frage stellte. Oder Simeons Fähigkeit, Dinge zu reparieren.

„War vielleicht einfach nur Glück", sagte Ben.

„Das wird es gewesen sein", antwortete ich und war froh, als Thaya sagte: „Wir müssen ans Ufer. Der Kompass zeigt nach rechts", und wir das Blutwasser endlich verlassen konnten.

„Und weiter?", fragte Ben. Die Sonne brannte erbarmungslos auf uns nieder und Thaya und ich ruhten uns ein wenig am Rand des roten Ufers aus, während Ben nach unserem Wasservorrat griff und mit kräftigen

Zügen seinen Durst löschte.

„Lass uns auch noch was übrig", sagte ich, denn mein Mund fühlte sich schon wieder ganz trocken an. Ben schraubte die Flasche zu und schmiss sie in meine Richtung. „Hier hast du sie", meinte er hart.

Ich öffnete den Verschluss. Es war kaum noch Wasser darin. „Spinnst du?", fuhr ich ihn an. „Du hast unseren ganzen Vorrat ausgetrunken!"

„Und wenn schon", entgegnete Ben. „Wir sind hier an einem Fluss. Füll die Flasche einfach neu auf."

„Wir können doch nicht einfach das Wasser aus dem Fluss trinken! Weißt du nicht mehr, was damals im Ekelland passiert ist, als dir das Schneckending ins Ohr gekrochen ist?" Ich spürte, wie der Zorn in mir aufloderte. „Bist du denn überhaupt nicht lernfähig?"

„Ich verdränge einfach nur jede Erinnerung, die mit dir zu tun hat!", schmiss er mir zurück. Thaya beobachtete uns aus weit aufgerissenen Augen.

„Du bist widerlich", presste ich hervor und machte einen Schritt auf ihn zu, „du bist egoistisch und einfach nur der letzte Arsch!"

Bens dunkle Augen funkelten kampflustig und seine zerrissene Gesichtszeichnung begann, sich bis über seinen Hals zu entfachen.

„Lieber ein egoistischer Arsch als eine verklemmte Zicke", brüllte er zurück und ich spürte, wie die rote Erde unter unseren Füßen zu vibrieren begann und plötzlich zwischen Ben und mir aufbrach. Ein Strahl hellroter Flüssigkeit schoss zischend in die Höhe und ließ uns auseinanderstoben.

„Was ... Was ist das?", schrie Thaya, die eine volle Ladung des Wutgeysirs abbekommen hatte und deren Haare patschnass waren. Ich atmete tief ein und aus und versuchte, die Schwingungen des Landes von mir zu streifen. Ich musste meine Kontrolle wiederfinden. Der Fluss hatte eine stärkere Wirkung auf mich gehabt, als ich mir zugestehen wollte; denn die Wut, die ihn mir brodelte, hatte jegliche Vorsicht und Wachsamkeit weggeschoben.

Und nun hatten wir mit unserem Streit den Wutgeysir ausbrechen lassen. Wie hatte ich nur so unachtsam werden können, dachte ich und wurde gleich noch wütender.

„Was war das, was mich da angespritzt hat?", wiederholte Thaya zornig und rümpfte die Nase. „Und was stinkt hier so furchtbar? Bin ich das?"

„Ja, das bist du", sagte Ben trocken.

Ich warf ihm einen finsteren Blick zu. „Das ist der Wutgeysir. Er reagiert auf Wut und sein Geruch haftet an dir, solange du dich ärgerst."

„Solange ich mich ärgere?", fauchte Thaya und ihre blassen Wangen färbten sich rot und ihre zierlichen Hände verkrampften sich. „Das ist eure Schuld!", stieß sie hervor. „Weil ihr immer streitet und sich eure Welt nur um euch selbst dreht. Egal ob ihr zusammen seid oder nicht, es geht immer nur um euch, es geht um euch und eure Gefühle! Wisst ihr, wie furchtbar es ist, mit euch zu reisen?!" Sie kniff die Augen zusammen und es war, als hätte sich etwas in ihr gelöst, als wäre ein Damm gebrochen und würde die Flut all der eingeschlossenen, verdrängten Emotionen freisetzen. Thaya machte einen Schritt auf Ben zu und sie wirkte in diesem Moment alles andere als zerbrechlich.

„Du mit deinem Ekel, du bist so unglaublich anstrengend, deine Art, deine Selbstherrlichkeit und deine Annahme, dass du etwas Besseres bist", fuhr sie ihn an und drehte sich im nächsten Moment zu mir um. „Und du, du weißt es immer besser. Du hast immer die richtige Antwort parat und siehst dabei auch noch gut aus. Weißt du, wie das ist, mit euch beiden zusammen sein zu müssen? Es bringt mich an die Grenzen meines Verstandes!"

Ich betrachtete Thaya unbewegt und wartete auf das, was noch kam, denn ich fühlte, das noch mehr kommen würde.

Ihr Kiefer spannte sich an und sie war definitiv noch nicht fertig mit mir. „Du mit deiner beschissenen Wachsamkeit, warum kannst du nicht einfach die Leute ihr Leben leben lassen? Warum, verdammt noch mal, musst du dich immer einmischen und deine Nase in Dinge stecken, die dich überhaupt nichts angehen?" Sie biss die Zähne zusammen. „Ich wollte mein altes Leben hinter mir lassen, ich wollte endlich frei sein, weg von dieser Dunkelheit … Aber du", ihre blauen Augen funkelten zornig, „du musst deine Qualität unter Beweis stellen und mich mit altem Leid konfrontieren. Reicht es denn nicht, dass ich Visionen habe? Reicht es denn nicht, dass die Pflanzen mich meiden? Musst du auch noch meiner Vergangenheit auf die Spur kommen? Du hast doch keine Ahnung!" Ihr Blick flackerte und sie sah mich an, als würde sie mir gleich an die Gurgel springen wollen. Die Flüssigkeit des Wutgeysirs stank fürchterlich an ihr und ich versuchte, nur noch durch den Mund zu atmen.

„Du", zischte sie, „hast doch in der anderen Welt sicher ein behütetes Leben geführt. Sinnträger wie du bekommen doch alles, in dieser Welt und auch in der anderen! Du warst sicher ein toller Mensch mit tollen Freunden, einer tollen Familie und einem tollen Leben." Tränen rannen ihr über das Gesicht und ich wusste nicht, wie ich reagieren sollte. Selbst Ben hielt seine Klappe.

„Du kannst dir doch gar nicht vorstellen, wie das ist, nicht geliebt zu werden", schluchzte sie. „Du weißt nicht, wie es ist, wenn der Blick deiner Eltern nur vorwurfsvoll ist, wenn deine Freunde nur an deinem Geld und deiner hübschen Villa interessiert sind und die Typen dich nur ins Bett holen, um danach mit dir anzugeben. Hast du eine Ahnung, wie alleine man sich da fühlt?!"

Sie ließ sich auf den roten Boden niedersinken. „Und wenn du dann dem Ganzen endlich ein Ende setzt und du die Chance hast, neu anzufangen", ihr Mund verzog sich zu einem gequälten Lächeln, „währt die Freude nur kurz, denn in deinem neuen Leben als Sinnträger holt dich deine dunkle Vergangenheit wieder ein. Sie ist da, überfällt dich wie ein böser Schatten und hat nicht vor, von dir zu lassen, und die Pflanzen spüren das, sie weichen dir aus. Und so sehr du dich auch anstrengst, dich auf die Gegenwart zu konzentrieren und Vergangenes vergangen sein zu lassen, es gelingt dir nicht! Ich habe diese Pillen geschluckt, um meinem alten Leben zu entkommen", winselte sie, „und es hat mich doch wieder eingeholt."

„Pillen?", meinte Ben nüchtern. „Du hast dich selbst umgebracht?"

„Was hätte ich denn tun sollen?!", schrie ihn Thaya an. „Wenn ich gewusst hätte, dass es danach nicht besser wird, hätte ich doch niemals …"

Ben sah sie hart an. „Dumm gelaufen."

Ein beklemmendes Gefühl wuchs in meiner Brust und mein Herz setzte für einen Schlag aus. Thayas Vergangenheit, die Pillen, die Enttäuschung und die Verzweiflung – das alles war mir nicht fremd.

Ich hatte davon geträumt.

„Das ist doch Schwachsinn", meinte Ben und fuhr sich durch seine dunklen Haare, die auch etwas von dem Wutgeysir abbekommen hatten.

„Es macht absoluten Sinn. Wie sonst hätte ich Thayas Traum träumen können?"

Thaya saß auf dem Boden und hatte ihre Beine fest umschlungen. „Aber dann ... Dann war das verwirrende Zeug, das ich geträumt habe – von euch?"

„Es muss in der Mine der Edelgrünsteine passiert sein", sagte ich und fühlte, wie mich eine plötzliche Aufregung erfasste. „Könnt ihr euch noch an das Warnschild erinnern? *Träume sind Schäume – wer zuletzt lacht, lacht am besten?*"

Auf Bens Stirn zeichnete sich eine kleine Falte ab. „Gut, ich habe vielleicht auch mal komische Träume gehabt, ich habe auch von meiner Vergangenheit als Mensch geträumt - aber das passiert, wenn man sich auf sie einlässt. Du bewertest das über."

„Wovon handelten deine seltsamen Träume?", hakte ich nach.

Ben zuckte mit den Schultern. „Keine Ahnung ... Von einer Villa und einem Swimmingpool und einer Frau mit großen Hüten, aber das hat doch nichts zu bedeuten."

„Doch, hat es", sagte Thaya. „Das war meine Mutter. Das war mein Traum. Ich möchte nicht, dass ihr meine Träume träumt!", schrie sie plötzlich und ich merkte, wie die Wirkung des Wutgeysirwassers unverzüglich einsetzte und ein fürchterlicher Geruch durch die Luft wehte.

„Wie das stinkt", murrte Ben.

„Wir müssen eine Gegenmagie finden", beschloss ich.

Ben schüttelte bestimmt den Kopf. „Zuerst finden wir diese verfluchte Schatulle", sagte er, „und zwar schnell.

Denn jede Sekunde in diesem stinkenden Land ist eine Sekunde zu viel."

„Bist du dir sicher?", fragte ich und war froh, dass sich Thayas Gefühlszustand in der letzten Stunde gebessert hatte. Denn dadurch roch es auch deutlich besser.

„Ja. Der Kompass führt uns direkt dorthin", sagte sie und zeigte geradeaus, auf die roten und weißen Dächer, die sanft in der Nachmittagssonne glommen.

„Das darf nicht wahr sein", brummte Ben und ein schrecklicher Geruch stieg in die Luft. „Warum hat uns dieser beschissene Kompass nicht gleich in die Grenzstadt geführt? Warum mussten wir quer durch das verdammte rote Land, mussten von da bis dort, nur um dann in der Grenzstadt zu landen?!"

„Könntest du deine Wut bitte unter Kontrolle halten?", sagte ich gelassen. „Du stinkst."

„Du riechst auch nicht besser."

„Ich weiß", erwiderte ich und wandte mich Thaya zu. „Wohin genau zeigt der Kompass?"

Thaya strich sich eine dunkle Haarsträhne aus dem Gesicht. „Er zeigt auf die gezackte Stadtmauer, also auf die ohne Löcher."

„Also den weißen Teil?", frage ich nach.

Sie nickte und wir gingen auf die breite, gezackte Stadtmauer zu. Neben uns verlief die Grenze zum Vertrauensland, was man daran sehen konnte, dass die rote Erde des Wutlandes von einer silberweißen Steppe abgelöst wurde. Als ich das letzte Mal die Grenzstadt betreten hatte, waren Jesper, Ben und ich über das Wutgebiet hineingelangt und nicht über die Grenzlinie.

Als wir das Stadttor erreicht hatten, blieben wir stehen. Das riesige Tor befand sich genau an der Grenze zum

Vertrauens- und Wutland, denn es war auf einer Seite rot und auf der anderen weiß. Der rote Bereich der Mauer war mit Löchern übersät, die der Größe einer Faust entsprachen und auf kräftige Schläge hindeuteten. Auf der anderen Seite glänzten die weißen Mauersteine. Sie waren glatt und poliert.

„Stecken da etwa Papierrollen in den roten Löchern?", fragte Thaya.

„Es ist die berühmte Wutmauer", erklärte Ben. „Hier legen Sinnträger ihre Wutwünsche ab."

„Was für Wutwünsche?", fragte ich.

„Wenn du wütend warst, Wächterin, hattest du noch nie den Wunsch, etwas oder jemanden zu zerstören?", fragte er zurück und sah mich dabei eindringlich an.

„Natürlich", sagte ich und lächelte ihn süß an.

„Das dachte ich mir."

„Und der Wunsch geht in Erfüllung?", fragte Thaya.

„Es ist ein Aberglaube, aber wie das bei Aberglauben so ist – es glauben ganz schön viele Leute dran." Ben drehte sich zu mir. „Na, was würde auf deinem Zettel stehen?", flüsterte er mir ins Ohr.

Ich seufzte. „Du nimmst dich zu wichtig, Ben", sagte ich. „Thaya – wohin zeigt der Kompass?"

„Genau an diese Stelle", antwortete sie und deutete auf einen weißen Ziegel in der Stadtmauer. Ich blickte mich nach allen Seiten um und war froh, dass wir alleine waren.

Dann fasste ich an die Mauer und versuchte, den Stein herauszuziehen, doch er bewegte sich keinen Millimeter. Ben rührte keinen Finger. „Könntest du es vielleicht versuchen?", herrschte ich ihn irgendwann an.

Ein süffisantes Lächeln huschte über sein Gesicht. „Weil du meine Hilfe brauchst?"

„Weil du die Schatulle genauso schnell finden möchtest wie ich – damit wir diese Mission endlich beenden können."

„Gutes Argument", sagte Ben und ich wich zurück. Er fasste nach dem Ziegel und zog mit aller Kraft daran, doch er ließ sich nicht lockern. „Es zeugt schon von einer gewissen Weitsicht", presste er hervor, „dass der Urgestalter Ernesto eine Schatulle genau an dieser Stelle versteckt hat."

„Wieso?", fragte Thaya und ich merkte, wie sich ihr Puls beschleunigte.

„Weil man die Schatulle auf der roten Seite bald entdeckt hätte", entgegnete ich.

„Ich sehe nur eine Möglichkeit", sagte Ben und sein Mundwinkel zuckte. Im nächsten Moment schlug er mit der Faust so fest gegen den Stein, dass dieser einen Riss bekam. Schnell blickte ich mich um und war froh, dass uns keiner zugesehen hatte. Ben hämmerte noch mehrere Male gegen den Ziegel, bis er zerbröckelte und darin etwas Silberglänzendes zum Vorschein kam.

„Die Schatulle!", rief Thaya und hielt sich die Hand vor den Mund. „Wir haben es tatsächlich geschafft."

Ben zog die Schatulle aus der Mauer und reichte sie Thaya. „Wir können nur hoffen, dass wir hier keinen Konflikt zwischen Vertrauensträgern und Wutträgern heraufbeschwören."

Thaya sah Ben an. „Weil die Vertrauensträger jetzt denken, dass ein Wutträger ihre Mauer zerstört hat?"

Ben nickte. „Aber das soll jetzt wirklich nicht auch noch unser Problem sein."

„Stimmt. Wir haben schon genug eigene Probleme", sagte ich und sah zu, wie Thaya die Schatulle in ihrer Tasche verstaute. „Wenn wir schon einmal hier in der

Grenzstadt sind, sollten wir auch versuchen, diesen Traumtauschzauber aufzuheben."

Ben lachte hart auf. „Und wie willst du das anstellen, Wächterin?"

Ich strich mir das Haar hinters Ohr. „Weißt du nicht mehr, was der Typ mit den Kräutern bei den Magischen Magiespielen erzählt hat? Er hat doch gesagt, dass dort, wo Yolanders Zelt gestanden hat, ein neues Geschäft eröffnet worden ist - von einer weißen Trägerin, die sich auf alte Magie und Flüche versteht. Ich finde, wir sollten zu ihr gehen. Oder stehst du etwa darauf, unsere Träume zu träumen?"

Ben sah mich emotionslos an. „Dann nichts wie hin."

Als Thaya, Ben und ich das weiße Zelt betraten, kamen unwillkürlich die Erinnerungen in mir hoch. Die Erinnerung an den Kuss mit Jesper, die Erinnerungen an Yolanders Mordversuch und seinen Tod.

„Nur hereinspaziert, meine Lieben", sagte eine füllige weiße Trägerin mit blondgelockten Haaren. Auf der linken Wange trug sie eine weiße Zeichnung, die mich an Rauchfäden erinnerte. „Ich bin Giera. Ach, ihr stinkt ja fürchterlich."

Sie machte ein paar Schritte auf uns zu, fischte ein weißes Fläschchen aus dem Regal, hielt es in unsere Richtung und drückte auf den Flaschenstöpsel. Ein feiner Sprühregen benetzte unsere Kleider und Ben wich automatisch einen Schritt zurück.

„Ah, gleich wird es besser werden." Giera rümpfte die Nase. „Ich bin sehr empfindlich und Wutgeysire rieche ich, da müsst ihr noch nicht einmal wütend sein." Sie klatschte in die Hände. „Also, wie kann ich euch sonst noch helfen?"

Ich sah mich im Zelt um, das mit Eisenregalen vollgestellt war. In jedem Regal befanden sich zahlreiche Töpfe und Fläschchen in den unterschiedlichsten Formen und Farben. Dampfende und funkenschlagende Flüssigkeiten brodelten in spitzen, runden und dreieckigen Flacons und Schälchen.

„Wir wurden mit einem Traumtauschzauber verflucht", erklärte Thaya mit belegter Stimme. „Könnt Ihr uns helfen?"

„Ein Traumtauschzauber?", wiederholte Giera und musterte uns. „Alle drei?"

Ich nickte.

Giera kaute auf ihrer Lippe und ihr Blick verlor sich ins Leere. „Das ist ein alter Zauber. Es ist gar nicht so schwer, ihn zu brechen, na ja, kommt auf die Sinnträger an, aber die Crux bei diesem Zauber liegt vor allem darin, ihn zu erkennen." Sie blinzelte, drehte sich um und fischte ein grünes Fläschchen aus dem Regal. „Im Normalfall reicht es, diesen Grünpilzsaft zu trinken." Sie lachte. „Er schmeckt besser, als er klingt. Aber …", sagte sie und rieb sich über das Kinn.

„Aber was?", wollte Ben wissen.

„Aber jeder Sinnträger reagiert anders darauf. Die einen haben mit Nebenwirkungen zu kämpfen: Übelkeit, Kopfschmerzen, Herzrasen – alles Mögliche kann passieren. Die anderen träumen noch wildere Sachen, bevor sich der Zauber endlich von ihnen löst. Es ist ganz unterschiedlich und ich kann euch nicht sagen, was bei euch drei Hübschen passieren wird. Die Intensität der Reaktion ist auch immer davon abhängig, in welcher Beziehung ihr zueinander steht."

„Wir stehen in keiner Beziehung", sagte ich.

„Dann ist es ja gut", sagte sie, lächelte knapp und

reichte Thaya den Flacon. „Das ist für dich, meine Liebe, und macht zehn Währungsblätter." Thaya kramte zehn dunkelblaue Blätter aus ihrer Tasche und überreichte sie Giera.

„Und was ist mit uns?", fragte Ben schroff.

„Nur Geduld, mein Hübscher", entgegnete sie, „bei euch dauert es wohl etwas länger."

Thaya lächelte knapp. „Dann werde ich mal zu Simeon gehen und die ihr-wisst-schon-was übergeben."

„Die ihr-wisst-schon-was übergeben?", hakte Giera interessiert nach. „Normalerweise übergeben sich die Leute doch eher *von* ihr-wisst-schon-was."

Ich runzelte die Stirn. „Was ist ihr-wisst-schon-was?"

Giera rieb sich die Hände. „Auch eines meiner Elixiere, ein selbstgebrautes, eine besondere Mischung – aber das soll euch jetzt nicht beschäftigen."

„Wir sehen uns", sagte Thaya und ging aus dem Zelt.

„So … Was mache ich nur mit euch beiden Hübschen?", murmelte Giera und ging zu ihrem Regal mit den brodelnden Flüssigkeiten.

„Wo liegt denn das Problem?", fragte Ben genervt. „Warum können wir nicht den gleichen Saft schlucken, den Thaya bekommen hat?"

Giera seufzte. „Es liegt an eurer Verbindung."

„Wir haben keine Verbindung", entgegnete Ben hart.

Giera schüttelte den Kopf. „Das glaube ich nicht, mein Lieber. Ich spüre etwas, und mein Instinkt trügt nie."

„Ah … schon wieder so eine Instinkttante", murrte Ben und sah mich abschätzig an.

Ich beherrschte mich, nicht mit den Augen zu rollen. „Was können wir denn nehmen?", fragte ich. „Es wird doch etwas geben, oder?"

Giera wog ihren Kopf hin und her.

„Ich habe auch nichts von ihm geträumt", setzte ich hinzu, in der Hoffnung, dass das Gieras Meinung ändern und sie uns gleich etwas gegen den Fluch verabreichen würde.

„Da sei dir mal nicht so sicher", entgegnete sie und sah mich eindringlich an. Dann klatschte sie in die Hände. „Ich weiß, was ich euch geben kann." Sie nahm drei eckige Fläschchen in die Hand, schüttelte sie kräftig durch und mischte sie in einem kleineren Flacon, der mich an die Form eines Diamanten erinnerte, zusammen.

„Das sollte gehen", murmelte sie, „aber ihr dürft den Saft erst kurz vor dem Schlafengehen zu euch nehmen, ich weiß nicht, wie die Wirkung bei euch aussehen wird. Übelkeit, Magenschmerzen, Halluzinationen, Haarausfall, spontane Fettleibigkeit, Schlafstörungen …" Sie hörte gar nicht mehr auf, die Nebenwirkungen an ihren Fingern abzuzählen.

„Schon gut, ich denke, wir haben verstanden", sagte ich.

„Sagt nachher bloß nicht, ich hätte euch nicht gewarnt", erklärte sie und hob strafend den Zeigefinger, „denn die dreißig Blätter gibt's nicht zurück."

Als Ben und ich Gieras Zelt verließen, fühlte ich mich besser. Ich würde heute Abend das Elixier trinken und dann würden meine seltsamen Träume verschwinden und ich konnte endlich wieder vernünftig schlafen.

„Ben? Was machst du hier?", hörte ich auf einmal eine vertraute Stimme hinter mir.

Ich fuhr herum. Tara stand in einem engen schwarzen Anzug vor mir und ließ einen rotleuchtenden Flacon in ihrer Hosentasche verschwinden. Ihre katzenhaften Augen fixierten Ben.

Alles in mir verkrampfte sich.

„Ich musste etwas erledigen", sagte Ben und lächelte kurz.

„Ich musste oft an dich denken", sagte Tara mit rauchiger Stimme, warf sich die blonde Mähne über die Schulter und fuhr ihm sanft über den Oberarm. „Ich musste auch immer wieder an die Wutkämpfe denken, die du hier gewonnen hast", raunte sie. „Und aus diesem Grund werde ich es heute selbst versuchen."

„Du wirst zu einem Wutkampf antreten?", fragte Ben anerkennend und ich hatte keine Lust, den beiden noch weiter zuzuhören. Ohne mich zu verabschieden, drehte ich mich um und hielt Ausschau nach dem nächsten magischen Portal.

„Was stinkt hier so? Ist es die Wächterin?", lachte Tara verächtlich hinter mir und ich fuhr herum.

„Oh ja, das bist du. Ich hätte auch nicht erwartet, dass jemand anderer einen so fürchterlichen Geruch von sich geben könnte", sagte sie mir direkt ins Gesicht.

Mein Herz pochte schnell und meine Hand verkrampfte sich. Ich wollte Tara wehtun, ich wollte ihr einfach nur wehtun.

„Wir sind in einen Wutgeysir geraten, aber die Wirkung wurde eigentlich aufgehoben", erklärte Ben und sah mich an. „Vielleicht sind das noch Rückstände. Ich muss mir jetzt mal was zu essen besorgen. Falls wir uns nicht mehr sehen, wünsche ich dir einen guten Kampf, Tara."

„Danke, Ben." Sie stellte sich auf die Zehenspitzen, drückte ihm einen Kuss auf die Lippen und lächelte. „Wir sehen uns bestimmt später noch."

Ben nickte ihr zu, sah mich nicht mehr an und verschwand zwischen den Häusern, aber meine Wut verschwand nicht.

„Ein Wutgeysir also. Das erklärt aber nur einen Teil des Gestanks", sagte Tara beißend und maß mich mit einem niederträchtigen Blick.

„Möchtest du mir etwas sagen, Ekelträgerin?", fuhr ich sie an.

„Lass die Finger von Ben", sagte sie schroff. „Es ist erbärmlich, wie du noch immer an ihm klebst. Obwohl er dich schon zweimal sitzengelassen hat." Ihre katzenhaften Augen verengten sich.

„Er hat mich nicht sitzengelassen", korrigierte ich sie und spürte, wie heißes Blut in meine Wangen schoss. „Außerdem geht es dich nichts an." Ich machte eine kurze Pause. „Sonderliches Interesse scheint Ben aber nicht an dir zu haben, wenn er nicht einmal deinem Wutkampf zusieht."

Taras Körper spannte sich an und ihr Busen begann zu beben. Vielleicht hätte das einen männlichen Sinnträger beeindruckt, mich beeindruckte es jedoch nicht.

„Ben gehört mir", zischte sie mich an.

„Ben gehört niemandem außer sich selbst", zischte ich zurück.

„Kommst du dir nicht erbärmlich vor, wie du ihm hinterherjagst?", spie sie mir ins Gesicht.

„Also bitte. Mach dich nicht lächerlich. Ich jage ihm hinterher? Hörst du eigentlich, was du sagst?", fragte ich schroff. „Du bist doch diejenige, die ihm seit der ersten Begegnung hinterherlechzt."

Taras Ader auf der Stirn begann zu pulsieren und sie machte einen Schritt auf mich zu. „Leg dich nicht mit mir an, Wächterin", knurrte sie.

„Sonst was?", fragte ich.

„Sonst werde ich dich fertigmachen."

„Das glaubst du doch selbst nicht", sagte ich

überheblich.

„Oh doch. Ich werde dich in Grund und Boden stampfen."

Ich hob eine Augenbraue. „Ist das eine Drohung?"

„Nein, das ist ein Versprechen", stieß sie hervor.

Ich schnaubte. „Schon klar", zischte ich und dann sah ich, wie sie blitzschnell mit dem rechten Arm ausholte und mir einen brutalen Schlag auf die Nase verpasste. Ich taumelte nach hinten und fühlte warmes Blut über meine Lippe rinnen. Ungläubig wischte ich mir mit dem Handrücken das Blut weg und sah ihr höhnisches Grinsen, das ich ihr am liebsten aus dem Gesicht gerissen hätte. Obwohl meine Nase brannte, stürzte ich mich mit vollem Gewicht auf sie.

„Wutkampf, Wutkampf!", hörte ich eine tiefe Stimme beifällig brüllen und dann war es auch schon zu spät und ich ließ mich auf die Wut des Landes ein.

Die Luft um mich herum flirrte und die Spannung war dem Zerreißen nahe. Ich hatte das Gefühl, alles in Zeitlupe wahrzunehmen, die aufgekratzte Menge, die sich grölend und klatschend um den Totempfahl versammelt hatte, sowie Taras hasserfüllte Blicke, die sie mir von der anderen Seite des Kampfplatzes immer wieder zuwarf. Bisher waren deutlich mehr weiße und rote Träger zusammengekommen, als ich es von den anderen Wutkämpfen kannte.

Der dunkelrote Totempfahl zeigte das Antlitz eines Wolfes, der bedrohlich seine scharfen Zähne fletschte. Mein Körper war angespannt und ich spürte das Adrenalin durch meine Adern fließen. Wie würde mein Wuttier aussehen?

Ein kleiner Wutträger mit spitzem Kinn betrat den

Platz und ging in die Mitte. „Willkommen zu unserem heutigen Wutkampf!", rief er und seine Stimme drang dröhnend an mein Ohr. Die aufgekratzten Sinnträger katschten und jubelten.

Er wartete, bis sich die Menge beruhigte.

„Heute, meine Freunde, werdet ihr keinen gewöhnlichen Wutkampf sehen", wisperte er und seine Stimme wurde immer lauter. „Nein, heute werdet ihr etwas ganz Besonderes erleben, denn hier trifft nicht nur Ekel auf Wachsamkeit, nein, heute passiert etwas Legendäres!" Er machte eine Pause und es wurde ganz still. Die Abendsonne ging gerade unter und der Himmel sandte sein blutrotes Licht über uns.

„Wir haben zwar schon einiges gesehen, aber das hier ist noch nie dagewesen. Nicht in der Grenzstadt, nicht hier auf diesem Kampfplatz. Es ist eine Premiere, es ist ein Moment, den ihr nicht vergessen werdet: Heute kämpft nicht nur Ekel gegen Wachsamkeit, heute kämpfen zwei SINNTRÄGERINNEN bis aufs Blut! Ihre Wut wird den Kampfplatz erfüllen!"

Die Menge johlte und ich versuchte, mich von ihrem Brüllen und den begehrlichen Blicken nicht aus dem Konzept bringen zu lassen.

Tara funkelte mich an und riss mit einer kräftigen Bewegung den Stoff ihres geschlossenen schwarzen Anzuges von oben auf, sodass ihr Dekolleté frei lag und ihr Busen noch besser zur Geltung kam. Die Menge tobte.

Ich hasste dieses Weib.

Eine unbändige Energie flutete durch mich hindurch, während mein Wachsamkeitslicht erstrahlte. Meine Augen weiteten sich. Ich nahm jedes Sandkorn wahr, das von den scharrenden Füßen nach oben geworfen wurde, und jede noch so feine Schweißperle, die über die Gesichter der grölenden Sinnträger rannte. Selbst die winzigen Speicheltropfen, die von der aufgebrachten Menge durch die schreienden Münder geschleudert wurden, waren für mich sichtbar. Doch das alles musste ich ausblenden, denn ich musste mich auf mein Gegenüber konzentrieren.

Tara war eine Reisende mit extrem schnellen Reflexen, sie war gut trainiert und hatte eben erst bei *Magie und Nahkampf* teilgenommen. Sie war eine ernstzunehmende Gegnerin, die nur auf eine Chance gewartet hatte, sich mit mir anzulegen. Und das alles nur wegen Ben.

Ein mulmiges Gefühl, hier das komplett Falsche zu tun, während ich doch die Bücher der Macht finden sollte, machte sich in mir breit, doch die Wut und das Verlangen, Tara endlich einmal für all ihre gehässigen Kommentare zur Verantwortung zu ziehen, war größer.

Ein träger Trommelschlag dröhnte über den Platz und ließ den Totempfahl aus dunkelrotem Feuerholz im Takt der Schläge erzittern.

Tara kniff ihren Mund zusammen und hob ihre Fäuste vors Gesicht. In ihrem Blick lag eine unbändige Entschlossenheit, die Entschlossenheit, mir weh zu tun. Auch ich hob die Fäuste und machte mich bereit.

Der blutrote Himmel lag über uns, während Tara die Zähne fletschte und auf mich zutänzelte. Ich hatte mich geirrt. In ihren blauen Augen funkelte nicht bloße Entschlossenheit - sie waren getränkt von Mordlust und ich war mir nicht sicher, ob Tara nur hier war, um mit mir zu kämpfen. Ich hatte jedoch keine Zeit, viel darüber nachzudenken, denn im nächsten Moment holte sie mit ihrer Rechten aus und versuchte, mich abermals auf die Nase zu treffen. Diesmal wich ich zur Seite aus, aber sie setzte blitzschnell nach und nutzte meinen Schwung, um mir kräftig mit der anderen Faust gegen die Rippen zu boxen. Der Schmerz zuckte durch meinen Körper, ich taumelte zur Seite, fand mein Gleichgewicht jedoch rechtzeitig wieder und konnte mich gerade noch ducken, als Tara die nächste Attacke ausführte und mit ihrem Bein in Richtung meines Kopfes zielte.

Ich sah meine Chance, riss an ihrem Fuß und landete einen harten Treffer gegen ihre Nieren. Damit hatte sie nicht gerechnet; sie kam ins Wanken und ich versetzte ihr einen schnellen Tritt in die Magengegend.

„Du bist tot, du Schlampe!", keuchte sie hasserfüllt, schwankte zurück, als würde sie gleich fallen, und stürzte dann auf mich zu. Mit roher Gewalt packte sie mich an der Taille, warf mich rücklings nach hinten und landete auf dem sandigen Boden auf mir. Der Sturz tat weh und mein Kopf dröhnte von dem harten Aufprall.

Taras Schenkel umklammerten meine Hüften und sie presste ihr ganzes Gewicht auf mich.

Die Menge um uns herum jubelte, während ich nach Luft schnappte. Tara beugte ihren Oberkörper zu mir nach vorne und ihre Beine drückten meinen Brustkorb zusammen, sodass ich kaum noch atmen konnte. Auf Taras Lippen konnte ich die Spuren einer roten Flüssigkeit erahnen. Hatte Tara noch etwas getrunken? Ein Elixier? War es das, das sie in ihre Hosentasche gesteckt hatte?

„Jetzt kann dir keiner helfen", flüsterte sie mir hämisch ins Ohr. „Wenn ich mit dir fertig bin, ist dein hübsches Gesicht für immer entstellt." Sie biss mir ins Ohr und ich sah, wie ihre Nägel sich schwarz färbten und immer länger wurden, bis sie spitzen Klauen glichen. Mit einem gehässigen Lachen krallte sie ihre Nägel tief in meine Wange, die wie scharfe Messer in meine Haut schnitten.

Ich schrie vor Schmerz und fühlte, wie mir das Blut über das Gesicht rann. Dann versetzte mir Tara einen Schlag nach dem anderen, auf Kinn, Nase, Mund und Wangen. Mir wurde schlecht und dunkle Schatten zogen sich in mein Sichtfeld.

Plötzlich legte sich eine unnatürliche Stille über den Kampfplatz und ich erkannte aus dem Augenwinkel, dass der Feuerpfahl hell aufloderte und ein schwarzer Panther daraus hervorsprang. Sein Fell war weniger schimmernd als das von Bens Wuttier und sein Körper war drahtig, aber seine Zähne waren spitz und ragten an den Seiten seines Mauls heraus. Eine grenzenlose Boshaftigkeit spiegelte sich in den glühenden roten Augen des Tieres wider.

Ich atmete durch, sammelte all meine Energie und nutzte Taras Abgelenktheit, um mich aus ihrem Griff zu befreien. Mit letzter Kraft stieß ich sie von mir und zog mich ein paar Schritte zurück. Langsam rappelte ich mich auf.

Tara kam sofort auf die Beine. „Ganz alleine, Wächterin?", fragte sie spöttisch und genoss es, wie ich meine Hand gegen die Rippen presste und nach Atem rang. „Das Alleinsein kommt dir doch sicher bekannt vor. Ich gebe dir einen Tipp: Gewöhn dich dran!"

Nun funkelte nicht nur sie mich an, sondern auch ihr zähnefletschender Panther, der neben ihr stand und mich anknurrte.

Mein ganzer Körper schmerzte und die Wut rollte über mich. Wo bitteschön blieb mein Wuttier?

Ein heller Schrei erfüllte den Platz und ein riesiger Vogel schoss wie ein Pfeil aus dem Totempfahl in die Höhe, um sich einen Herzschlag später neben mir auf dem weißen Sandboden niederzulassen. Es war ein wunderschönes Tier mit gold-weißem Federkleid und strahlenden Augen. Wie zur Begrüßung senkte es vor mir den Kopf.

Ein Raunen ging durch die Menge und ich hörte die Leute flüstern. Ich war zu fertig, um wirklich stolz auf mein Wuttier zu sein, aber ich war erleichtert, den prächtigen Vogel bei mir zu wissen. Denn meine Wunden schmerzten und ich konnte mich kaum mehr bewegen.

Der Panther zögerte keinen Moment, um sich auf meinen Wutvogel zu stürzten, er biss ihm in den gefiederten Körper und ich spürte den Angriff sofort. Es war, als hätte er mir gegolten, es war, als würden sich die Zähne und Klauen von Taras Wuttier in mich bohren. Doch mein Wutvogel machte eine schnelle Bewegung und warf den Panther ab. Der Vogel breitete seine mächtigen Schwingen aus und schoss in die Höhe. Seine kräftigen Flügelschläge trugen ihn immer höher und ich sah, wie sein Federkleid zu brennen anfing. Dann stürzte er sich auf den Panther und versetzte ihm einen kräftigen Feuerschlag. Die Menge jubelte und stampfte mit den Füßen. Tara keuchte auf und auch die Raubkatze fauchte vor Schmerz und duckte sich unter dem Flammenangriff. Mein Phönix versuchte, sich wieder in die Lüfte zu schwingen, doch da machte der schwarze Panther einen Satz in die Höhe und zerrte mein Wuttier zurück auf den Boden. Der schrille Schrei des Phönix mischte sich mit dem gepeinigten Fauchen des Panthers, und ich sah, wie die beiden in einem Gewirr aus Flammen und Zähnen über den Kampfplatz kugelten, sah das mordlüsterne Glitzern in den Augen des Panthers und die unbeugsame Entschlossenheit in den Augen des Phönix, bevor er beide Flügel um den Körper der

Raubkatze schlang und die Flammen so hell auflodern ließ, dass sie beide vor den Augen der tobenden Menge zu Asche verbrannten.

Eine ungeheure Hitze schoss durch meinen Körper und ich krümmte mich zusammen.

„Das lasse ich nicht zu! Ich vernichte dich!", schrie Tara schmerzerfüllt und stürzte sich auf mich. Die Wucht ihres Körpers traf mich und ich wäre wieder nach hinten gefallen, hätte Tara hier nicht für einen Moment gezögert. Ihr Blick war an jemandem haften geblieben und ich wusste natürlich, wer es war, denn ich hatte seinen Duft bereits erkannt. Es war nicht mehr als eine halbe Sekunde, aber es reichte mir.

Geistesgegenwärtig hakte ich meinen Fuß um Taras Bein, riss ihn zurück und brachte sie so zu Fall. Was auch immer sie vor dem Kampf eingeworfen hatte, ich hatte nicht vor, hier gegen sie zu verlieren.

Dann warf ich mich auf sie und hielt sie mit Armen und Beinen fest. Tara wehrte sich, sie spuckte mich an und ich spürte die Wut wie Hitze durch meinen Körper jagen - die Wut darüber, dass Tara den Kampf manipuliert hatte, dass sie auf mich losging, nur weil sie Ben wollte, einen Ben, der sich um nichts kümmerte außer um sich selbst, die Wut darüber, dass ich überhaupt an ihn dachte und wir noch nicht alle Bücher der Macht gefunden hatten, die Wut darüber, dass ich gerade hier war anstatt auf einer Mission, und all diese Wut in mir sammelte sich, während mich Tara lauthals beschimpfte und ich sie zornig festhielt und sich all meine Wut zu einem einzigen Schlag verdichtete, der Taras Gesicht traf und den Kampf für beendet erklärte.

Kapitel 18

„Glückwunsch zum Sieg, Wächterin", meinte Ben trocken, als ich nach einer langen Dusche das Wohnzimmer unseres Turms betrat. „Dir ist hoffentlich bewusst, dass es sich dabei um meinen Verdienst handelt?"

„Mein Sieg war dein Verdienst?", wiederholte ich fassungslos, während ich mich auf die Couch aus Blütenwatte fallen ließ. Meine Wunden schmerzten noch immer, aber die Genugtuung, über Tara gesiegt zu haben, überwog. Nach ihrer kurzen Bewusstlosigkeit hatte Tara schnell den Kampfplatz verlassen und ich war zu Nihan aufgebrochen, die mir sofort einen Trunk verabreicht hatte – sonst hätten Taras Schwarznägel mein Gesicht für immer entstellt. Danach hatte mir die Heilerin ein paar Pillen gegen die Schmerzen eingepackt und eine kleine Standpauke gehalten, weil ich mich auf einen Wutkampf mit dieser hinterhältigen Sinnträgerin eingelassen hatte. Ich hatte genickt und war einfach nur dankbar gewesen, dass ihre Medizin meine gröbsten Verletzungen heilen konnte.

„Der Sieg war definitiv mein Verdienst", antwortete Ben in meine Gedanken hinein und trank einen Schluck von seinem Schwarzwurzelwhiskey.

„Ich kann mich nicht erinnern, dass du an meiner Seite gekämpft hättest."

„Ich bin aufgetaucht."

Ich rieb mir über die Augen. „Und damit hast du mir den Sieg beschert? Das glaubst du doch selbst nicht."

„Wir wissen beide, dass es so war", sagte er und nippte

selbstgerecht an seinem Glas.

Ich schnaubte. „Deine Freundin hat manipuliert. Nihan meinte, dass es sich bei dem Elixier um einen Kraftverstärker gehandelt haben muss."

Ben sagte nichts, sondern öffnete bloß die Terrassentüren, die zu dem Dschungelgarten führten. Irgendwie störte es mich, dass er nichts erwiderte, ich spürte einen leichten Stich, aber ich verstand nicht, wieso.

„Thaya hat die Schatulle zu Simeon gebracht", meinte Ben stattdessen.

„Und?"

Ben lachte hart auf. „Nichts."

„Wie? Nichts?", fragte ich ungläubig, denn ich war mir so sicher gewesen, dass wir mit den acht Schatullen das Grüne Buch der Macht finden würden.

„Simeon probiert alles Mögliche mit den Schatullen aus. Er stapelt sie, reiht sie aneinander - ich will nicht wissen, was er alles damit tut. Er ist sich sicher, dass es sich um ein Rätsel handelt und dass wir dem Grünen Buch schon ganz nahe sind."

Ich ließ meinen Kopf gegen die weiche Blütenwatte fallen. „Waren wir uns nicht schon die ganze Zeit sicher?", sagte ich matt.

Eine Grünschlingpflanze wand sich um mein Handgelenk und kitzelte mich sanft. Mir war tatsächlich nach Aufmunterung zumute. Es war zermürbend, dass wir das grüne Buch der Macht noch immer nicht gefunden hatten.

„Hey, nur nicht den Kopf hängen lassen", sagte Simeon, der durch die Terrassentür ins Wohnzimmer trat.

„Ich hätte die Tür nicht öffnen sollen", meinte Ben nüchtern und ließ den Whiskey in seiner Hand kreisen.

„Als ob mich das aufgehalten hätte", entgegnete Simeon und lächelte breit. Dann sah er mich an. „Es stimmt, ich habe das Rätsel noch nicht gelöst, aber was wäre ich für ein Magiebegabter, wenn ich es nicht lösen könnte?"

Ben betrachtete ihn emotionslos. „Der, der du bist?"

„Sehr witzig, Ben", sagte Simeon und seine grünen Augen funkelten schelmisch. „Aber ich verspreche euch, dass wir das Grüne Buch finden werden. Es braucht nur etwas Zeit."

Ben hob die Augenbraue. „Wir? Das heißt, in Zukunft begleitest du uns auf die Außeneinsätze?"

Simeon schüttelte den Kopf. „Ach, das habe ich ja noch vergessen, euch zu sagen. Quirin hat uns in den Räumlichkeiten der Bruderschaft aufgesucht, da er mit unseren bisherigen Fortschritten – sprich: ein Buch der Macht von insgesamt sieben verbliebenen – nicht besonders zufrieden ist. Außerdem häufen sich die Anschläge der Totaa und er hat den Verdacht, dass sie im Besitz eines Buches sind."

„Welches Buches?", fragte ich.

„Das wollte er uns nicht sagen", antwortete Simeon und zuckte mit den Achseln. „Aber - und das ist die wichtige Nachricht - er hat die Dreiecksregel der Bruderschaft für uns aufgehoben."

„Welche Dreiecksregel?", fragte ich stirnrunzelnd. „Dass man nur zu dritt auf eine Mission aufbrechen soll?"

Simeon nickte und ein seltsames Leuchten machte sich in seinen Augen breit. „Ja. Quirin ist der Meinung, dass wir die Erfolgsquote erhöhen, wenn wir in kleineren Teams unterwegs sind. Also zu zweit."

„Aha", machte Ben. „Und es ist Quirin wahrscheinlich auch völlig egal, welcher Gefahr wir uns aussetzen."

Simeon klopfte Ben auf die Schultern. „Du sagst es, Mann. Er wird sich auch eine Einteilung für uns überlegen. Ich gehe davon aus, dass ich im Labor arbeiten werde. Jeder sollte nach seinen Stärken eingeteilt werden."

Simeon wollte gerade nach Bens Whiskeyglas greifen, doch Ben zog es zurück. „Das glaubst du wohl selber nicht."

„Na gut", murrte Simeon und ging in die Küche, um sich ein eigenes Glas einzuschenken. „Auf alle Fälle", sagte er etwas lauter, „ist Quirin ein absoluter Kontrollfreak."

Das mit den Ergebnissen konnte ich Quirin tatsächlich nicht übelnehmen. Immerhin hatten wir trotz aller Bemühungen nur ein Buch sicherstellen können. Hatten die Totaa wirklich ein Buch der Macht? Und wenn ja, welches?

Auch wenn die Anschläge der Totaa zugenommen hatten, hatte ich noch immer das Gefühl, dass jemand im Verborgenen die Fäden zog und für Sinjas Tod verantwortlich war. Jemand, der noch um einiges gefährlicher war als Sinja.

„Und der Kompass?", fragte ich, um mich wieder auf die Bücher zu konzentrieren. „Zeigt er uns den Weg zu einer neunten Schatulle?"

Ben schüttelte den Kopf. „Glücklicherweise nicht."

„Hey", sagte Simeon, „kein schlechtes Wort über den Kompass. Er war ein echt geniales Stück. Schade, dass er explodiert ist."

„Das würde ich auch sagen, wenn ich ihm nie hätte folgen müssen", brummte Ben und lehnte sich an die hellrote Wand. Die kühle Nachtluft strömte durch die offene Terrassentür herein und ich fühlte, wie die Müdigkeit in meine Glieder kroch.

Auch wenn ich es nicht zugegeben hätte, war ich ebenfalls erleichtert, dass der Kompass nicht mehr existierte. Denn ich wollte nicht auf noch eine Schatullen-Suche gehen. Die letzten reichten mir vollständig.

„Das andere Team ist leider auch nicht viel weiter gekommen, obwohl der Hinweis so vielversprechend klang", erzählte Simeon. „Deshalb war Quirins Stimmung auch sichtlich *verhalten*."

Ich gähnte. „Es war ein langer Tag, Simeon. Ich werde jetzt nach oben gehen und mich hinlegen."

„Kommt Ben gleich mit?", fragte Simeon.

„Wie bitte?"

„Na, ich dachte, es ist wieder alles in Ordnung, nachdem ihr euch kein einziges Mal gestritten habt, seit ich hereingekommen bin …"

„Du solltest die Sache mit dem Denken lassen", sagte Ben kühl. „Die Wächterin hatte heute einen Wutkampf und ist nur deshalb weniger anstrengend als sonst."

Meine Augen weiteten sich. „Anstrengend?"

Er sah mich unbewegt an und ich hasste es, dass er in seiner schwarzen Kleidung und mit seinen verstrubbelten Haaren so unverschämt gut aussah. „Du hast dich endlich einmal abreagieren und deine unterdrückten Gefühle loswerden können."

Unwillkürlich verkrampfte sich meine Hand zu einer Faust. „Meine unterdrückten Gefühle könnte ich jetzt auch gleich wieder loswerden."

„Also doch gemeinsam ins Schlafzimmer", feixte Simeon und ich warf ihm einen finsteren Blick zu.

„Schon gut, schon gut", sagte er und hob beschwichtigend die Hände, „man wird ja noch träumen dürfen."

„Davon träumst du hoffentlich nicht", sagte

ich und stand auf, um mir das Mittel gegen den Traumtauschzauber zu holen.

„Na ja", sagte Simeon etwas leiser, „ich hatte schon gehofft, dass ich einen Weg finde, um Casimirs Zauber aufzuheben. Ich habe die Bücher gewälzt, stundenlang, aber", er klang resigniert, „es ist eine alte Unendlichkeitsmagie."

„Für die Ewigkeit?", fragte Ben hart.

Simeon nickte. „Für die Ewigkeit", bestätigte er. „Sie ist nicht mehr aufzuheben."

„Dafür ohne Nebenwirkungen", sagte Ben matt.

Ich sog die Luft ein und sah zu Ben, der sein Gesicht Richtung Terrasse gedreht hatte.

Wahrscheinlich war er erleichtert, dass niemand Casimirs Entliebungszauber ungeschehen machen konnte.

Ich ignorierte das schlechte Gefühl in der Magengegend und schraubte das Fläschchen auf. Immerhin war es schon spät, und Giera hatte gesagt, wir sollten es kurz vor dem Schlafengehen nehmen. Simeon beobachtete interessiert, wie ich die Hälfte des Elixiers aus dem edelsteinförmigen Flacon hinunterstürzte und angewidert das Gesicht verzog.

„Was war das denn?", fragte er neugierig und nahm mir das Fläschchen aus der Hand, um daran zu schnuppern.

„Ein Elixier gegen einen Traumtauschzauber, mit dem Thaya, Ben und ich in den Edelgrünsteinminen infiziert wurden", sagte ich. „Die Verkäuferin meinte, das Zeug befreit uns von dem Fluch."

Simeon zog die Stirn kraus. „Ich hoffe, ihr spürt keine Nebenwirkungen, wenn doch, gebt mir Bescheid, dann kann ich sicher was machen."

Ich lächelte müde. „Danke, Simeon, das ist nett von

dir, denn von Nebenwirkungen habe ich tatsächlich schon mehr als genug." Für einen kurzen Moment sah mich Ben merkwürdig an, dann wandte er sich mit einer abrupten Bewegung von mir ab.

Ich verabschiedete mich von Simeon und ging hoch in mein Schlafzimmer, wo ich todmüde ins Bett fiel.

Ich sah alles wie durch einen leichten Nebel und es fühlte sich an, als wäre ich nicht allein.

Mein altes Ich saß am Bahnsteig, auf einer schäbigen Bank. Es war kühl und Esther blätterte in einem Skript über „Die mögliche Gleichstellung von sozial bedingten Unterschieden". Immer wieder blickte sie nervös auf die Uhr. Ihre Gedanken schienen abzuschweifen und sie musste einen Absatz drei Mal lesen, bevor sie endlich umblättern konnte.

Dann klappte sie das Manuskript zu und stand auf. Esther trug eine graue Jacke und abgewetzte Jeans, die Haare hatte sie zu einem schlampigen Knoten zusammengebunden. Ungeduldig begann sie, auf dem Bahnsteig auf und ab zu gehen.

Eine dreistufige Tonfolge kündigte das Ankommen des Zuges am Gleis an. Die Türen öffneten sich. Mein altes Ich betrat das Abteil, setzte sich auf einen freien Platz und sah durchs Fenster nach draußen. Es war, als würde sie mich direkt ansehen, als könnte sie direkt in meine Seele blicken, und ich versuchte, mich an den Moment zu erinnern, der gerade passierte. Doch da war nichts.

Ich hörte die schnellen Schritte von Menschen, die sich beeilten, den Zug noch zu erwischen. Plötzlich weiteten sich Esthers Augen und ich drehte mich um und folgte ihrem Blick. Und dann sah ich ihn.

Bens altes Ich hetzte in einem abgetragenen Kapuzenpulli

über den Bahnsteig, er lief schnell und ich war mir sicher, dass er den Zug noch erreichen würde. Die Augen der beiden trafen sich und ich begann etwas zu fühlen, etwas, das sich aufregend und unerwartet und vorsichtig und wunderschön anfühlte.

Bens altes Ich lief weiter, der Zug verschloss seine Türen, Esthers Brustkorb hob und senkte sich aufgeregt und gerade als Bens altes Ich den Zug erreichte, stieß ihn jemand von der Seite so kräftig an, dass er zu Boden fiel.

Esther hielt den Atem an und die Bahn fuhr los.

Und dann erst sah ich es.

Der Typ, der Bens altes Ich angerempelt hatte, war einer von uns.

Der Sinnträger trug eine dunkelgrüne Robe und hatte ein schmales Gesicht mit hohen Wangenknochen. Blasse, grüne Linien erstreckten sich über seine rechte Wange und ich erkannte das Muster sofort. Seine Gesichtszüge waren jünger, aber es war ohne Zweifel Coel, der Gestalter des Erstaunens. Warum war er hier? Und warum hatte er Bens früheres Ich gestoßen? Welche Absicht verfolgte er? Die Fragen schwirrten durch meinen Kopf, als sich der Nebel vor mir verdichtete und ich plötzlich ganz woanders war.

Ich befand mich im Café und sah mein altes Ich, wie es Bestellungen annahm. Esther trug ihre Haare offen und lächelte, wenn sie die Gäste bediente. Dann entdeckte ich Bens altes Ich. Er stand in der Schlange und fuhr sich genervt mit den Fingern über die Augen. Als er dran war, trat er mit gesenktem Kopf an den Tresen und bestellte einen doppelten Espresso ohne Zucker. Dabei suchte er in seinen Jeans nach Kleingeld. Esther betrachtete ihn verstohlen, bevor sie sich zum Kaffeeautomaten umdrehte.

„Das macht drei vierzig", sagte sie dann und Ben erstarrte mitten in der Bewegung, als hätte man ihm einen elektrischen Schlag verpasst.

„Haben wir ..." Er räusperte sich. „Haben wir uns schon mal irgendwo gesehen?"

„Sicher nicht", antwortete sie errötend, während sie die Münzen entgegennahm.

„Wollen wir das ändern ... Ich meine, ich würde das gern ändern", sagte Bens altes Ich und grinste sie an.

Wieder verdichtete sich der Nebel und ich sah Bens altes Ich an seinem Kaffee nippen. In der Hand hielt er eine Papierserviette mit einer Nummer und auf seinem Gesicht lag ein kleines Lächeln. Immer wieder schielte er auf die Nummer und nahm dazu einen Schluck Kaffee, während er mit raschen Schritten durch die Stadt ging. Dabei wurde er von einem Mann verfolgt und ich erschrak, als ich sah, dass es sich schon wieder um Gestalter Coel handelte. Heute trug er keine Robe, sondern einen dunkelgrünen Samtanzug, und seine Augen suchten ständig die Umgebung ab, bis er einen verpeilt aussehenden Typen entdeckt hatte. Mit ein paar schnellen Schritten war Coel bei dem jungen Mann angelangt und berührte seinen Arm. Ein grüner Schimmer umgab den Typen und er riss erstaunt die Augen auf, als er Bens altes Ich vorbeilaufen sah.

„Hey, Mann, was für eine Überraschung, dich hier zu sehen!", rief der Typ enthusiastisch und klopfte Bens altem Ich erfreut auf die Schulter. Coel passte den Moment genau ab und rempelte Ben im selben Moment so hart an, dass der Kaffee aus dem Pappbecher über die Serviette mit Esthers Telefonnummer schwappte. Als Coel sah, wie der verschüttete Kaffee die Papierserviette in Bens Hand tränkte, lächelte er zufrieden.

Esther stand an der Ampel bei dem Café, es war bereits dunkel. Sie wirkte müde und kaputt, als ob sie einen langen Tag gehabt hätte. Gähnend rückte sie den Gurt ihrer Umhängetasche zurecht, bevor sie die Hände in ihren Jeans vergrub. Als die Ampel auf Grün schaltete, ging sie über die Straße und da sah ich Bens altes Ich zu dem Café rennen. Er rüttelte an der Tür, doch sie war bereits verschlossen.

Ein seltsames Gefühl machte sich in mir breit. Er war wegen ihr *zurückgekommen.*

Ich wollte ihnen helfen, wollte ihr sagen, dass sie sich doch nur schnell umzudrehen brauchte, wollte ihm sagen, dass sie doch nicht weit von ihm über die Straße ging – doch meine Stimme drang nicht durch die Lautlosigkeit der Nacht. Bens altes Ich schlug resigniert mit der Faust gegen die Tür, raufte sich die schwarzen Haare und es schmerzte, die beiden so nah und doch so fern zu sehen.

Dann plötzlich, wie durch eine Eingebung, blieb sie kurz auf der Straße stehen. Sie drehte sich um, sah zum Café, sie sah Bens altes Ich und ihre Blicke trafen sich. Esther lächelte und auch er begann zu strahlen und dann hörte ich nur noch das laute Quietschen der Reifen und sah, wie ihr Körper nach hinten geschleudert wurde. Bens altes Ich rannte los, er rannte zu ihr und der Autofahrer, der sie angefahren hatte, stieg aus und schrie etwas, das Blut rann aus Esthers Kopf, Bens altes Ich fiel vor ihr auf die Knie, sah sie aus weit aufgerissenen blauen Augen an, brüllte etwas voller Verzweiflung und dann tanzten die Farben …

Ich war im Nebel gefangen.

Aber ich fühlte, dass ich nicht alleine war. Ich streckte die Hand aus und da war er, ich spürte seine kräftigen Arme, ich spürte, dass ich trotz all dem Leid und der Qual nicht alleine war …

Ich schreckte hoch. Mein Herz hämmerte bis in meine Fingerspitzen und mein Atem ging schnell. War das … War das wirklich passiert? Meine Lippen waren trocken und ein tiefes Gefühl der Traurigkeit schnitt durch mich hindurch und drehte mir den Magen um.

War das nur ein Traum gewesen oder war es die Geschichte meiner Vergangenheit? Hatte ich Ben schon in der anderen Welt getroffen? Ich schluckte trocken und begriff, dass ich nicht nur Thayas, sondern auch schon Bens Träume geträumt hatte.

Es war dunkle Nacht und nur das Licht des grünen Mondes fiel in mein Schlafzimmer. Ich stand auf, schlüpfte in einen Morgenmantel und öffnete das Fenster. Die kühle Nachtluft drang in den Raum, aber die Gedanken blieben.

Ich hatte Durst. Ohne Licht anzumachen, ging ich die Baumholztreppe hinunter, um mir eine Tasse Gelbtee zu holen. Hoffentlich würde mich das beruhigen.

Als ich die Kochnische des Wohnzimmers erreichte, war er da. Er lehnte in der Dunkelheit an der Wand und sein Herz schlug kräftiger als gewöhnlich.

„Du kannst also auch nicht schlafen", sagte ich und schenkte mir einen Gelbtee ein, der sich in der weißen Schale sofort erwärmte.

„Muss am grünen Mond liegen", entgegnete Ben kühl und nahm einen Schluck von seinem Schwarztee.

„Wieso?", fragte ich matt und rieb mir über die Augen.

Er schnaufte. „Liegt doch in der Natur von Grün, einfach zu nerven."

„Dich nervt doch jeder Sinn, außer dein eigener."

„Da könntest du recht haben."

„Liegt es am Traumtauschzauber?", fragte ich und

versuchte, in seine Augen zu sehen.

„Was soll am Traumtauschzauber liegen?", wiederholte er meine Frage und die Art, wie er es sagte, obwohl er eigentlich nicht viel sagte, machte mich stutzig. Meine Wachsamkeitslinien begannen zu glühen und mein Licht strahlte ihm direkt ins Gesicht.

Er hob die Hand vor die Augen. „Könntest du bitte das Licht ausmachen?", verlangte er schroff. Selbst in meinem Licht sah er unverschämt gut aus, mit seinem dunklen T-Shirt und der schwarzen Pyjamahose und seinen zerzausten Haaren.

„Du hast es auch gesehen. *Das warst du*", sagte ich und spürte, wie sich alles in mir zusammenzog.

„Ich soll was gesehen haben?", fragte er lahm.

„Lüg mich nicht an."

Ben verengte die Augen und nippte an seinem Tee. „Ich weiß nicht, was du geträumt hast, aber du bist ganz schön paranoid."

„Paranoid?", wiederholte ich und mein Puls beschleunigte sich. „Tu nicht so, als wäre es nicht passiert."

Er runzelte die Stirn. „Wovon bitteschön redest du?"

„Der Traum. Du hast ihn auch geträumt. Du warst da."

Ben verschränkte die Arme vor der Brust. In seinem Blick lag etwas, das ich nicht deuten konnte, aber ich war mir sicher, dass er es auch gesehen hatte.

„Und wenn schon, es hat nichts zu bedeuten", sagte er hart. Sein Gesicht wirkte eisern und kalt wie eine Maske.

„Es hat nichts zu bedeuten? Wir hatten beide denselben Traum, Ben, einen Traum, der uns klarmacht, dass wir in der Menschenwelt eine Verbindung zueinander hatten und dass ein Sinnträger diese Verbindung mit Absicht manipuliert hat. Das hat nichts zu bedeuten?", fragte ich aufgebracht. Wie konnte er nur so blind sein? Warum war ihm immer alles und jeder egal?

„Was willst du jetzt hören? Dass wir herausfinden müssen, warum der Gestalter des Erstaunens meinem alten Ich den Weg zu deinem alten Ich versperrt hat? Dass wir uns – neben der Suche nach den Büchern – noch weiter in etwas verstricken sollen, was schon längst vorbei ist? Was willst du, Lee? Zu Coel gehen und ihm irgendwelche Traumgeschichten an den Kopf werfen, die wir wegen seiner gehüteten Minen haben? Das hat doch keinen Sinn, es ist doch nicht mehr von Bedeutung." Seine Augen funkelten mich an und die Endgültigkeit, mit der er es sagte, machte mich rasend.

„Natürlich ist es von Bedeutung!", fuhr ich ihn an. „Wie kannst du sagen, dass es nicht mehr von Bedeutung ist?"

„Es ist nicht von Bedeutung!", herrschte er mich an. Sein Herzschlag ging schnell.

„Warum? Warum ist es nicht von Bedeutung?", schrie ich zurück.

Bens ganzer Körper spannte sich an. „WEIL WIR ZWEI NCHT MEHR ZUSAMMEN SIND!", brüllte er mir entgegen und diese Worte, diese einfachen, wenigen Worte machten etwas mit mir, was ich nicht verstand, und ich hielt mich an der Tischkante fest, um nicht umzukippen.

Ich presste die Lippen zusammen. „Darum geht es auch nicht!", schrie ich und versuchte, mich zu beruhigen. Es hatte keinen Sinn, aufeinander loszugehen. Das würde uns nicht weiterbringen. „Ben, es geht darum, dass es einen Grund für alles gibt und dass man diesen Grund nicht einfach verdrängen kann, dass man ihn nicht einfach abtöten kann, wie etwas, das einfach nur lästig ist", argumentierte ich aufgebracht. „Glaubst du, ich finde es schön, dass du eine Art Seelenverwandter zu sein scheinst? Glaubst du wirklich, dass ich mir das freiwillig ausgesucht hätte?"

Er sah mich für einen langen Moment an, bevor er unmerklich den Kopf schüttelte. „Natürlich nicht", sagte er leise. „Natürlich hättest du dir das nicht freiwillig ausgesucht." Eine merkwürdige Pause entstand.

„Es muss einen Grund geben", sagte ich mit klopfendem Herzen. „Es muss einen Grund für das alles hier geben."

„Und diesen Grund möchtest du natürlich verstehen, Wächterin", entgegnete er und stand auf. „Aber das ist deine Sache, nicht meine. Auch wenn wir in der Vergangenheit verbunden waren, sind wir hier", er machte eine weitausholende Armbewegung und ich hielt kurz die Luft an, als mich sein Duft traf, „hier in der Gegenwart nichts anderes als Fremde." Er presste die Lippen aneinander.

„Es waren nur die Nebenwirkungen eines magischen Bandes, dass wir überhaupt je etwas füreinander empfunden haben. Auf natürliche Weise hätten wir *nie* zueinander gefunden. Und deshalb", er machte einen Schritt auf mich zu und ich wusste nicht, was er vorhatte, und mein Herz klopfte wie wild, doch er bückte sich nur zu einer schwarzen Tasche, die auf dem Boden stand, „deshalb werde ich jetzt gehen."

„Und wohin?", fragte ich und konnte nichts dafür, dass meine Stimme halb wegbrach.

Er schulterte die Tasche und sah mich an, mit einem Blick, der irgendwie resigniert und entschlossen zugleich wirkte.

„In meine Heimat. Zu Tara", sagte er.
Und dann drehte er sich um und ging.

Lieber Leser und liebe Leserin,

wird es Tara tatsächlich gelingen, Ben und Lee auseinderzureißen? Und wie geht es mit den Büchern der Macht und den Totaa weiter?
Die magische Reise ist noch nicht zu Ende!

Wenn Du informiert werden möchtest, sobald ein neues Buch von uns erscheint,
melde Dich gerne für unseren Newsletter an:
www.rosesnow.de/newsletter

Wir freuen uns auf Deine Nachricht und wünschen Dir bis dahin eine gefühlvolle Zeit!

Deine Rose Snow

Personenverzeichnis

Menschverbundene:

Menschverbundene:

Lee, Wachsamkeit (gelb), Wächterin
Ben, Ekel (schwarz), Reisender
Jesper, Wut (rot), Beschützer
Simeon, Erstaunen (grün), Magiebegabter
Marcus, Trauer (blau), Wächter
Tara, Ekel (schwarz), Reisende
Victoria, Vertrauen (weiß), Reisende

Tierverbundene:

Thaya, Trauer (blau), Naturverbundene
Jaron, Freude (orange), Künstler
Edomir, Angst (violett), Templer
Caprice, Vertrauen (weiß), Heilerin
Casimir, Ekel (schwarz), Templer
Nihan, Freude (orange), Heilerin
Viktor, Angst (Violett), Erinnerungsvampir

Die Macht der Acht:

Panica, Angst (violett), Tierverbundene

Philomena, Freude (orange), Menschverbundene

Arkadius, Ekel (schwarz), Tierverbundener

Agatha, Trauer (blau), Menschverbundene

† Sinja, Wut (rot), Tierverbundene

Coel, Erstaunen (grün), Menschverbundener

Quirin, Wachsamkeit (gelb), Tierverbundener

Joost, Vertrauen (weiß), Menschverbundener

Über die Autorinnen

Hinter dem Pseudonym Rose Snow stecken wir, Carmen und Ulli. Zusammen sind wir 73 Jahre alt, haben 2 Männer, 6 Kinder und einen Hund. Wir können ewig reden, lieben Pizza und Schokolade und lachen unheimlich gerne, vor allem über uns selbst.

Seit dem Sommer 2014 schreiben wir als Rose Snow Romantasy, darunter die vierteilige Bestsellerreihe „17 – Die Bücher der Erinnerung". Im Herbst 2016 ist mit „Für dich soll's tausend Tode regnen" unter Anna Pfeffer unser erster Jugendroman bei cbj erschienen. Seitdem veröffentlichen wir regelmäßig neue Jugendbücher und Romantasy-Reihen.

Kühn nachgerechnet sind wir schon seit unfassbaren 22 Jahren befreundet. Wir kennen uns aus unserer Schulzeit und schreiben trotz der Distanz Wien – Hamburg miteinander. Bedeutet: Unzählige Stunden via Skype, schallendes Gelächter und das Teilen tiefster Geheimnisse, auch wenn sie noch so peinlich sind.

Wenn ihr informiert werden möchtet, sobald ein neues Buch von uns erscheint, dann meldet euch gerne bei unserem Newsletter an:
www.rosesnow.de/newsletter

Und wenn ihr einfach mal quatschen oder Hallo sagen wollt, besucht uns doch auf unserer Autorenseite, auf Instagram oder auf Facebook. Wir freuen uns immer sehr über das Feedback und den direkten Austausch mit unseren Lesern.
www.rosesnow.de
www.instagram.com/rosesnow_annapfeffer
www.facebook.com/rose.snow.was.sich.liebt
www.facebook.com/groups/RoseSnow

Übrigens: Eine extra Portion Romantik gibt es auch jeden Dienstag und Freitag bei unserem kostenlosen Blogroman von Eric & Esther, den menschlichen Ichs von Ben & Lee aus den Acht Sinnen: www.rosesnow.de/blogroman

Weitere Romantasy-Reihen von uns:
17 - Die Bücher der Erinnerung
Was würdest du tun, wenn du plötzlich in fremde Erinnerungen sehen könntest?
17 - Das erste Buch der Erinnerung
17 - Das zweite Buch der Erinnerung
17 - Das dritte Buch der Erinnerung
17 - Das vierte Buch der Erinnerung

Die 11 Gezeichneten - Die Bücher der Sterne
Ohne Dunkelheit könntest du keine Sterne sehen ...
Die 11 Gezeichneten - Das erste Buch der Sterne
Die 11 Gezeichneten - Das zweite Buch der Sterne
Die 11 Gezeichneten - Das dritte Buch der Sterne

3 Lilien - Die Bücher des Blutadels
Ihn zu küssen hatte sich so richtig angefühlt, obwohl es so falsch gewesen war ...
3 Lilien - Das erste Buch des Blutadels
3 Lilien - Das zweite Buch des Blutadels
3 Lilien - Das dritte Buch des Blutadels

PS: Wir werden immer wieder darauf angesprochen, dass wir in unseren Büchern Anspielungen auf andere Reihen machen und die Welten auf diese Weise miteinander vernetzen. In „17" finden sich beispielsweise Verbindungen zu unserer Acht Sinne-Saga und den „11 Gezeichneten", die auch mit den „3 Lilien" und unserem Blogroman „Groupie wider Willen" verknüpft sind. Dennoch kann jede Reihe unabhängig voneinander gelesen werden! Viel Spaß beim Knobeln! :)

„17 - Die Bücher der Erinnerung"

Seit Jo denken kann, zieht sie mit ihrem Vater von Ort zu Ort, fast, als wären sie auf der Flucht. Als er ihr eröffnet, dass sie nun ausgerechnet im nasskalten Hamburg sesshaft werden sollen, hält sich ihre Begeisterung in Grenzen.

Bis sie in ihrer neuen Schule zwei gut aussehenden Jungs begegnet, die unterschiedlicher nicht sein könnten: Adrian, der Jo bewusst auf Distanz hält, und Louis, der sich offensichtlich für sie interessiert. Die zwei Jungs verbindet eine geheimnisvolle Rivalität, die Jo nicht zu deuten weiß - aber noch weniger versteht sie, was gerade mit ihr selbst los ist. Was für Bilder tauchen plötzlich in ihrem Kopf auf? Hat sie Halluzinationen? Oder sind das tatsächlich fremde Erinnerungen, in die sie kurz vor ihrem 17. Geburtstag auf einmal blicken kann?

„Die 11 Gezeichneten - Die Bücher der Sterne"
Seit jeher lieb Stella die Sterne – ohne zu ahnen,
wie tief ihre Verbindung zu ihnen tatsächlich ist. Das
erkennt sie erst, als sie mit ihrem Zwillingsbruder
Cas an eine geheimnisvolle Universität gelangt, auf
die schon ihre Eltern gegangen sind. Kurz nach der
Ankunft begegnet Stella dort dem selbstbewussten
Cedric, der nicht nur der heißeste Typ der Uni ist,
sondern Stella auch viel zu schnell viel zu nahe kommt
…

„3 Lilien - Die Bücher des Blutadels"

Seit Monaten wartet die 17-jährige Lorelai darauf, dass die alte Gabe des Blutadels bei ihr erwacht – wobei sie nicht mal ihrer besten Freundin von ihrer magischen Abstammung erzählen darf. Denn die Gesetze des Blutadels sehen vor, das geheime Wissen unter keinen Umständen mit Außenstehenden zu teilen. Doch das erweist sich als äußerst schwierig, als Lorelai den verwegenen Vitus kennenlernt. Zwischen ihnen knistert es gewaltig - und während Lorelai noch mit ihren Gefühlen kämpft, haben die Probleme gerade erst angefangen ...